# Caminos Entrelazados - Ethan

Un viaje individual para las relaciones

Rodrigo Bocanegra Cruz

Esta es una obra de ficción. Los nombres, los personajes, los lugares y los incidentes son productos de la imaginación del autor o se utilizan ficticiamente. Cualquier semejanza con eventos, lugares o personas reales, vivas o muertas, es una mera coincidencia.

**Adaptaciones:**
Las adaptaciones u obras derivadas (incluidas traducciones, modificaciones o transformaciones) solo están permitidas con el permiso expreso por escrito del autor.

Para consultas sobre los derechos de adaptación, póngase en contacto con rodrigo.bocanegracruz@gmail.com

**Primera edición**
Digital: ISBN 978-1-7637437-2-4
Físico: ISBN 978-1-7637437-3-1

Todas las ilustraciones de este libro fueron creadas con la ayuda de tecnología de Inteligencia Artificial (IA), utilizando DALL· E de OpenAI (2024).

A mis amados esposa, hija y padres.

Y a todos los escritores, terapeutas y relaciones que han forjado mi camino.

# Contenido

# Introducción

¿Alguna vez te has preguntado cómo el amor puede transformar no solo tus relaciones, sino también el sentido de ti mismo? *Caminos Entrelazados* es una serie de libros que fusiona de manera única la ficción narrativa con la orientación práctica, explorando las complejidades de la dinámica psicológica y emocional de las relaciones. A través de una historia cautivadora, se revela que, el comprenderse a uno mismo, es la clave para comprender el amor, la conexión y el crecimiento de las relaciones.

Cada libro de esta serie encarna la experiencia de un personaje. En esta novela, seguimos a Ethan, un australiano que navega por la dinámica cambiante de su relación con Helen. A través de la lente introspectiva de Ethan, los lectores exploran cómo incluso las parejas seguras, a largo plazo enfrentan desafíos emocionales que tienen sus bases en la teoría del apego, los patrones de comunicación y las inseguridades personales. Las luchas silenciosas representadas en su viaje reflejan las experiencias que muchos de nosotros reconocemos en nuestras conexiones más íntimas.

La historia de Ethan ilustra que el conflicto en las relaciones a menudo se deriva de dinámicas internas en lugar de fuerzas externas. La autoconciencia, la comunicación abierta y la comprensión emocional se presentan como herramientas esenciales para superar estos desafíos. Al combinar la ficción con consejos y ejercicios prácticos, los lectores pueden conectarse emocionalmente con Ethan y aplicar valiosas lecciones a sus propias relaciones. Para los interesados, se proporcionan recursos adicionales al final del libro.

Ambientada en Brisbane, Australia, esta historia presenta personajes de diversos orígenes y contextos culturales, lo que agrega riqueza y profundidad a la narrativa. Juntas, estas historias ofrecen perspectivas variadas, se complementan entre sí y brindan diferentes formas de experimentar el viaje compartido.

Únete a Ethan en su camino individual hacia una mayor autoconciencia y equilibrio emocional en sus relaciones. *Caminos Entrelazados* es más que una historia, es una invitación a experimentar el poder transformador del autodescubrimiento, el crecimiento, el amor y la conexión humana.

*Para lectores internacionales: ¿Dónde está ubicado Brisbane?*

# Parte 1: Equilibrio

# 1. Bocetos

La primera luz del día se cuela por la ventana de la cocina, como un susurro del amanecer que me encuentra en mi rincón habitual. Mientras la claridad se extiende, siento una calma que acompaña el momento, como si el día empezara sin prisas, dándome un espacio para respirar. El horizonte se dibuja a lo lejos, perfilando la silueta de los edificios del centro de Brisbane, ahora bañados por el tinte morado rojizo del alba que se escurre entre sus rectos y predecibles bordes. El aire fresco de la mañana se mezcla con el aroma casi desvanecido del café de ayer. Selecciono nuevos granos y pongo la máquina de café nuevamente en marcha, no tanto por el deseo de beberlo, sino porque ahora su aroma, fuerte y persistente, es el impulso para inspirar nuevas ideas y recargar mi energía al levantarme.

Mi cuaderno de bocetos yace abierto sobre la mesa, el lápiz descansando sobre la página, expectante, como si aguardara instrucciones que aún no llegan. Está listo, pero indeciso sobre qué forma tomarán los trazos que lo guíen. Miro hacia el río Brisbane, mi mirada sigue su recorrido serpenteante mientras brilla con la luz temprana. Hay una sensación de intemporalidad en él, fluye imperturbable, antiguo y constante, mientras la ciudad a su alrededor cambia y se transforma sin cesar. Recuerdo entonces un proverbio aborigen australiano que leí alguna vez: «La tierra te posee». Mientras contemplo el río, entiendo la verdad de esas palabras. Es la tierra la que nos define, la que nos acoge, no al revés. Por más que los arquitectos y diseñadores como yo intentemos domar su cauce con nuestras estructuras modernas y sofisticadas, el río permanece, libre y dueño de sí mismo.

La ciudad está cambiando, y rápido. Han pasado tres años desde que se anunció que Brisbane será sede de los Juegos Olímpicos de 2032, y los signos de cambio están en todas partes; grúas se elevan sobre nuevos edificios y el horizonte se está llenando de perfiles desconocidos. Me pregunto en qué se convertirá este lugar dentro de ocho años. ¿Seguirá sintiéndose como mi hogar, o me costará reconocerlo? Respiro hondo, permitiendo que la incertidumbre se acomode en mi pecho.

Tomo el lápiz y decido dibujar la parte de Brisbane que más me gusta, no como es ahora, sino como la recuerdo. El icónico Story Bridge toma forma en la página, arqueándose sobre el río, conectando las dos mitades de la ciudad. Mis trazos son seguros al principio, esbozando edificios familiares, pero luego dudo al entrar en los detalles. Hay nuevas construcciones y cambios recientes que han alterado el paisaje urbano. Intento llenarlos de memoria, pero la ciudad parece escurrirse de la versión que conservo en mi mente. No puedo evitar soltar una risa silenciosa; esta versión de Brisbane se está convirtiendo en una reliquia, una imagen *vintage* de un lugar que se mueve más rápido de lo que puedo dibujar.

Mientras le agrego los últimos toques al boceto, escucho los pasos firmes de Helen acercándose por el pasillo. El aroma del café recién hecho llena el apartamento mientras ella entra en la cocina.

—Buenos días —saluda, deslizándose detrás de mí para echar un vistazo a mi dibujo, envolviéndome en un cariñoso abrazo y apoyando su barbilla en mi hombro por un momento. La calidez de su abrazo es reconfortante, y siento la suavidad de su respiración cerca de mi oído, un recordatorio tierno de nuestra conexión. La fragancia ligera de su champú y la suavidad de su camisa contra mi espalda me hacen relajarme en su abrazo, saboreando el momento.

—Buenos días —respondo, levantando mi mirada con una sonrisa. Su cabello está perfectamente peinado y ya está casi lista para el día con un atuendo de ejecutiva que le queda perfecto.

—¿Dibujando Brisbane otra vez? —bromea, sus ojos brillan mientras observa sobre mi hombro—. ¿O es este un universo alternativo?

# Bocetos

—Oye, este es el Brisbane *vintage*. No lo entenderías. —Río, dándole un suave empujón. Ella recorre mi cabello con sus dedos en un gesto cariñoso que se vuelve más intencional al notar una cana rebelde. La arranca con precisión, con una sonrisa traviesa jugando en sus labios.

—Nos estamos volviendo viejos, ¿verdad? —dice en tono burlón, pero afectuoso. Luego se ríe y alcanza las tazas de café, colocándolas en la encimera mientras cierro mi cuaderno de bocetos para unirme a ella.

Helen se pone un delantal con un estampado de gato y empieza a hacer huevos revueltos mientras yo saco los *croissants* de la gaveta. Nos movemos por la cocina en una danza conocida y cómoda, un ritmo que se ha vuelto una segunda naturaleza. Antes de que Helen entrara en mi vida, mis desayunos eran algo circunstancial, un acto sin ritual, como suele ser para muchos aquí. Pero para Helen, con sus raíces colombianas, el desayuno siempre ha sido algo sagrado, el corazón de cada mañana. Con el tiempo, su fervor por este primer banquete se convirtió también en parte de mí, hasta que las mañanas sin desayuno dejaron de tener sentido.

Mientras ella revuelve los huevos, noto cómo su presencia y sus gestos dan forma a esta costumbre que ahora me resulta un refugio. El aroma del café fresco mezclándose con el de la mantequilla de los *croissants* y el sonido de los huevos cocinándose en la sartén… todo es parte de un ritual, algo que nos mantiene unidos.

Nos sentamos en la pequeña mesa de la cocina, yo regreso a la misma silla donde me encontró el amanecer. Es curioso cómo nos acostumbramos a las rutinas, incluso cuando tenemos la libertad de escoger optamos por seguir los mismos patrones. Algunos dirían que es simple eficiencia, pero yo lo llamo pereza cómoda. La luz del sol se ha dispersado ya por todo el apartamento, haciéndolo sentir cálido y vivo.

Mientras comemos, pregunto: —¿Y qué hay en la agenda de hoy?

Helen sonríe. —Lo de siempre: reuniones, papeleo y tratar de mantenerme al día con las tonterías de todos. Ah, y ¿recuerdas a Jason? Hoy tiene otra presentación, ya sabes lo que eso significa...

—¿El de las mil animaciones en PowerPoint? —Adivino, ya sonriendo.

—¡Sí! La última vez casi me mareo —confirma, poniendo los ojos en blanco. Ambos reímos, y siento un calor en el pecho. Estos momentos, las risas, la facilidad de nuestras interacciones, son lo que hace que todo valga la pena.

Tomo un sorbo de mi café y la miro con seriedad por un instante. —Sabes, haces que todo sea interesante, incluso cuando solo estoy aquí dibujando el mismo puente una y otra vez.

Helen me mira, suavizando sus ojos. Extiende su mano y la coloca sobre la mía. —Eso es porque sé que amas tu Brisbane *vintage*. Alguien tiene que poner un poco de movimiento y caos.

—Lo aprecio —digo, tomando su mano. Ella aprieta la mía, haciendo que la mañana se sienta completa.

Después del desayuno, Helen se prepara para ir al trabajo, y no puedo evitar pensar en cuánto tiempo llevamos haciendo esto: ocho años juntos, seis de ellos casados. Las rutinas han cambiado ligeramente con el tiempo, pero el fuego entre nosotros sigue igual.

El aroma de su perfume permanece mientras se mueve por todo el apartamento antes de irse. Mientras se pone sus tacones, sugiere: —¿Qué tal comida italiana esta noche? Tal vez ese lugar cerca del puerto.

Sonrío animado. —Suena perfecto. Me debes una buena cena después de todas las bromas sobre mi boceto.

# Bocetos

Ella sonríe, tomando su bolso. —Trato hecho. Solo no intentes dibujar el restaurante también —dice, dándome un rápido beso antes de dirigirse a la puerta—. Nos vemos esta noche.

—Nos vemos —respondo, viendo cómo la puerta se cierra tras ella, el clic de la cerradura confirma su partida.

Vuelvo a la cocina termino el último sorbo de mi café, y miro el cuaderno de bocetos en la mesa. Paso a una página en blanco y comienzo a dibujar de nuevo, esta vez concentrándome en mi proyecto actual. Mi responsabilidad no es diseñar grandes edificios o estructuras desde cero, sino el urbanismo táctico. Se trata de embellecer los espacios entre las construcciones existentes, darles nueva vida a esos pequeños rincones olvidados: lotes baldíos, aceras vacías, callejones muertos, o incluso parches de concreto que podrían transformarse en zonas verdes, espacios de descanso o lugares de apreciación para los transeúntes.

Hay algo profundamente satisfactorio en estos pequeños diseños. No requieren grandes presupuestos ni cambios dramáticos; no obstante, tienen un gran impacto en la gente. En esos espacios, la ciudad respira, y las personas pueden detenerse, aunque sea solo un momento, para habitarla, ese lugar que también los posee. Dibujo un banco integrado a un árbol con amplia sombra, colocado en una esquina de una rampa para discapacitados en una zona poco transitada. Imagino a las personas deteniéndose para descansar o para tomarse un respiro en su ajetreado día. Pienso en cómo estos espacios pueden ofrecer momentos de quietud en medio del caos.

Miro el reloj y me doy cuenta de que faltan muchas horas para la cena. La idea de Helen esperándome más tarde me hace sonreír: la promesa de una noche tranquila juntos, compartiendo historias mientras comemos pasta y bebemos vino. Recuerdo la última vez que estuvimos en ese restaurante, cómo nos reímos hasta que nos dolieron las costillas, cuando Helen intentó pronunciar el nombre de su plato en italiano y terminó inventando su propia versión. Esos pequeños momentos son los que hacen que esas noches sean tan especiales. Suspiro profundamente, sintiendo felicidad por la certeza de lo que vendrá, tanto en mi trabajo como en las pequeñas alegrías que hacen que la vida tenga sentido.

Por ahora, eso es suficiente: suficiente confianza en mis bocetos, suficiente paz en el flujo constante del río, y suficiente alegría en la idea de la sonrisa de Helen esperándome al final del día.

*Boceto de Ethan: Horizonte y río de la ciudad de Brisbane.*

# 2. Capas de nosotros

*23 de agosto*

La brisa nocturna trae consigo el primer calor genuino desde que empezó el invierno, un leve indicio de que la primavera ya se asoma. Helen y yo caminamos hacia un restaurante acogedor en West End, una zona vibrante conocida por su mezcla ecléctica de lugares alternativos y excelentes restaurantes, mientras esquivamos ciclistas y grupos de turistas que se cruzan en nuestro camino. El restaurante está vibrante de vida, con gente ocupando las mesas en la acera, y el murmullo de las conversaciones se mezcla con el tintineo de las copas. El aire está impregnado con el aroma de las hierbas frescas que flota desde la cocina. Es una noche perfecta para reunirse, de esas en las que puedes percibir en el ambiente una expectativa agradable, la promesa de buena compañía y muchas risas.

Localizamos a nuestros amigos en una mesa en la esquina, con los menús desplegados y una botella de vino ya medio vacía en el centro. Helen saluda con entusiasmo mientras la sigo entre las mesas; como es usual, ella va adelante, con prisa y determinación, mientras yo avanzo un paso detrás, procurando no chocar con nadie. Mark está allí, junto a Emma, Steve y Rachel; rostros lo suficientemente familiares como para sonreírles con calidez, pero no lo bastante conocidos como para sentir una conexión profunda.

—Se tomaron su tiempo —bromea Mark cuando llegamos a la mesa. Se levanta para abrazar a Helen y luego me da una palmada en la espalda. Tiene ese encanto natural, siempre relajado y dispuesto a bromear.

—Nos quedamos buscando un sitio para estacionar —dice Helen, blanqueando los ojos—. ¡Pero ya estamos aquí! ¿Qué nos perdimos?

Emma sonríe mientras hace girar su copa de vino, inclinándose un poco hacia nosotros. —No mucho. Solo a Steve contando sobre su último proyecto, un festival de música que está ayudando a organizar. Parece que está obsesionado con armar la lista de canciones perfecta para cada escenario. —Hace una pausa para tomar un sorbo, y su mirada se pierde un momento en el bullicio del restaurante.

Steve se ríe y sacude la cabeza con modestia. —Bueno, intento hacerlo lo mejor posible —dice, restándole importancia.

—Estoy seguro de que será increíble —respondo, sonriendo para alentar la conversación. Steve me devuelve la sonrisa, relajado, y levanta su copa.

—Gracias, Ethan. La verdad, me apasiona bastante.

Helen sonríe y comenta divertida: —Ah, Steve, deberías escuchar a Ethan cuando describe un plano de la ciudad. A veces ni yo sé si está hablando de urbanismo o de cómo hacer un laberinto.

Todos se ríen, incluido Steve, que levanta su copa hacia mí para brindar. —Bueno, tal vez deberíamos unir fuerzas entonces —dice, todavía sonriendo.

Helen me lanza una mirada rápida y cómplice mientras me acomodo en la silla. El camarero se acerca y aprovechamos para hacer nuestro pedido rápidamente. Helen pide el barramundi, uno de los pescados más apreciados por su sabor suave y textura carnosa, mientras yo me decido por el cordero cocido a fuego lento.

Después de un rato de risas, Rachel se inclina hacia nosotros, sus ojos brillan con picardía. —¿Adivinen qué? Hoy recibí un mensaje de un viejo amor. Se está mudando de vuelta a Brisbane después de vivir en el extranjero. No puedo creer que siga soltero después de haber estado tan ansioso por tener una familia con varios hijos, siempre estaba planeando el futuro y quería que estuviera a su lado todo el tiempo. Era demasiado, no pude soportar a alguien tan dependiente e intenso, pero lo cierto es que sigue siendo muy guapo.

# Capas de nosotros

Emma suelta una carcajada, levantando una ceja con complicidad. —Suena familiar —dice.

Rachel sonríe, también cómplice. —Sí, era un buen tipo, pero no podía vivir el presente. Quizás ahora sí lo contacte y le ayude con eso —añade, con una sonrisa pícara que sugiere que realmente está considerando la idea.

Todos reímos, y Helen añade con una mirada cómplice:

—Quedamos atentos a los detalles de lo que suceda.

Rachel cambia de tono y nos recorre a todos con la mirada.

—Pero en serio, me vendrían bien unos consejos. Ethan, tú siempre te ves tan tranquilo, ¿cuál es el secreto?

Sonrío, dejando escapar un breve suspiro. —No siempre fui tan... tranquilo. Me tomó tiempo, y muchas lecciones difíciles —respondo, volviendo la mirada hacia Helen, que me ofrece una sonrisa alentadora—. Antes de Helen, debo admitir que me parecía mucho a ese viejo amor tuyo —añado, mitad en broma, mitad en serio—. Las relaciones se sentían frágiles. Aunque por fuera no pareciera ansioso, y no necesitara reafirmaciones constantes, por dentro era muy diferente. Me cuestionaba constantemente: si era suficiente, si estaba haciendo lo correcto. Era como una sombra silenciosa que siempre estaba allí, influyendo en mis acciones sin que me diera cuenta.

Rachel ladea la cabeza, sorprendida. —¿De verdad? Nunca lo habría pensado.

Asiento, recordando. —Sí, hay una relación que me viene a la mente. Ella era cálida y despreocupada, y por varios meses, todo estuvo relativamente bien. Pero luego, como era usual, mis dudas empezaron a crecer, sobre-analizaba cada mirada, cada conversación, porque sentía que no conectábamos lo suficiente, consideraba que ella no daba tanto como yo, hasta que terminé alejándola sin querer, seguramente porque se sintió como tú, abrumada —dirijo mi mirada hacia Rachel—. Ella se merecía algo mejor, y ahora lo entiendo, ella no tenía que ajustarse a mi forma de ver las cosas. Lo curioso de la ansiedad es que no siempre es ruidosa; a veces es solo un ruido de fondo constante y silencioso que no notas hasta que es demasiado tarde.

Helen me aprieta cariñosamente el brazo y yo coloco mi mano sobre la suya.

Emma, también interesada en la historia, me pregunta: —¿Y qué fue diferente con Helen?

—Bueno, creo que ya había aprendido que todos tenemos maneras diferentes de demostrar nuestros sentimientos sin que eso implique que uno quiera más que el otro; y desde el principio, hubo algo en ella que silenciaba ese ruido en mi cabeza. Ella no ha intentado cambiarme, ni yo a ella. Solo con estar juntos es suficiente, simplemente encajamos.

Mark levanta su copa y el hielo tintinea suavemente. —Por encontrar a alguien con quien encajemos —dice, justo cuando el camarero se acerca para rellenar nuestras bebidas. Todos alzamos nuestras copas un poco más alto, y el ambiente se llena de un ánimo renovado.

—¡Eso! —añade Emma, y todos chocamos nuestras copas, volviendo a aligerar la atmósfera.

Helen interviene, extendiendo la mano para alcanzar la cesta del pan mientras empieza a contar una historia de antes de que nos conociéramos: una desastrosa excursión de campamento. La cesta de pan pasa de mano en mano, y yo arranco un pedazo mientras ella gesticula animadamente, esparciendo migas sobre la mesa.

—Y luego —dice emocionada—, se dio cuenta de que había olvidado los postes de la tienda de campaña. Terminamos durmiendo bajo las estrellas, lo cual suena romántico hasta que recuerdas los mosquitos.

# Capas de nosotros

La mesa estalla en carcajadas y yo la observo, la forma en que sus ojos se arrugan en las esquinas, y la manera en que ocupa el espacio sin esfuerzo. Siempre ha tenido una energía desbordante, siempre se mueve más rápido de lo que puedo seguirla.

Es mi turno, y empiezo a contar una historia sobre un viaje por carretera que Helen y yo hicimos hace algunos años.

—Estábamos cerca de Noosa, y juro que teníamos el peor mapa que se puedan imaginar... —Empiezo, pero antes de que pueda avanzar, Helen me interrumpe.

—No era el mapa, era el terrible sentido de dirección de Ethan —dice, riéndose mientras toma su copa.

Intento continuar. —No, pero en serio, el mapa era...

—Vamos, Ethan. —Me interrumpe de nuevo—, todos saben que no podrías encontrar la salida de una bolsa de papel.

Intento continuar la historia un par de veces más, pero Helen sigue interrumpiendo, su entusiasmo hace imposible que pueda decir algo. La comida llega, y doy otro sorbo a mi bebida, el burbujeo cosquillea en mi garganta, es una sensación casi idéntica a la tensión que hierve en mi interior: silenciosa, contenida, pero muy presente, mientras el camarero coloca nuestros platos.

Eventualmente, la dejo terminar, centrándome, en cambio, en el aroma del cordero que está en frente de mí. Normalmente habría insistido en que me dejara terminar, pero esta noche, con estos amigos —más de ella que míos, aparte de Mark— elijo quedarme en silencio, prefiriendo mantener la paz antes que armar un escándalo. Es más fácil quedarse callado y evitar el conflicto, pero hay una pequeña parte de mí que desearía haber hablado para saber que mi voz importaba, y me resiento por eso.

Cuando Helen finalmente termina la historia, hay más risas, pero esa herida familiar persiste, un leve golpe a mi orgullo. Finjo una sonrisa, intentando quitarme la sensación de encima. Así es ella: siempre primero, siempre deseosa de compartir, incluso si eso me deja al margen, como si mi versión no importara del todo. Supongo que cuando has estado con alguien durante mucho tiempo, es fácil caer en estos patrones: no escuchar al otro, olvidarse de darle un espacio, sentirse a la defensiva. Y con el tiempo, también te vuelves menos asertivo, eligiendo la paz exterior sobre las pequeñas batallas, incluso cuando estas se quedan en ti.

Rachel, aún sonriendo, se gira hacia mí, su expresión está iluminada por la curiosidad. —Ethan, tienes que contar tu versión de la historia. Vamos, algo debes poder compartir.

Por un momento dudo y mi sonrisa se desvanece mientras todas las miradas se posan en mí. Aclaro la garganta, sintiendo cómo la herida se profundiza. —Bueno... —Empiezo, mirando a Helen, cuya sonrisa titubea apenas un instante—, Helen ya les contó todo. —Suelto una pequeña risa, amarga y hueca—. Es decir, yo era el despistado que ni siquiera podía leer un mapa, así que... no hay mucho más que agregar.

Mis palabras quedan suspendidas en el aire, más afiladas de lo que pretendía, y veo la expresión de Rachel vacilar, sus ojos se mueven hacia Helen y luego vuelven a mí. Hay un breve momento de silencio, lo suficientemente largo como para que todo se sienta un poco incómodo. Las risas de antes no regresan del todo, y noto algunas miradas inciertas que se cruzan alrededor de la mesa. Mark se mueve en su asiento, dándome una rápida mirada: simpática, incluso comprensiva.

Helen toma su copa, baja la mirada hacia la mesa y deja escapar una sonrisa, como si quisiera aliviar el momento.

—Sí, pero al final lo resolvimos, ¿no? —dice, con voz ahora más delicada, casi disculpándose.

Emma toma su vaso de agua y cambia de tema para evitar alargar la incomodidad. Le pregunta a Mark sobre su ensalada con camarones, justo cuando el camarero se acerca para ver si

# Capas de nosotros

necesitamos algo más. Todos negamos con la cabeza, los platos aún están medio llenos, y pronto la conversación sigue adelante. Doy un sorbo a mi bebida, su frescura me ayuda a relajarme nuevamente mientras dejo que el momento pase. No tiene sentido aferrarse a ello.

Más tarde, cuando los platos son retirados y el murmullo del restaurante comienza a disminuir, la conversación deriva hacia los hijos. Emma empieza a hablar de sus dos pequeños, y Rachel comenta sobre lo complicado que debe ser equilibrar el trabajo y la familia, pues ella apenas puede con el trabajo y los amigos.

—Es agotador —admite Emma—, pero honestamente, no lo cambiaría por nada. Cada día es diferente, y los niños traen momentos inesperados que enriquecen la vida. Si no los tuviéramos tal vez nos la pasaríamos viendo televisión, leyendo y pensando que les falta dinamismo a nuestras vidas.

Steve confirma con su cabeza. —Sí, es verdad, aunque muchas veces terminemos agotados, siempre hay algo nuevo que rompe la rutina. Eso también nos ha hecho más fuertes como pareja, porque tenemos que adaptarnos constantemente y eso nos ha acercado de una manera diferente, es como construir otra capa de la relación por encima de la de pareja. —Emma y Steve se miran cariñosamente.

Helen, pensativa, comenta. —Nosotros decidimos no tener hijos porque queríamos más tiempo para nosotros, para viajar y ser más espontáneos, supongo. Es verdad lo que dicen, a veces me pregunto si nos estamos perdiendo algo. —Mira hacia mí, con una leve sonrisa—. En nuestro caso, tenemos que ser más intencionales para mantener las cosas emocionantes y salir de la rutina.

—Definitivamente hay ventajas en eso —dice Steve—. Emma y yo siempre nos preguntamos cómo sería la vida sin ellos. Los amamos, por supuesto, pero a veces envidio la flexibilidad que ustedes tienen, sin despertares nocturnos, sin horarios constantes. Ustedes pueden simplemente... ser y hacer lo que quieran. Nosotros, por ejemplo, ya casi tenemos que volver porque la niñera nos está esperando.

Emma asiente. —Es verdad, aunque también hay una especie de alegría que traen los niños que es difícil de describir. Es como ver el mundo otra vez con ojos nuevos. Y las conexiones que construyes con ellos... es un tipo de amor diferente.

Miro a Helen, quien me devuelve una expresión cálida, como si estuviera verificando cómo me siento. —Para nosotros funciona —dice con ternura, y yo confirmo con mi sonrisa. Aunque hay una parte de mí que se pregunta cómo habría sido, la imprevisibilidad de los niños suena tanto aterradora como extrañamente atractiva.

Mientras el grupo empieza a dispersarse, la charla se va desvaneciendo a medida que cada uno se dirige en diferentes direcciones. Helen y yo nos quedamos un poco más, observando a nuestros amigos irse, el aroma del vino y del resto de la cena todavía alrededor de nosotros. Ella introduce la mano en su bolso, buscando las llaves del auto. Yo me adelanto y las tomo primero, mi mano cerrándose alrededor del metal frío antes de que ella pueda reaccionar. Me mira, sorprendida, su expresión suavizándose mientras su sonrisa se desvanece ligeramente.

—¿Estás bien? —Me pregunta, su tono más serio a medida que la energía de la noche se disipa.

—Sí. Solo necesito tener el mando por un rato —digo, dándole una rápida sonrisa tranquilizadora.

Ella me estudia, entrecerrando los ojos, luego deja escapar un suspiro silencioso. —De acuerdo —dice, su tono más resignado que otra cosa.

Caminamos hacia el auto, con el bullicio de la noche transformándose en calma. Desbloqueo el seguro y ocupo el asiento del conductor, sintiendo el peso de las llaves en mi mano: un acto pequeño pero que me vuelve a empoderar.

## Capas de nosotros

Mientras manejamos hacia casa, las luces de la ciudad parpadean a nuestro alrededor, y Helen y yo seguimos platicando sobre algunos de los temas de la cena, prediciendo lo que pasará con cada uno de ellos la próxima vez que los veamos. Y así, al ritmo de la charla y las risas, recuerdo que la sensación de encajar juntos puede tambalearse a veces, pero sé que al final encontramos la manera de volver el uno al otro.

# 3. Corrientes cambiantes

*11 de septiembre*

Últimamente, han sucedido muchas cosas: nuevos clientes, grandes proyectos, y la carrera de Helen despegando, como siempre supe que lo haría. Ambos hemos estado muy ocupados, pero recientemente he empezado a percibir un cambio que va más allá de la carga de trabajo. Es un cambio sutil, casi intangible, como si el aire entre nosotros se hubiera transformado de alguna manera. Tal vez sea real, o quizá solo estoy pensando demasiado, lo cierto es que esa impresión permanece, persistente y difícil de ignorar.

Sentado aquí, miro el calendario en mi teléfono y me doy cuenta de que ya estamos en septiembre, y no puedo evitar pensar que esto es lo que pasa al envejecer: el tiempo se desliza cada vez más rápido, como arena entre los dedos, imposible de detener. Pronto cumpliré cuarenta y dos años, un número que, aunque no es tan alto, empieza a sentirse pesado. Antes no pensaba demasiado en la edad, pero ahora, cada vez que me miro al espejo, las líneas de mi rostro parecen más marcadas, y el peso de los años se hace evidente. No ayuda que Helen sea seis años más joven que yo; verla tan llena de energía y determinación solo hace que el contraste sea aún más claro.

Aprieto el teléfono en mis manos y pienso que no se trata solo de la edad, sino de estar en una etapa diferente, una en la que mi vida se ha vuelto más estable, demasiado predecible, incluso algo estancada en comparación con la de ella.

Helen ha estado brillando en su nuevo trabajo, que comenzó hace apenas unos meses, pero ya la he visto enfrentarse a grandes retos, con mayor seguridad y determinación que antes.

Ya es el final de la tarde y aún está sentada en el sofá, revisando correos electrónicos y poniéndose al día con el trabajo. Sigue aquí conmigo, pero ha encontrado una pasión que es solo suya, una parte de su vida que no compartimos.

# Corrientes cambiantes

—¿Viste? —dice, sin levantar la vista del teléfono—. Cerramos el trato con el prospecto más importante que tenía, para el que he estado trabajando durante semanas. Incluso el asesor estratégico quedó impresionado con cómo lo manejamos.

—Eso es genial —respondo, recostándome hacia atrás—. Sabía que lo lograrías.

Ella sonríe agradecida, pero es una sonrisa discreta, ya enfocada en el próximo desafío. Siempre ha sido así, celebra sus victorias en silencio. Es algo que admiro profundamente de ella.

—Estoy feliz por ti —digo con sinceridad—. Has estado haciendo un trabajo increíble.

Finalmente levanta la vista de su teléfono y me regala una sonrisa genuina. —Gracias. Se siente bien, ¿sabes? Y no solo por la bonificación que nos darán, es como si estuviera encontrando mi mejor versión, me siento lista para retos aún más grandes.

Asiento, disfrutando de la calidez en su expresión, pero hay una parte de mí que se siente inquieta, tal vez por esa nueva versión que se está asomando. —Has trabajado duro para lograrlo. Estoy orgulloso de ti, cariño. Te mereces todo esto.

Su mirada se vuelve tierna y se inclina hacia mí, tomando mi mano. —No lo habría logrado sin ti, ¿sabes? Siempre eres mi apoyo.

Sonrío, apretando su mano entre la mía. —Es fácil serlo cuando tú eres el viento que impulsa nuestras velas.

Ella se recuesta, su mirada perdida en el techo, y todo parece casi normal otra vez, pero solo casi. Es curioso porque ella no ha cambiado, salvo por dedicar un poco más de tiempo al trabajo, y ni siquiera es demasiado; sigue siendo cariñosa, divertida, sigue siendo Helen. Ajusto mi postura, enderezándome un poco, tratando de sacudirme la sensación de no saber qué me hace sentir así. Veo que bloquea su móvil corporativo, cerrando definitivamente su jornada laboral, y me animo a proponer un nuevo plan.

—Deberíamos dar un paseo. ¿Quieres ir a Southbank un rato? El aire fresco nos haría bien.

Ella me mira, su sonrisa ampliándose. —Claro, ¿por qué no? Hace tiempo que no voy allá.

Nos alistamos rápidamente y comenzamos la caminata que suele tomarnos unos treinta minutos desde el apartamento. Las luces de los puentes que conectan Southbank con el centro de la ciudad a lo largo del río, proyectan un resplandor sobre el agua que refleja la ciudad en diferentes tonos. La zona es un punto emblemático para turistas, una mezcla de parques exuberantes, mercados callejeros, restaurantes concurridos, caminos entre la selva tropical y la icónica playa artificial. Caminamos despacio, disfrutando del panorama: familias en la piscina y la arena, parejas compartiendo momentos tranquilos en el césped, y otros paseando por las tiendas cercanas.

—Casi diez años aquí y todavía me parece increíble. —Me dice con los ojos muy abiertos mientras observa a su alrededor—. Ni siquiera parece que estemos en la ciudad.

—Sí, es un lugar especial —respondo, mirando a mi alrededor.

Nos adentramos en lo que parece una jungla en medio de la ciudad: caminos de madera que serpentean entre la vegetación espesa y verde que nos rodea, casi haciéndonos olvidar que seguimos en Brisbane. El ambiente nos invita a hablar de cosas más profundas, y rompo el silencio con un tema que he tenido en mente recientemente.

—Sabes, últimamente he pensado en esas oportunidades que dejé pasar.

Ella me mira con curiosidad, dando un paso más cerca. —¿Como cuál?

# Corrientes cambiantes

—Por ejemplo, el del Bendigo Bank. Ese era un proyecto importante, mucho mejor pagado que lo que estaba haciendo en ese momento, pero lo rechacé porque no me entusiasmaba la idea de trabajar para una institución financiera.

Ella piensa por un momento antes de responderme. —Pero tú siempre has tenido claro que prefieres proyectos más personales, algo con lo que conectar. No te dejas cautivar solo por el dinero.

—Sí, bueno, la verdad es que siempre preferí proyectos más pequeños. Pero a veces pienso que, si hubiera aceptado uno de esos grandes contratos, tal vez ahora tendría más experiencia para hacer cosas de mayor impacto, incluso fuera de la arquitectura corporativa. Es decir, trabajar para bancos no era lo que quería, pero me habría abierto puertas en otros sectores.

Mantiene sus ojos fijos en mí. —Entiendo. ¿Y crees que lo habrías disfrutado, incluso si no era algo que te apasionara en ese momento?

—No lo sé. Supongo que habría sido un reto interesante. A veces, elegir la comodidad me hizo dejar pasar retos que, aunque no fueran lo que más me gustaba, podrían haberme abierto las puertas a otras oportunidades. Tú siempre has sabido cómo enfrentarte a lo que venga, incluso si no estás segura del resultado.

Sonríe y me da un leve empujón en el brazo. —Bueno, no siempre sé lo que estoy haciendo, ¿eh? Pero creo que lo importante es lanzarse y ver qué pasa. Y, quién sabe, tal vez aún haya proyectos grandes esperándote por ahí. No siempre es tarde para cambiar el rumbo.

Río suavemente, mirando hacia adelante. —Tal vez tengas razón. Solo es cuestión de animarme a buscar algo diferente.

Me mira de lado, con una sonrisa juguetona. —Además, ¿qué tiene de malo no perseguir otras cosas? No siempre se trata de lanzarse al vacío. Creo que también hay valentía en saber cuándo quedarse y disfrutar lo que uno tiene.

—Supongo que sí —respondo, encogiéndome de hombros—. Pero me gusta esa energía tuya, la forma en que te enfrentas a todo sin dudar. Siempre he admirado eso de ti.

—¿De verdad? —pregunta, con una ceja levantada y una sonrisa en sus labios—. Porque yo admiro cómo mantienes todo en equilibrio. A veces necesito eso para no sentirme como un barco a toda velocidad, pero yendo en la dirección equivocada.

Por alguna razón no se me hace difícil de imaginar, y sonrío.

—Así que, al final, nos complementamos ¿no?

Afirma sin dudar y aprieta mi mano un poco más. —Exacto. No se trata de estar corriendo o quedarse quieto, sino de saber cuándo hacer cada cosa y nosotros nos regulamos.

Nos quedamos en silencio por un momento, disfrutando del entorno, mientras seguimos caminando. La mezcla de naturaleza y ciudad a nuestro alrededor parece un reflejo de lo que somos, diferentes pero complementarios.

Aprieta mi mano, emocionada. —Me encanta este lugar.

Sujeto su mano con más firmeza mientras sentimos el camino de madera bajo nuestros pies y la miro de reojo. —A mí también me encanta. Es como si hubiéramos entrado en otro mundo. Es fácil olvidar que lugares como este están tan cerca de casa, un rincón de naturaleza escondido en el paisaje urbano.

A través del tapiz de hojas, destellos de luz se filtran: lámparas y láseres que pintan el suelo con patrones cambiantes. Los colores se reflejan entre las hojas mientras vislumbramos la Pagoda Nepalí, su madera tallada con intrincados detalles brillando bajo la tenue luz. Se erige serena e intacta, como un símbolo de calma en medio de la vegetación. El río pasa cerca tranquilamente, su presencia, más sentida que escuchada, le

# Corrientes cambiantes

añade quietud a la atmósfera serena. La pagoda parece casi intemporal, fusionándose sin esfuerzo con la naturaleza, pero descansando justo al borde de la bulliciosa ciudad.

—Es hermosa —dice, señalando hacia la pagoda.

—Es como encontrar un pedazo de otro mundo escondido a plena vista —respondo, encontrando su mirada—. Un poco surrealista, ¿no crees?

Mientras camina a mi lado, roza mis dedos hasta que tomo su mano. Nos acercamos a la piscina artificial, con las enredaderas de buganvilia arqueándose sobre nuestras cabezas, y sus flores de un profundo color morado brillando bajo las luces de la noche. El dosel que forman encima de nosotros le da un toque onírico, envolviéndonos en un abrazo pacífico y romántico.

Un ibis está encima de un banco, observando paciente a una familia que come una *pizza* al otro lado de la mesa. Helen se ríe en voz baja.

—Míralo, esperando su parte, como si fuera el dueño del lugar —dice.

Sonrío. —Persistente el atrevido, ¿no?

Los sonidos de risas y charlas del mercado callejero llenan el aire mientras seguimos caminando. Los artistas han montado puestos a lo largo del camino, cada uno más colorido que el anterior: pinturas, joyería, artesanías Al pasar junto a uno de los puestos de joyas, el vendedor nos llama, sonriendo cálidamente. —¿Les gustaría ver algo especial? Puedo decirles la fase de la luna del día en que nacieron. Solo díganme su fecha de nacimiento.

Me mira, divertida, y luego le dice al vendedor su fecha de nacimiento. El vendedor lo busca rápidamente y luego nos muestra un collar con un delicado dije: la forma de la luna como se veía la noche en que ella nació. Sonrío, observando su reacción mientras el vendedor explica el significado. El dije llama mi atención y, sin pensarlo demasiado, decido comprárselo. —Toma —digo, y le entrego la pequeña caja—. Un pequeño regalo por tu gran logro con el cliente.

Parece sorprendida, su expresión se ilumina mientras abre la caja. Me mira, con los ojos ligeramente brillantes. —Ethan, es hermoso. Gracias.

Me encojo de hombros, sintiendo cómo el calor se extiende por mi cuerpo. —Solo quería que supieras lo orgulloso que estoy de ti.

Ella se inclina, posando un tierno beso en mi mejilla. —Me encanta. Y te amo.

Seguimos caminando, con su brazo entrelazado con el mío. Ella sigue conmigo, presente. —Yo también te amo —respondo después de un rato, con seguridad.

Y en ese momento, todo se siente en equilibrio. Cualquier pensamiento que tenía antes se desvanece al fondo, reemplazado por la simple comodidad de estar aquí, juntos. Estamos bien, y eso es suficiente.

# 4. Perspectivas

Cualquiera pensaría que el edificio donde trabajo es una obra maestra de arquitectura y diseño; después de todo, esa es nuestra especialidad. Pero en realidad, se trata de una estructura deslucida, carente de alma. Prácticamente, es una fábrica de los años ochenta, a la que no se le ha hecho una renovación desde hace décadas, con bordes cuadrados y concreto desgastado fusionado con ladrillos opacos que parecen absorber el color de todo a su alrededor. Hoy, la calle está bulliciosa: autos tocando las bocinas y personas que se mueven rápida, y orgánicamente, como hormigas vistiendo diferentes colores, un contraste total con el exterior gris y monótono del edificio.

Sin embargo, al entrar, el lugar cuenta una historia muy distinta. El estudio de diseño es el corazón del edificio: espacios abiertos inundados de luz natural, plantas colgando en cada rincón llenando el aire de frescura, cojines multicolores y esas sillas estrafalarias que, para sorpresa de cualquiera, resultan ser las más cómodas del mundo. Nosotros le damos vida al lugar, creando pequeños refugios acogedores para las sesiones de lluvia de ideas, y llenando cada pared disponible con bocetos, conceptos y explosiones de creatividad. El aroma del café recién hecho nos envuelve, mezclándose con un sutil olor a barniz de madera. El suave murmullo de mis colegas crea un telón de fondo reconfortante. Es un espacio que inspira, donde las ideas se sienten libres de cualquier atadura.

Hoy estamos trabajando en un proyecto distinto: un prototipo en maqueta, hecho a mano, para una propuesta de instalación en un nuevo parque. En esta ocasión, dejamos de lado los modelos digitales y las referencias técnicas; se trata de experimentar con materiales físicos y ofrecerle algo tangible al cliente. La idea es que el parque incluya elementos y diseños inspirados en *Bluey*, la serie animada para niños creada aquí, en Queensland, con su enfoque en la imaginación, el juego y la naturaleza. Tenemos cartón, palitos de madera, pegamento, tela, y una bandeja con pequeñas figuras de niños y adultos, árboles de plástico, mobiliario diminuto y personajes de la serie. Es un cambio refrescante para todo el equipo después de pasar tanto tiempo frente a una pantalla, especialmente porque ya había pasado un buen tiempo desde que hicimos algo sin depender de un *software* de diseño.

La mesa de trabajo es un hervidero de actividad. Alan está justo enfrente de mí, hojeando unos planos mientras observa por encima de sus gafas. Es un veterano del diseño y uno de los pocos que ha estado aquí desde los comienzos de la empresa: seguro de sí mismo, firme y directo. Se está enfocando en la torre principal de la zona infantil del parque, un espacio que será el centro de atención para los niños: una especie de casa en el árbol para trepar, atravesar puentes y deslizarse por toboganes.

Mark se acerca con su andar relajado, llevando dos tazas de café. Deja una frente a mí, sonriendo antes de hablar. —¿Aún leyendo el libro que te di la semana pasada? —pregunta, haciendo un gesto hacia *Los siete principios para hacer que el matrimonio funcione* de John Gottman y Nan Silver, que está a un lado de mi espacio de trabajo.

Levanto mi mirada hacia él, esbozando una sonrisa. —Sí, le he echado un vistazo. La verdad, no está mal. Hay muchas cosas sobre las relaciones que nunca me había planteado.

—Te lo dije, amigo. No todo es palabrería, tiene algunas cosas sólidas. ¿Qué te ha llamado la atención hasta ahora? —pregunta mientras arrastra una silla y se sienta, mirándome con curiosidad.

Mientras hablamos, Mia está cortando un trozo de cartón para delimitar la zona de la maqueta. Recién salida de la escuela de diseño, está rebosante de ideas y entusiasmo, aportándole una energía renovadora al equipo. Sus audífonos cuelgan de su cuello y su atención se desvía hacia nosotros al escuchar el título del libro. —Un libro sobre relaciones, ¿eh? —pregunta, arqueando las cejas.

# Perspectivas

Mark se reclina, sonriendo, e incluye a Mia en la conversación. —Sí, el libro de Gottman y Silver habla sobre los principios fundamentales para que las parejas mantengan una relación saludable y duradera. Se enfoca en aspectos como el fortalecimiento de la amistad, la importancia de conocerse profundamente, el manejo de conflictos, y cómo construir una vida compartida llena de significado. Está lleno de estudios y ejemplos reales que muestran cómo las pequeñas acciones cotidianas pueden fortalecer o debilitar una relación.

Se vuelve hacia mí, retomando la pregunta que me había hecho. —Entonces, ¿qué piensas? —Ahora todos esperando mi respuesta.

Tomo un segundo para pensar antes de responder. —Bueno, me pareció interesante cuando menciona cómo las parejas que avanzan a ritmos diferentes pueden crear brechas si no logran mantenerse sincronizadas. Cada persona tiene un ritmo distinto en cuanto a crecimiento personal, metas profesionales o incluso en el manejo de sus emociones, y es esencial que ambos se esfuercen por comprender y apoyar el ritmo del otro. La idea es no dejar que esas diferencias se conviertan en distancias insalvables. —No lo menciono, pero en realidad todo eso me hizo pensar en Helen y en mí.

Mark asiente, reflexivo. —Sí, creo que eso es bastante común. Alguno de los dos se enfoca demasiado en otros aspectos de su vida y deja un poco de lado la relación. Supongo que no se trata de avanzar al mismo ritmo, sino de saber manejar esas diferencias y entender los sentimientos del otro.

Mientras sigue progresando en el diseño de la torre, Alan suelta una carcajada profunda y sarcástica, negando con la cabeza. —En mis tiempos no le dábamos tantas vueltas a esas cosas. Se trataba de aceptar que a veces las cosas no van muy bien y dejar que pasen, sin estar analizando cada sentimiento. —Alan ahora se enfoca en un set de pequeños toboganes para analizar cómo integrarlos al diseño. —Esta es la parte donde los niños podrán deslizarse de una torre a otra —señala la estructura con un palo de madera mientras habla con Mark—. La idea es que puedan pasar de un lado al otro sin tocar el suelo. Vamos a cubrir los puentes con una tela verde para simular las hojas de un gran árbol. Será como una especie de «casa en el árbol», pero mucho más accesible para los más pequeños.

Mark observa los pequeños detalles que Alan intenta ajustar y añade con una sonrisa: —Me gusta. Los chicos podrán imaginar que están atravesando un bosque. Pero también podemos incluir pequeños túneles de colores al final de los toboganes, algo que los anime a explorar. —Mark señala con la mano algunos tubos de cartón que han traído, ya pintados con colores brillantes.

En el otro extremo de la mesa, Mia está enfocada en crear una pequeña área de pasadizos y túneles. Ha recortado más piezas de cartón y ahora les da forma, colocando pequeños trozos de tela azul y verde encima, simulando agua y césped. Tiene un gesto de concentración, y sus manos están moviéndose con precisión mientras coloca una serie de pequeños obstáculos para los pasadizos. Sin dejar de supervisar el movimiento de sus manos, retoma la conversación anterior: —Sabes, Alan, a veces entender y compartir tus emociones hace que las relaciones sean más profundas. Puede ser complicado, pero eso es lo que permite que las relaciones crezcan.

Alan sonríe sarcásticamente mientras agrega refuerzos a la base de la torre. —Si tú lo dices. Todo este compartir solo complica las cosas. Mi esposa y yo llevamos juntos más de treinta años porque simplemente seguimos adelante, en lugar de cuestionarnos cómo nos sentimos o expresar cosas que muchas veces son pasajeras. Hoy en día la gente termina sus relaciones rápidamente porque agrandan cualquier problema, incluso si solo tuvieron una idea tonta y momentánea. Esperan que todo encaje perfectamente con sus necesidades, que los quieran como son y que los hagan siempre felices. Eso nunca pasa y es ingenuo creerlo, ¿no?

—Estoy pensando en añadir algunos detalles inspirados en la flora local —dice Mia, dirigiéndose a todos en la mesa y cambiando el tema abruptamente, casi como evitando el comentario de Alan—. Si agregamos pequeñas macetas con forma de animales cerca de los túneles, podemos hacerlo más orgánico.

Todos concordamos con ella y le damos algunas ideas adicionales. Después de un rato, Mia se vuelve nuevamente hacia Alan para continuar la conversación pendiente. —Ahora que mencionas lo de las parejas que esperan la perfección, el otro día vi un video de *The School of Life* que hablaba de cómo el romanticismo arruinó nuestras expectativas sobre el amor. Todo eso de las almas gemelas y el amor épico suena genial, pero establece expectativas ridículamente altas.

Alan levanta una ceja, satisfecho con que Mia no dejara pasar su comentario. —Romanticismo, ¿eh? Es gracioso cómo la gente cree que cuestionar estas cosas es algo nuevo. Nosotros simplemente aceptábamos que la vida tenía sus altos y bajos. Te comprometes con alguien, enfrentas los días buenos y los difíciles. No es una película, es algo práctico. Se lo digo continuamente a mi hija cada vez que me cuenta llorando de una nueva pena de amor, pero ella sigue con sus fantasías de color rosa.

Mark interviene, recostándose con una expresión pensativa. —Muchos esperan que el amor sea una conexión mágica y sin esfuerzo que simplemente sucede. Nadie habla del trabajo que implica; piensan que, si no es fácil, entonces no es real.

—Y lo peor es que con Internet esas ideas románticas se propagaron por todo el mundo y en casi todas las culturas, saturando todo lo que vemos —añado—. Están en las películas, en las series, en las canciones, hasta en los libros, constantemente reforzadas por las campañas de *marketing*. Y cuando no sale como nos muestran, pensamos que hemos elegido a la persona equivocada.

Mia gesticula con las manos, su voz animada. —¡Exacto! Es ahí cuando la gente empieza a saltar de una relación a otra, pensando que la siguiente sí será perfecta. Pero el problema son las expectativas. Esperamos que nuestra pareja sea todo a la vez: mejor amigo, alma gemela, terapeuta, chofer, y hasta cocinero. ¡Es demasiado! —Estalla en carcajadas, y uno de los túneles que estaba armando se desbarata. Mark le ayuda a recomponer la estructura mientras el ambiente sigue cargado de risas.

Aprovechando que el plan inicial se desmoronó, Mark pregunta a Mia: —¿Crees que deberíamos tener también algún tipo de pasaje que se sienta como si los niños estuvieran «escalando» una montaña pequeña? Algo que los motive a explorar diferentes áreas del parque infantil.

—Me gusta. Podríamos hacer que los niños tengan que pasar sobre una serie de pequeños troncos para llegar a la torre—dice, tomando algunos palitos de madera y colocándolos en línea para visualizar su idea. La atmósfera alrededor de la maqueta se siente cargada de energía creativa.

Alan sonríe mientras trabaja en la estructura de la torre. —Además, podríamos poner letreros pequeños, como los que se ven en la serie, para añadir un poco de humor para los padres que estén mirando —dice en tono jocoso, sin dejar de trabajar.

Mia ríe, asintiendo. Tras un rato de silencio y de implementar las ideas, añade con un rostro más serio: —Honestamente, yo también he tenido que aprender a reducir mis expectativas. Antes pensaba que mi pareja debía entenderme sin necesidad de que yo tuviera que explicarme, que debía adivinar lo que quería. Videos como ese realmente me han ayudado a darme cuenta de que está bien si las cosas no son perfectas todo el tiempo, y de que tenemos que ser más directos en la comunicación.

Alan se acerca para completar la base del corredor para niños. —¿Oyes eso, Ethan? Las nuevas generaciones están aprendiendo lo que nosotros siempre supimos: la fuerza de voluntad y la perseverancia, eso es lo que hace que las cosas duren —me pasa un palo, y lo sostengo en su lugar mientras él aplica pegamento.

# Perspectivas

Alan emite un gruñido satisfecho, y Mia sonríe. Nos alejamos un poco, admirando el prototipo hasta ahora. No es perfecto, pero es algo que estamos construyendo juntos, cada uno aportando su toque personal, nuestra perspectiva sobre cómo se hacen las cosas.

Más tarde, cuando terminamos el primer módulo, miro mi teléfono. Aparece un mensaje de Helen, un texto sencillo sobre los planes para cenar. Sonrío y escribo rápidamente, sugiriendo que probemos ese lugar nuevo del que ha estado hablando.

El piso se llena de expectativa mientras más miembros del equipo se reúnen alrededor del esqueleto del modelo para definir los siguientes espacios. Alan pasa a dar instrucciones a alguien más, mientras Mia empieza una llamada telefónica. Mark se queda a mi lado, sus ojos en el modelo, luego mirándome.

—¿Y entonces crees que algo de esto resuena con tu relación con Helen? —pregunta Mark—. Te vi bien pensativo cuando mencionaste aquello de los ritmos diferentes en la relación.

A Mark no se le escapa casi nada, y lo miro con una sonrisa de «me atrapaste». —Sí, me hizo pensar en nuestra relación. Ella ha estado dando saltos gigantes en su carrera últimamente y yo sigo igual, como si no tuviera nada nuevo que ofrecer.

Él inclina la cabeza y me estudia, se nota que ha estado enganchado con este tema. —¿Crees que es más una cuestión de su carrera, o tal vez una fase de estancamiento?

Suspiro. —Probablemente ambas. Supongo que estamos en caminos paralelos, cerca, pero no del todo tocándonos. No quiero que se convierta en un problema más grande que no podamos arreglar.

—Puedes hacer como Alan, ignorar el problema y dejar que pase el tiempo.

—Ja, ja, ja, supongo que sí. Es solo que... las relaciones son complicadas. No es como si hubiera una lista de verificación.

—Algunas personas creen que tener una lista ayuda. ¡Yo tengo la mía! Pero eso es una conversación para otro día. —Mark me da una palmada en el hombro mientras se pone de pie—. Vamos a comer algo. No puedes resolver todos los misterios de la vida con el estómago vacío.

Hago una mueca de hambre mientras me toco el estómago y me pongo de pie. —Sí, tienes razón. Vamos.

Nos dirigimos hacia la puerta, dejando el libro sobre mi escritorio, pero no los pensamientos.

Cuando llego a casa del trabajo, Helen ya está allí, en la cocina, con su bolso sobre el mostrador y el cabello suelto después del día. Echa un vistazo a mi maletín cuando lo dejo sobre la silla del comedor, que no cierra bien por el libro que estoy cargando.

—¿Estás leyendo algo interesante? —pregunta, su tono ligero, pero hay un destello de curiosidad en sus ojos.

—Hum, es un libro que me dio Mark —digo, con un encogimiento de hombros—. Me lo dio a principios de esta semana. Dijo que podría parecerme interesante, aparentemente hizo maravillas por su prima y su matrimonio, así que le eché un vistazo.

—¿Mark? —levanta una ceja, divertida—. Él ni siquiera tiene pareja.

Me río. —Sí, bueno, al parecer se está preparando para una, o eso dice.

Niega con la cabeza, sonriendo. —¿Algo bueno entonces?

—No mucho. Algunas cosas sobre cómo las parejas discuten por tonterías y cómo los pequeños momentos son los que importan o algo así. Nada que no sepamos ya. —Dejo de lado las partes en las que realmente había estado pensando respecto a los ritmos diferentes que están tomando nuestras vidas y cómo

# Perspectivas

nos sintonizamos. No quiero agrandar un problema sin necesidad, como diría Alan.

Ella sonríe, inclinándose para besarme en la mejilla.

—No necesitamos esas cosas —dice con ligereza, pero puedo notar que hay algo más detrás de sus palabras. Una pregunta silenciosa.

—Probablemente no —respondo, devolviéndole la sonrisa, mientras pienso en Mia y en cómo, a su edad, ya tiene acceso a aprendizajes que Alan y yo solo encontramos tras años de aciertos y errores. Es curioso y alentador saber que quizá ella podrá enfrentar sus relaciones con una preparación diferente, como si tuviera un mapa que nosotros no tuvimos. Pero también sé que, al final, solo la experiencia transforma ese conocimiento en algo verdadero. Después de una pausa, y reconociendo lo útil que hubiera sido contar con esas herramientas en su momento, añado—: Igual es bueno saberlo.

# 5. Piezas

Me limpio la frente y me reclino hacia atrás, contemplando el mueble a medio armar que ocupa el centro de la sala, donde pronto podremos colocar algunas fotografías y otros libros que han estado rondando por todas las superficies posibles. Los altavoces palpitan con *Get Lucky* de Daft Punk. Helen ha puesto su lista de reproducción habitual para llenarse de energía. No es lo que yo elegiría normalmente para trabajar, pero para ella es perfecta, encaja mucho con su personalidad dinámica y vibrante.

Estamos agachados en el piso, organizando los módulos para definir cómo los vamos a fijar. La luz suave de la lámpara baña la habitación con un resplandor cálido, reflejándose en la madera de los nuevos paneles. Este momento me recuerda cuando recién nos fuimos a vivir juntos, con esa ilusión de iniciar una nueva etapa en nuestras vidas. Ensamblar la cama, la mesa del comedor, las sillas y otros muebles, se volvió parte de esas actividades que podría denominar familiares y que siempre hacemos los dos.

—Esto me recuerda al trabajo de la semana pasada —dice, elevando su voz sobre la música—. Estaba hablando con Leo sobre el proyecto de *Blockchain Inteligente* que estamos comenzando. Tiene unas ideas de cómo explicarles el concepto a los clientes usando bloques de Lego para ensamblar. Me hizo reír, pero creo que puede funcionar.

—¿Leo? —pregunto, enfocándome en la unión de los primeros paneles, aunque la mención del nombre rompe mi concentración. Por un momento dejo de girar el perno que estaba ajustando, mientras intento recordar qué ha dicho antes sobre él.

—Es el asesor estratégico del que te he hablado hace unas semanas.

Ahí está otra vez. Ya lo ha mencionado varias veces, siempre con ese tono de admiración, pero esta es la primera vez que escucho su nombre. No puedo evitar preguntarme qué tiene el asesor que parece impresionarla tanto, quizá sea su seguridad o la forma en que lidera esos grandes proyectos. —Sí, claro. Lo has mencionado antes. ¿Qué es lo que hace exactamente?

Ella aprieta unos pernos mientras se sienta sobre sus talones, mientras confirma que sus paneles quedaron bien ensamblados. —Es uno de los altos ejecutivos, dirige la adopción de nuevas tecnologías, como integrar Inteligencia Artificial y *Blockchain* en los proyectos. Tiene una manera de ver la industria que nos inspira a todos.

Me organizo para continuar con los pernos del siguiente módulo, mientras considero lo que me ha dicho. Así que no es solo un colega más, es uno de los tipos duros. Aprieto la llave, intentando ignorar mi creciente incomodidad.

—¿Y estás trabajando con el asesor porque...?

Se mueve para agarrar unos acoples. —Está supervisando la integración de esas tecnologías en el proyecto de mi cliente, para automatizar sus procesos y mejorar la seguridad de sus datos.

—Sé que la IA está en todas partes estos días, pero no conozco mucho del *Blockchain*, ¿cómo entra en juego?

Sus ojos se iluminan mientras explica. —*Blockchain* es como un guardián que protege la información. En lugar de tener un jefe central que controle todo, muchas personas cuidan esos datos al mismo tiempo, haciendo que sea más difícil de manipular. Luego, la Inteligencia Artificial actúa como un rápido detective, revisando toda la información para encontrar algo fuera de lugar y solucionarlo. Juntos, hacen que las cosas sean más seguras y rápidas. Es un cambio radical. —Hace una pausa, su rostro reflejando pasión—. Creo que estas tecnologías van a transformar todo: cómo operan las empresas, cómo pensamos en la privacidad de los datos… es inspirador ser parte de esto.

## Piezas

Mientras ensamblo otro de los módulos, la música cambia a un ritmo más errático, y mis pensamientos inquietos parecen sincronizarse con esta, amplificando la disonancia que siento. Todo lo que dice es fascinante, pero cuanto más habla del asesor y su rol, más siento que algo no encaja.

—Bueno, eso explica por qué trabajas con alguien a ese nivel —digo, intentando mantener un tono casual—. Parece que tiene mucha influencia.

Suelta una ligera risa. —Sí, es bastante importante. Pero es inspirador que seamos parte de un gran cambio, y es gratificante ver a la empresa avanzar con estas tecnologías. —Me mira con cara animada—. Es el tipo de proyecto que hace que esas jornadas extras de trabajo valgan la pena, ¿sabes?

Tras armar los módulos que nos asignamos, llega el momento de realizar la última unión. Después de ajustar los pernos restantes y poner las tapas para ocultar sus cabezas, doy un paso atrás para confirmar que todo esté en orden. Se ve bien y, por un momento, me permito disfrutar del logro. La habitación se siente más completa ahora con la estantería de pie, sólida y robusta.

—No está mal para una noche de trabajo —dice sonriendo—. Creo que nos hemos ganado una copa de vino.

Devuelvo una sonrisa rápida. —Definitivamente. —Mientras se dirige a la cocina a buscar el vino, la observo, tratando de convencerme de que todo está bien. Pero el nombre de Leo resuena en mi mente, igual que el ritmo implacable de la música que aún suena. Fuerzo una sonrisa, intentando igualar su entusiasmo, pero es difícil deshacerme de la sensación de que hay algo más que me estoy perdiendo.

Helen regresa con dos copas y las chocamos en un pequeño brindis. —Por el trabajo en equipo —dice, su expresión cálida y genuina.

—Por nosotros —respondo, dando un sorbo. El vino es suave y redondo, con un ligero toque afrutado que relaja los sentidos y atenúa la tensión. Vuelvo a mirar el estante mientras ella empieza a acomodar sus libros y algunas fotografías de nuestros viajes, sintiendo un sutil orgullo por lo que hemos logrado esta noche.

*25 de septiembre*

Estamos acomodados en la sala y Helen sigue con su chispa incansable tras un largo día. Se mueve ligeramente en su asiento, con una vibrante emoción que es imposible de ignorar, incluso mientras vemos una serie de televisión de *thriller* político. No pasa mucho tiempo antes de que se vuelva hacia mí, incapaz de contener su entusiasmo por más tiempo.

—No vas a creer cómo salió la presentación hoy —dice, su voz vibrando de euforia—. Fue un gran momento para nosotros. Leo y yo presentamos el modelo para integrar las nuevas tecnologías y, al principio, el cliente parecía escéptico, no estaban convencidos en absoluto.

—¿Escépticos por qué? —pregunto, manteniendo un tono ligero, aunque siento un nudo en el estómago al escuchar su nombre otra vez junto con esos ojos emocionados.

—Tenían muchas preocupaciones sobre la transparencia del sistema de *Blockchain* —continúa, moviendo las manos de manera expresiva mientras habla—. Era una pregunta tras otra y, por un momento, pensé que los estábamos perdiendo. Pero entonces Leo inició una negociación en equipo y simplemente conectamos, como si nos leyéramos la mente. Él se encargaba de la parte técnica, y yo lo traía de vuelta a cómo impactaría en las operaciones del cliente. Nos complementamos a la perfección.

# Piezas

Fuerzo una sonrisa, intentando parecer comprensivo. —Parece que lo manejaste bien —digo, desviando la mirada hacia los patrones de madera en la superficie de la mesa.

Helen no percibe mi incomodidad. Aún está atrapada en la emoción del momento. —Y... ¿sabes? Después de terminar, ya con el cliente completamente convencido, Leo se volvió hacia mí y me dijo: «Sabía que lo lograrías, no lo habría hecho sin ti».

Trago saliva, manteniendo mi expresión lo más neutral posible. —Eso es... impresionante. Parece que él valora mucho tu trabajo.

—Lo hace y, honestamente, me alegra mucho que con tan poco tiempo en la compañía ya reciba felicitaciones de altos mandos. —Ella se ve resplandeciente. Se acerca a la mesa para comer unas papas de paquete y sonríe al recordar—. Después de la reunión, tomamos un café rápido para celebrar. Tiene grandes ideas para el futuro de este proyecto, y piensa que yo podría liderar algunas partes. Es simplemente... es emocionante, ¿sabes?

Mi sonrisa se tensa. Asiento, pero por dentro, se desata una tormenta. Intento compartir su emoción; sin embargo, las palabras salen vacías.

—Sí, eso es realmente emocionante —repito. Quiero compartir su alegría, pero en lugar de eso, me invade un inquietante sentimiento de celos y distancia. No puedo recordar la última vez que habló de nuestra relación con el mismo entusiasmo radiante.

Más tarde esa noche, mientras se hace las uñas, permanezco en la sala, mirando mi portátil. Abro mi correo electrónico, pasando por mensajes de trabajo, buscando algo en lo que sumergirme, pues en cierta forma, sé que estoy siendo irracional. Tal vez esto se trata de mí, de no sentirme lo suficiente. Quizá si me esfuerzo más, si encuentro un gran proyecto que asumir, incluso en la empresa donde he estado durante más de una década, pueda estar a su nivel otra vez.

# Caminos Entrelazados - Ethan

Miro hacia el cuarto, donde ella tararea suavemente, completamente ajena al torbellino que se desarrolla dentro de mí. Cierro los ojos, respirando hondo, intentando sacudirme la inquietud que sigue creciendo, como si su entusiasmo se moviera a un lugar al que no puedo llegar.

# 6. Sombras de Jacaranda

*26 de septiembre*

Me acomodo en la silla mientras estiro el cuello y los brazos, la jornada de antenoche ensamblando el mueble me dejó los músculos tensos y con nudos, provocando ligeras ráfagas de dolor en la espalda. Es claro que ya no me recupero como antes, mi cuerpo se está volviendo más pesado y rígido. Miro hacia la ventana, fijando la vista en las jacarandas en flor del parque enfrente de mí. Las delicadas flores ya cubren el suelo, cayendo lentamente con la brisa. He venido al café buscando inspiración para un nuevo proyecto secundario, pero mis ideas se desvanecen una y otra vez.

Mark está sentado frente a mí, revolviendo su café con aire distraído y con los ojos entrecerrados como si aún estuviera despertando. Su expresión es relajada, su cabello está desordenado, las mangas de su camisa arremangadas hasta los codos. Hay una energía tranquila en él, una confianza sin prisas. Estamos aquí para darle rienda suelta a nuestra creatividad y hacer una lluvia de ideas para un proyecto de diseño de interiores.

Mark toma un sorbo de café y luego me mira. —Bueno, vayamos al grano. ¿Qué ideas tienes para este proyecto?

Parpadeo, mi mente luchando por concentrarse. Bajo la mirada hacia mi cuaderno de bocetos y luego vuelvo a mirar a Mark forzando una sonrisa. —Pensaba... tal vez en un diseño que traiga el exterior al interior. Ya sabes, con elementos naturales.

—Elementos naturales, ¿cómo qué? ¿Plantas? ¿Texturas de madera?

Golpeo mi lápiz contra la mesa y mi mirada vuelve a la ventana. —Sí, algo así. Es solo que...

Mark frunce el ceño y deja su taza sobre la mesa. —Amigo, estás en otro planeta ahora mismo. ¿Qué te pasa? —Me dice con tono franco.

Suspiro, recostándome en la silla. —Lo siento, Mark. Creo que mi mente está dispersa hoy —respondo.

Mark arquea una ceja, su mirada, aguda e inquebrantable, se fija en la mía, como desafiándome a ser honesto, con esa franqueza que solo un amigo de hace décadas podría ofrecer. Siento un nudo en el estómago, un sutil recordatorio de lo bien que me conoce. —¿Sí? ¿Ha pasado algo más con Helen?

Me encojo de hombros y mi mirada se pierde de nuevo. Las jacarandas se balancean con la brisa, las flores siguen cayendo. Un niño corre por el pasto, recoge una de ellas y se la muestra orgulloso a su madre. Me recuerda cómo los pequeños momentos pueden significar tanto, pero se pierden cuando la vida se vuelve demasiado agitada. —No exactamente. Es solo que... no lo sé. Las cosas se sienten diferentes últimamente. Ella ha estado muy concentrada en el trabajo, sumergida en estos proyectos grandes de IA y *Blockchain* que yo apenas entiendo, así que ni siquiera hablamos mucho de su día. Y yo... yo no tengo nada nuevo, solo la misma rutina de siempre. Cada día parecemos más diferentes, más distantes —admito.

Mark asiente, esperando que continúe. —Incluso estuve revisando otra vez el libro de los principios para matrimonios y un artículo sobre las maneras de amar que Mia me compartió. Esperaba encontrar alguna revelación, pero todo parecía demasiado obvio o poco práctico para lo que estamos atravesando.

Mark toma otro sorbo de su café, frunciendo el ceño. —Amigo, por eso los consejos de matrimonio no siempre funcionan. Es bueno saber algunas cosas, claro... te ayuda a ser más consciente de ti mismo, pero ¿recuerdas a mi primo Tom? Leyó uno de esos libros de relaciones y se obsesionó con analizar cada pequeño gesto de su pareja. Al poco tiempo, veía problemas donde no los había, ¡y entonces sí que hubo

# Sombras de Jacaranda

problemas! Él creía tener la razón por haber leído un par de libros y quería que las cosas se arreglaran a su manera, eso generó muchas discordias innecesarias. Al final, terminaron distanciándose y ahí fue cuando se dio cuenta que lo que tenían en realidad no estaba nada mal. ¿Cómo la ves?

No puedo evitar sonreír. Ese es Mark, simple, práctico y de alguna manera llegando siempre al punto exacto, aunque no le he contado todo. No estoy listo para mencionar a Leo; ni siquiera estoy seguro de por qué me molesta. Quizá sea porque representa aquello que no puedo controlar: el trabajo de Helen, su entusiasmo por los nuevos proyectos y todo lo que la aleja cada vez más de mí. Había escuchado antes sobre el asesor estratégico, pero ponerle un nombre lo hace más real, más personal.

Recuerdo cómo a Helen se le iluminaba el rostro cuando hablaba de él, con esa emoción inconfundible en su voz, entonces siento una suave punzada amarga. Intento controlarla y minimizarla fingiendo que no me molesta, pero llega más profundo de lo esperado. Dudo por un segundo y Mark parece percatarse de ello y sus ojos se entrecierran como si intuyera que hay algo más que no le estoy contando.

—Creo que tengo que entender más lo que está pasando —puntualizo para no dar más detalles.

Mark sigue mi mirada hacia las jacarandas afuera. —Mira esos árboles —dice, dejando que sus palabras floten por un momento—. Florecen con todo su esplendor, se despojan de sus flores sin aferrarse, y luego, sin prisa ni alarde, vuelven a florecer la próxima temporada. No significa que no estén cumpliendo su propósito; simplemente siguen el ritmo de su propia naturaleza, dejando ir para volver a empezar. Puede que esto sea solo un ciclo, de la relación, de Helen, o incluso tuyo. No tienes por qué darle tantas vueltas al asunto solo porque sientes que se están cayendo unas flores.

Me echo a reír, negando con la cabeza. —Tienes una manera de decir las cosas, ¿sabes?

Él sonríe. —La sencillez es el camino, amigo. Las personas cambian, las relaciones cambian. No significa que algo esté mal, quizá solo sea parte del ciclo.

Sus palabras se quedan rondando en mi cabeza. No está equivocado, la vida se mueve en ciclos, quizás Helen y yo estemos en uno de esos ciclos donde las cosas parecen morir, pero en realidad es solo una preparación. Sin embargo, la incomodidad que siento no encaja del todo en esa metáfora, especialmente porque Mark no sabe todo lo que está pasando, aunque prefiero dejarlo así.

Mark termina su café y deja la taza con un suave tintineo. —Siempre te complicas demasiado, ¿lo sabes? Solo... déjalo ser. Concéntrate en tu trabajo, y el resto se resolverá solo. Usualmente lo hace.

Sonrío, reconociendo su punto. Es verdad que suelo enredarme demasiado en mis propios pensamientos. —Sí, creo que solo necesito dejar de pensar tanto.

Mark se inclina hacia adelante, apoyando los codos sobre la mesa. —Exactamente. Tienes tus proyectos y tu trabajo para enfocarte en esas otras cosas que sabes hacer bien. Ustedes resolverán el resto cuando sea el momento adecuado. Y ahora, necesito que vuelvas a nuestro proyecto porque yo no lo voy a hacer solo. —Nos reímos, su comentario renovándome de energía.

Miro mi cuaderno de bocetos y luego veo hacia el parque. Tomo el lápiz y empiezo a dibujar sin pensar demasiado: trazos rápidos que forman la silueta de un árbol, sus flores esparcidos en el suelo. Se siente más revelador de lo que pretendo, como si mi mano dibujara lo que mi mente intenta procesar. Respiro hondo y miro a Mark. —Tienes razón, es momento de enfocarme en este nuevo proyecto y dejar que lo demás encaje por sí solo.

Caigo en cuenta que estos proyectos me proporcionan un sentido de estabilidad, pues juego en un terreno conocido que me da la oportunidad de invertir mi energía en una creación

# Sombras de Jacaranda

tangible que puedo controlar, a diferencia de la imprevisibilidad que experimento con Helen.

Una sonrisa satisfecha cruza su rostro. —Así es, entonces ¡manos a la obra!

Siento una pequeña sensación de resolución, una decisión tomada, aunque solo sea la de seguir adelante. Las jacarandas afuera continúan balanceándose y, por ahora, eso es suficiente.

Mark y yo nos despedimos con un firme apretón de manos después de una jornada inesperadamente productiva, los restos de nuestra conversación flotando como las flores violetas que tapizan el parque. Decido hacer algunas compras de supermercado en el camino a casa: algunas paradas rápidas que me mantengan ocupado y me distraigan de pensamientos que solo me van a traer problemas.

Para cuando llego a casa, ya el sol se ha deslizado hacia el horizonte, proyectando un tono dorado por todo el apartamento al empujar la puerta, y el familiar olor a lavanda del difusor me recibe nuevamente. Hay una normalidad reconfortante en el tintineo de las llaves, en el susurro del plástico y en el eco de los pasos en nuestro pequeño y familiar espacio.

La puerta de nuestra habitación está cerrada, al parecer Helen está tomando una minisiesta como hace a veces después de la oficina. Decido no despertarla y me siento en el sofá con mi cuaderno de bocetos para darle una ojeada a los diseños que logramos hoy Mark y yo. Al final, creo que nos sirvió la jornada creativa fuera de la oficina.

Pero antes de que pueda acomodarme, Helen emerge del dormitorio con pasos ligeros y seguros, como si cada uno estuviera diseñado para cautivar. Alzo la mirada, y cualquier rastro de sueño que esperara ver en sus ojos desaparece al instante; mi respiración se corta al verla. Lleva una lencería de encaje negro que se ciñe a sus curvas con precisión, cada hilo parece trazado para realzar su silueta. Sus manos, esbeltas y elegantes, recorren su cuerpo en un movimiento lento y calculado, generando un susurro apenas audible, como si la habitación misma contuviera la respiración. Su cabello oscuro cae en cascada sobre sus hombros descubiertos, enmarcando su rostro con una naturalidad que destila sensualidad y fuerza. Su piel, en los costados, se revela audaz entre delicados lazos violetas que se entrelazan en su contorno y, por un segundo, ese matiz me recuerda las jacarandas en flor de esta mañana, dándole un toque de fragilidad en medio de su audacia. Sus piernas, firmes y femeninas, se deslizan con una cadencia hipnótica, cada paso parece deliberado, como si se tratara de una danza silenciosa en la que solo nosotros existiéramos. El apartamento entero parece encogerse hasta quedar suspendido en el espacio entre nosotros. Todo mi ser se enfoca en ella, en ese cuerpo que avanza hacia mí con una confianza arrolladora, con una mirada en la que se mezcla la travesura y una sensualidad casi peligrosa. En ese instante, me siento como una presa que desea ser capturada, devorada, consumida hasta perderme en esa fusión de deseo y vulnerabilidad, en una quimera donde soy tanto el cazador como la presa.

—Hola —susurra con voz juguetona, apoyándose contra el marco de la puerta. Sus labios se curvan en una sonrisa cómplice mientras observa mi reacción. Da un paso hacia adelante, sus pies descalzos deslizándose sin ruido sobre el suelo, hasta quedar justo frente a mí.

Trago saliva, intentando recuperar la voz. —¿Qué... qué es todo esto? —pregunto, más por decir algo mientras me contagio de su picardía.

La sonrisa de Helen se profundiza, volviéndose aún más provocadora, y una chispa de travesura ilumina su mirada. Se arrodilla junto al sofá, sus dedos rozan apenas el borde de mi cuaderno de bocetos, antes de deslizarlo suavemente de mis manos y dejarlo a un lado, como si apartara cualquier distracción que no fuera ella. Sus manos ascienden despacio, cálidas, hasta posarse sobre mi pecho. Su rostro se inclina hacia el mío y, en el instante en que sus labios húmedos y brillantes están a milímetros de los míos, me pierdo en ellos, casi tocándolos con la mirada.

—Pensé —murmura, sus labios apenas rozando mi oído, su voz es un susurro que serpentea en el aire—, que esta noche podríamos olvidarnos de todo lo demás. Solo tú y yo.

Su aliento cálido se desliza sobre mi piel, enviando una descarga desde el lóbulo de mi oreja que se expande en ondas por todo mi cuerpo, un estremecimiento que recorre mis piernas. Pero su delicioso asalto no termina allí. Se inclina más, sus labios rozan mi cuello sin llegar a tocarlo del todo, como un juego exquisito que prolonga el deseo reteniendo mi respuesta, como si cada movimiento suyo fuera una pregunta silenciosa.

Me rindo, mis ojos se cierran mientras mis manos encuentran su cintura, atraídas por la calidez de su piel bajo la seda. Ese contacto, ligero, pero lleno de promesas, me reconforta y me sumerge aún más en ella. Aspiro el aroma suave de su cabello, un tenue perfume que me envuelve, y pierdo noción de cualquier otra cosa que no sea Helen. Con un movimiento fluido y sin romper nuestro contacto visual, ella cambia su peso y se acomoda a horcajadas sobre mi regazo, sus caderas dibujando un ritmo lento y deliberado que incendia cada centímetro de distancia entre nosotros.

—Parecías un poco tenso hoy —susurra, sus dedos trazando el cuello de mi camisa antes de desabrochar el primer botón—. Pensé que quizá podría ayudarte con eso.

Abro los ojos para encontrarme con los suyos. Hay un destello allí. ¿Satisfacción? ¿Curiosidad? No logro identificarlo. Ella sabe, pienso. Puede percibir mis celos, mi incomodidad. Es casi como si jugara con ello, atrayéndome, poniéndome a prueba. Quiero dejarme ir, perderme en ella, pero la inquietud me toma desprevenido.

Esbozo una sonrisa, aunque eso requiere un pequeño esfuerzo.
—Siempre sabes cómo sorprenderme —digo mientras mis manos descienden lentamente por su espalda, sintiendo cada

curva bajo mis dedos. Ella arquea su cuerpo en respuesta a mi caricia, y sus ojos se entrecierran mientras sus labios se presionan contra los míos, húmedos, insistentes, cargados de deseo.

El beso se profundiza y siento sus dedos enredarse en mi cabello, sus uñas apenas rozando mi cuero cabelludo, un toque que envía otra chispa a lo largo de mi columna. Sus manos desabrochan los botones de mi camisa con un ritmo que acelera mi pulso y su cuerpo se funde contra el mío. Sus caderas se mueven con una urgencia contenida, liberando un calor que se extiende por mi piel, cada célula de mi cuerpo despierta a su roce. La seda y su piel, tan suave, tan cálida, me envuelven, y sus muslos se aprietan a mi alrededor, atrayéndome como un imán.

Por un momento, el mundo exterior se desvanece: las incertidumbres, las dudas, cualquier pensamiento que no sea ella y este instante. Solo existe Helen, su calor, sus caricias que me rodean, que me ahogan en un deseo casi insostenible. Pero a pesar de su cercanía, esa inquietud que me encontró desprevenido vuelve para quedarse entre nosotros.

Helen se aparta apenas un poco, dejando sus labios a centímetros de los míos, su aliento acariciándome. —Te deseo, Ethan —susurra, su voz baja, entrecortada y con un dejo de vulnerabilidad y fuerza a la vez, hace que mi pecho se contraiga, atrapado entre el deseo y esa incomodidad que no se disipa.

—Yo también te deseo —respondo, casi con un titubeo en la voz, sintiendo el peso de mis propias palabras. La atraigo más hacia mí, buscando perderme en el momento y ahogar cualquier pensamiento en el calor de su abrazo, pero en el fondo, sé que no es tan sencillo. El desasosiego persiste, como una silenciosa advertencia de que las cosas están cambiando, incluso ahora, en la intimidad de nuestro abrazo.

# Sombras de Jacaranda

*Boceto de Ethan: Jacarandas en la nueva granja.*

# 7. Más allá del orden

*30 de septiembre*

A través de la ventana de la cocina, la luz matinal proyecta un cálido resplandor que envuelve el comedor, creando una atmósfera serena y acogedora. Disfruto las mañanas como esta, tranquilas y predecibles, en las que mi mente puede divagar con libertad.

Helen acaba de terminar su llamada habitual con su familia en Colombia, una rutina que mantiene para mantenerse al tanto de sus vidas a pesar de la distancia. Ahora revisa su teléfono, relajada, y una leve sonrisa aparece en sus labios mientras repasa la agenda de sus reuniones del día.

—Tengo una reunión de equipo más tarde —dice de manera casual, tomando un sorbo de café—. No debería ser muy larga.

Asiento, mientras mis pensamientos cambian de rumbo. —Últimamente te he visto aún más entusiasmada con tu proyecto.

Helen levanta la mirada, y su rostro se ilumina con un brillo inconfundible. —Sí, ha ido bastante bien, algunos prototipos ya están dando resultados y se está volviendo más fácil vender la idea.

No menciona directamente a Leo, pero sé que él forma parte de lo que va bien, de lo que le da ese brillo. Trato de mantener una expresión comprensiva, ella me dedica una sonrisa sutil y extiende su mano hacia la mía sobre la mesa. —En algún momento el proyecto ya se venderá solo y no tendré tanto trabajo.

Le devuelvo la sonrisa, aunque de una forma que no logra transmitir del todo mis emociones. Su toque, como siempre, es tierno y lleno de cariño, pero hoy se siente distinto. Tal vez soy yo quien ha cambiado.

## Más allá del orden

Mientras termino mi taza de café, mi mente regresa al fin de semana en Gold Coast, a la calidez de la playa y a esa sensación de que todo fluía sin esfuerzo. Pasamos horas descansando junto al mar, caminando por la costa, hablando de temas sin importancia. No había distancia, ni una sola sombra de tensión, ella estaba radiante, feliz. Pero durante la semana, todo es distinto, es como si yo me hubiera quedado en otro lugar mientras ella vuelve a la vida que la emociona.

Mientras organiza sus cosas para el trabajo, le propongo. —Oye, ¿te parece si planeamos algo para el próximo fin de semana? Podríamos invitar a algunos amigos. Sería divertido pasar el rato con ellos en la costa.

Helen levanta la mirada, entusiasmada. —Eso suena perfecto. ¡A ellos les encantaría! —Escuchar su entusiasmo me alivia el ánimo. La observo mientras vuelve su atención a su teléfono, escribiendo un mensaje rápido, y dejo que la conversación fluya hacia los pequeños detalles del viaje. Hablar de planes concretos tiene algo reconfortante, algo que parece acercarnos de nuevo, incluso si eso implica incluir a más personas.

Como hoy los dos trabajamos desde casa, el apartamento parece más pequeño. Solo tenemos una zona de oficina, así que nos movemos por los diferentes cuartos del apartamento para rotarnos en nuestras videollamadas. Cerca de la una de la tarde, el aroma del almuerzo comienza a llenar el espacio, también nos turnamos para dorar las arepas en la sartén, esos discos dorados de maíz muy típicos para los colombianos y que completamos con mi toque: tocineta, aguacate, espinaca, rúcula, y un huevo escalfado.

Nos sentamos a la mesa y una sola mirada es suficiente para darse cuenta de nuestra dualidad, comida que no es colombiana ni australiana, pero que se siente familiar. Helen, como siempre a la hora del almuerzo, tiene una porción mucho más grande que la mía, un detalle que normalmente me hace sonreír.

Helen capta mi sonrisa y, comprendiendo mis pensamientos, ríe mientras toma otra arepa para su plato. —Tal vez, si almorzaras bien, no estarías tan cansado al final de la tarde, como lo has estado últimamente. —Me dice, guiñándome un ojo.

—Ja, ja, ja, sí, sí, puede que tengas razón. Lo intentaré, pero no prometo nada.

Mientras habla de su día y de los otros avances en su proyecto, la escucho con atención, aunque sin estar seguro de estar entendiendo bien. Sin embargo, cada vez que menciona sus compañeros de trabajo y cómo conectan de bien, mi pecho se encoje. Me repito a mí mismo que no es nada, que solo es trabajo. Respiro hondo, tratando de concentrarme en sus palabras, y mantengo la compostura.

—¿Estás bien? —pregunta Helen, su mirada penetrante busca la mía mientras su mano se posa suavemente sobre la mía.

—Sí, solo estoy un poco cansado —respondo, volviendo al momento presente—. Pero cuéntame más sobre esa idea que estabas discutiendo. Suena... interesante.

Helen se anima ante mi interés y empieza a explicarme con más detalles las dificultades que han tenido construyendo los prototipos. Me concentro en sus palabras y, por un instante, me permito interesarme, quizá como un intento de acercarme más a ella. Hago preguntas, con un interés genuino, pero también como un reto a mi capacidad intelectual. Su sonrisa se ensancha y, de pronto, me doy cuenta de que esto es lo que necesito: ser parte de su mundo, aunque sea en pequeñas cosas, como un esfuerzo por cerrar la brecha que parece ensancharse entre nosotros.

La conversación fluye mientras ella me describe sus ideas con voz entusiasta, gesticulando animadamente mientras sus ojos brillan de emoción. La observo, absorbiendo su energía, maravillándome con la emoción que irradia al hablar de su trabajo o de cualquier otra cosa. Es un lado de ella que me cautiva, uno que me recuerda las razones por las que me enamoré de ella en primer lugar.

# Más allá del orden

Después de terminar mi última reunión del día, decido pasar por la oficina improvisada de Helen para ver si su botella en el escritorio aún tiene agua, un gesto pequeño que ella siempre ha apreciado. Está en una videollamada con su equipo y su risa es enérgica y casi ininterrumpida. Al parecer, están haciendo varios comentarios graciosos, pues puedo ver todas las minicaritas en su pantalla riendo también, excepto una, la que está generando las risas mientras habla animosamente. Antes de leer su nombre, ya sé quién es. Su porte impecable y el fondo de su elegante oficina lo delatan como un alto ejecutivo. Ya sabía que Leo es italiano, sus rasgos mediterráneos son evidentes, y por lo visto también sabe cómo hacer reír a todo el mundo.

Me olvido de la botella de agua y me retiro silenciosamente, sintiéndome como un intruso. Desde el umbral de la puerta, su risa sigue resonando, como una melodía que me cala en lo profundo. Cada carcajada toca una fibra sensible, despertando en mí una creciente inseguridad. La observo desde fuera, como si hubiera una parte de ella que me resulta incomprensible. Quisiera que esa risa fuera solo nuestra, que esa alegría existiera únicamente en nuestro espacio, sin nadie más.

Sintiendo la tensión extendiéndose por todo mi cuerpo, decido distraerme con alguna tarea, me dirijo a la cocina y empiezo a buscar, casi aleatoriamente, algunos ingredientes para preparar algo de comer. Después de sacar varios empaques y frascos sin saber bien para qué, decido hacerme un sándwich sencillo. Cortar el pan, untar la mantequilla, seguir esos movimientos rítmicos, poco a poco, me calma. No se trata de comer para aplacar la ansiedad, sino de hallar una actividad repetitiva que me permita anular mis pensamientos.

Después de preparar cuatro minisándwiches y comerme dos, vuelvo a mi escritorio y me obligo a adelantar mi trabajo de diseño. Lentamente, empiezo a recuperar el control, recordándome que las reacciones impulsivas no son buenas compañeras y que, al final, en realidad no tengo razones de peso para preocuparme más allá de las sonrisas y tal vez una admiración laboral. Tras unos minutos, me siento incluso satisfecho por saberme controlar y lograr que la razón predomine.

Al final de la jornada laboral, busco a Helen para nuestro paseo habitual. Mientras se acomoda en el sofá para enviar sus últimos mensajes, observo su *laptop* sin razón alguna y alcanzo a ver algunos emojis de risa en la ventana del chat. Inofensivo, me recuerdo, pero, aun así, algo dentro de mí se resiente. El temor de que haya una cercanía allí que no puedo alcanzar se instala en mi interior. Me doy la vuelta fingiendo no haberlo visto, pero mi mente no me sigue y deja la imagen nítida frente a mí.

Me siento en el sillón de al lado del sofá, esperando a que termine de escribir. Levanta su mirada, capta la mía y sonríe. Quiero preguntarle, decirle algo para que vuelva a mí como en los fines de semana, pero las palabras se me atascan en la garganta. En su lugar, le devuelvo una sonrisa forzada, esperando que oculte la tormenta que llevo dentro.

Durante nuestro paseo al atardecer junto al río, finalmente decido a sacar algo del malestar que he estado sintiendo a lo largo del día. Preparo la conversación, procurando sonar casual.

—Hace tiempo no te veía tan emocionada con un trabajo.

Helen me mira, sorprendida. —Sí, me ha costado mucho llegar aquí. Creo que por fin me siento realizada en mi carrera y que estoy rodeada de gente increíble que me está enseñando mucho —dice, observándome detenidamente—. Pero ¿por qué lo dices?

Me encojo de hombros, pateando una piedrita en el camino, su pregunta directa destruye mi plan de sacar el tema de forma casual. —No es nada, solo… pareces demasiado emocionada. Me alegra que tengas ese tipo de apoyo.

## Más allá del orden

Ella toma mi brazo, acercándose más. —Sabes que tú eres mi mayor apoyo, ¿verdad? Lo nuestro es más importante que cualquier proyecto.

Siento el calor en sus palabras, y con él se disipa mi impulso de querer responder con algún comentario lleno de espinas, mientras ella es tan afectuosa. Quiero creerle, permitir que su tranquilidad se impregne en mí y disuelva las dudas. Caminamos en silencio un rato, mientras observo el cielo, los colores intensificándose con el ocaso. Tal vez no se trate de ella, ni de Leo, sino de mí. Me pregunto si en realidad soy yo quien está creando esta distancia, como ya ha ocurrido en el pasado.

Ella aprieta suavemente mi brazo, acercándome más mientras caminamos. —Sabes —dice en voz baja—, deberíamos hacer otro viaje pronto, solo nosotros dos. Nos haría bien alejarnos de todo, dedicar tiempo solo para nosotros.

Ahora soy yo el que la mira con sorpresa. —Sí, suena genial. —Y por un momento me siento reconfortado del todo.

Sus ojos se encuentran con los míos, llenos de calidez y, por un instante, me permito creer que todo estará bien, que tal vez podamos encontrar el camino de regreso el uno al otro.

El apartamento está en silencio ahora. Todo está en su lugar, perfectamente ordenado y en armonía: los platos limpios y ordenados, las toallas de la cocina, los cojines en la sala, incluso los libros y las fotos están alineados en el nuevo estante, no hay nada más que pueda organizar. Pero en mi interior, todo lo que no encaja pareciera haberse asentado allí de maneras aleatorias. Aún puedo ver y escuchar su risa durante la videollamada, y los repetidos emojis emocionados circulando por mi mente. La manera en que se veía, tan contenta, me sumerge aún más en una oscuridad de la que no logro escapar, mientras sigo intentando recordar la última vez que la hice reír de esa manera.

# Caminos Entrelazados - Ethan

Me quedo en el silencio, sintiendo el peso de todo eso sobre mí. Sé que estoy pensando demasiado, que al fin de cuentas es solo trabajo, y soy yo el que está con ella caminando y haciendo planes para irnos de paseo. Pero la duda no se desvanece y mis pensamientos caen en espiral.

Helen ya está durmiendo, su respiración constante resuena desde el dormitorio, relajada, inconsciente de la tormenta que se agita en mi mente. Sé que debería liberarme de esta obsesión que, si la racionalizo, es insignificante, pero la duda persiste y no sé cuánto tiempo más podré ignorarla. Sé que no puedo seguir así para siempre, que en algún momento alcanzaré un punto de ruptura, y tal vez, cuando llegue ese momento, encuentre el valor para expresar lo que realmente siento, para enfrentar los miedos que me mantienen alejado de la persona que amo. Pero esta noche, dejo que el silencio gane una vez más.

# 8. Frío cálido

*2 de octubre*

Estoy sentado en mi escritorio de la oficina mirando los bocetos que tengo enfrente cuando suena mi teléfono. Atiendo, y la voz al otro lado es educada, pero directa.

—Ethan, habla Charles, he revisado el diseño y, aunque no está mal, vamos a necesitar hacer revisiones significativas. No es exactamente lo que teníamos en mente.

Me toma por sorpresa, aprieto el teléfono contra mi oreja.
—Claro Charles. ¿Qué falta? Quizá podamos ajustar el...

—Mira, simplemente no está listo. Necesitamos un enfoque como el que nos mostraste al inicio, más dinámico, más alineado con nuestra visión, pero no sé por qué lo cambiaste tanto. Habla con mi secretaria y coordinan otra sesión con los constructores.

Afirmo con mi cabeza, aunque no puede verme. Siento cómo mi corazón se hunde un poco.

—De acuerdo. Me encargaré de eso. Gracias por el *feedback*.

Cuelgo y me quedo ahí sentado, con el teléfono aún en la mano. La oficina parece distinta ahora, sofocante. Dejo escapar un suspiro, abriendo el modelo que había enviado en mi computadora, los demás bocetos, dispersos a mi alrededor, ahora parecen sin vida. No es la primera vez que recibo un rechazo, es parte del trabajo. Pero hoy parece más que simplemente un error, es un reflejo de algo más grande, algo que no estoy listo para enfrentar.

Sujeto el maletín y salgo de la oficina en busca de aire, dejando que la puerta se cierre detrás de mí. En el ascensor, el descenso parece algo más largo de lo usual, y el silencio compacto me da la impresión de que mis pensamientos se multiplican. Cuando las puertas finalmente se abren, respiro con alivio y cruzo el vestíbulo, lanzando un saludo rápido a la recepcionista. Intento sonreír, pero sé que apenas roza la superficie.

Afuera, el aire frío me recibe y tomo una bocanada profunda, tratando de sacudir la tensión acumulada. Me encuentro caminando sin rumbo definido, el maletín colgando del hombro, mientras observo a mi alrededor. La ciudad sigue su curso habitual, con personas y autos que parecen saber a dónde van. Me detengo frente a una cafetería, mirando el interior iluminado a través del cristal, pero no siento el impulso de entrar. No quiero café, pero quiero algo que me quite esta sensación de insuficiencia.

En casa, Helen está en la cocina preparando un té con hojas sueltas. El aroma a menta inunda el aire mientras me acerco y ella saca dos tazas, una para cada uno, dejando a un lado un libro con el marcador en la mitad.

—Oye, siento mucho el cambio de planes a último minuto —dice, lanzándome una mirada rápida—. Quizá tengamos que reprogramar nuestro viaje de fin de semana, pero lo haremos el próximo. Acabo de enterarme que debo ir a Melbourne mañana.

Parpadeo, sorprendido. —¿Melbourne? Eso sí que es repentino.

—Sí, lo sé. Es para esa reunión con el nuevo cliente que te había comentado. Estamos casi cerrando el trato. Son solo dos días, y estaré de vuelta antes de que lo notes.

Asiento, solo como formalidad. Está emocionada por el viaje, y lo entiendo, es importante. Pero todo en lo que puedo pensar es en la última vez que la vi trabajando con Leo, riéndose durante esa videollamada, y lo alegre que se veía.

—Tendremos que aplazar el viaje para el próximo fin de semana entonces —digo, desilusionado. Había estado esperando esto durante semanas, imaginando cómo sería estar solo nosotros dos de nuevo, lejos de todo. El hecho de posponerlo me revuelve

# Frío cálido

el estómago, pero mantengo mi voz firme. En cierto modo, ya lo esperaba.

Ella sonríe, luciendo aliviada. —Sí, perdón por eso. Lo compensaré la próxima semana. Estás de acuerdo, ¿verdad? —Me pregunta, pero suena más como una confirmación que una pregunta real.

—Claro —miento, con mi rostro congelado en una expresión tensa.

Ella vuelve a su té y a un pan de banano que sacó del cajón de meriendas, la observo, sintiéndome más desconectado que nunca. Y al parecer, ella percibe la misma distancia en mí.

—Estás un poco raro esta noche. ¿Qué pasa? —Me pregunta.

Dudo, pero rápidamente dejo escapar un suspiro. —Sí, tienes razón. Es solo... cosas del trabajo, ya sabes. Hoy me rechazaron un diseño importante. Quieren revisiones significativas, y es... frustrante.

Su expresión se suaviza mientras se acerca y pone su mano en mi hombro. —Lo siento, amor, eso suena difícil. Has estado trabajando mucho en eso.

—Sí, me afectó un poco —digo, aferrándome a esa excusa—. He intentado olvidarlo, pero creo que aún sigo buscando en qué momento me desvié de la idea que yo mismo les había vendido.

Helen me ofrece una sonrisa tranquilizadora. —Sé que lo solucionarás. Siempre lo haces.

—Sí —respondo, intentando sonar convincente—. Ha sido un día largo.

Desvío la mirada, un pinchazo de culpa se retuerce dentro de mí por dejar que el rechazo absorba la culpa de todo lo demás que siento. Pero es más fácil así, una excusa tangible para explicar por qué he estado distante, sin necesidad de abrirme sobre lo que realmente está pasando, y menos ahora que ni siquiera va a estar conmigo.

Helen empieza a hacer su maleta para el viaje y decido salir a caminar. Ella está ocupada doblando ropa, murmurando para sí misma qué llevar, y yo necesito despejar mi mente. Salgo al aire fresco de la noche, ajustándome bien la chaqueta mientras deambulo por las calles conocidas. Sin embargo, la ciudad luce diferente, más oscura, lo cual es sorprendente porque siempre pensé que Brisbane tenía demasiados colores, demasiada iluminación. Pero ahora parece que, de hecho, le hacen falta más luces para reducir esta sensación de oscuridad. Incluso las personas que caminan parecen idas, desconectadas, como si fueran parte de un mundo diferente. Paso junto a un bar, donde un hombre está solo, mirando su teléfono sin tocar la cerveza frente a él, su cara inexpresiva, como si no estuviera realmente allí. Una pareja pasa junto a mí, en silencio, tomados de la mano, pero sin mirarse ni determinarse siquiera, les daría lo mismo ir completamente solos. Es como si el mundo se hubiese desconectado y, de alguna manera, lo estoy viendo por primera vez.

Camino más rápido, intentando escapar de los pensamientos que se arremolinan en mi mente. Pero a donde quiera que miro, veo soledad. Los edificios se alzan demasiado altos, demasiado imponentes, como si se estuvieran cerrando sobre mí. Las calles, las luces, incluso el río, parecen apagados, como si les hubieran drenado la vida.

Giro por una calle lateral y termino junto a la orilla del río. Me detengo, mirando el agua mientras se desliza, oscura y aparentemente sin destino alguno. El suave murmullo del río debería ser tranquilizador, pero esta noche solo me recuerda cómo las cosas siguen adelante, con o sin mí. Me siento en una banca, apoyando la cabeza en mis manos. La brisa fresca me revuelve el cabello y cierro los ojos, intentando bloquear todo.

# Frío cálido

Necesito dejar de pensar así. Es solo un viaje. Solo trabajo. Pero por más que lo intento, no puedo ignorar la verdad, Helen se está alejando cada vez más, y yo solo estoy viendo cómo sucede.

*3 de octubre*

Llevo a Helen al trabajo. Ella me dejará el auto los próximos días, ya que no lo necesitará en Melbourne. Hablamos un poco en el camino, principalmente sobre su presentación y el cliente. Yo escucho y sigo el diálogo con monosílabos y preguntas simples, pero mi mente está en otro lado, atrapada en todo lo que no estoy diciendo.

La miro mientras habla, con ese brillo en sus ojos que se ha vuelto ya tan natural cuando habla del proyecto, y un sentimiento de envidia me invade. Y esta vez no es envidia por alguien más, sino por esa pasión que tiene por su trabajo. Yo solía ser así también, solía emocionarme con mis proyectos y lograr que las cosas sucedieran. Pero ahora, parece que solo estoy pasando los días con mis pequeños diseños, manteniéndome cómodamente a flote, pero incapaz de nadar.

Mientras la ayudo a sacar su maleta, noto que un traje impecable se aproxima hacia nosotros, casi más llamativo que el hombre que lo lleva puesto. Es como si el traje caminara por él para evitarle cualquier esfuerzo, envolviéndolo como un regalo destinado a impresionar, pero sé que al final lo que importa realmente es lo que hay adentro. Él hace una seña, sonriendo con esa sonrisa fácil en su rostro juvenil, y mi estómago se aprieta.

—Oh, Leo —dice Helen, su voz ligera—. Ven, conoce a Ethan. Siempre he querido presentarlos.

De cerca, Leo es más bajo que yo y definitivamente más joven, probablemente apenas está entrando en sus treintas, pero su presencia llena el espacio, haciéndolo parecer más grande. Su línea de la mandíbula es marcada, perfectamente afeitada, dándole ese aspecto pulido y sin esfuerzo. Su piel, suave y bronceada, contrasta con el traje perfectamente ajustado que se ciñe a él como si hubiera sido hecho por un sastre maestro. Su postura es relajada, pero dominante, como alguien que sabe cómo atraer las miradas sin necesidad de decir una palabra. Incluso sus zapatos de cuero, oscuros y elegantes, brillan como si nunca hubieran visto un día de desgaste. Luce incluso más compuesto en persona que en la pantalla, cada detalle es agudo y calculado. Es el tipo de confianza que hace que los edificios parezcan más pequeños. Verlo así, tan real, tan... completo, encarna todos los temores que he estado alimentando.

Le estrecho la mano a Leo, enmascarando la oleada de malestar dentro de mí. —Hola, finalmente nos conocemos —digo, manteniendo un tono tranquilo.

—Igualmente —responde Leo, con un apretón de manos firme y amigable—. Helen me ha hablado mucho de ti.

Dejo escapar una risa breve, curvando los labios en una sonrisa forzada, aunque se siente torpe, poco natural. —¿Listo para Melbourne? —Le pregunto.

Leo sonríe, volviéndose hacia Helen. —Ella lo tiene todo bajo control, ¿no? Al cliente le va a encantar su presentación.

Helen se ríe, apartándose el cabello, como siempre hace cuando está proyectando su belleza. Solía hacer eso conmigo también, especialmente cuando empezamos a salir. Ahora, parece que esa parte de ella está reservada para otra persona.

—Eso espero. Es un gran proyecto.

Leo es educado, amable, él me hace sentir incluido en la conversación, incluso importante, y lo odio por ello. No porque haya hecho algo inapropiado con Helen, no lo ha hecho. Pero aquí, mientras los veo compartir sus expectativas para el viaje, siento que soy el espectador de un momento en el que no encajo. Y tampoco es que Helen haya hecho algo inapropiado,

# Frío cálido

es solo que... hay una conexión innegable entre ellos que no puedo ignorar, la energía entre ellos fluye con demasiada facilidad.

Helen se vuelve hacia mí, plantándome un beso rápido en la mejilla. —Nos vemos mañana por la noche —dice, su sonrisa genuina y su mente ya en el vuelo.

—Suerte —digo, mi voz sonando distante incluso para mí, mientras la veo a ella y a Leo entrar juntos al edificio.

Ya no tengo ganas de ir a la oficina. Le envío un mensaje rápido a mi jefe: «No me siento bien, me tomaré el día libre». En el momento que lo envío, me doy cuenta de que es cierto, no estoy indispuesto solo mentalmente, hay una pesadez física que me arrastra hacia abajo y casi pareciera doler. Me doy la vuelta y me dirijo de nuevo al apartamento, esperando descansar un poco y quizá encontrar algo de paz.

El apartamento está en silencio, demasiado silencioso. El pomo de la puerta está más frío de lo que debería y, al entrar, es como si el silencio me tragara por completo. Camino por las habitaciones vacías, dejando las llaves en la mesa del comedor, pero la quietud me mira desde cada rincón. Helen regresa mañana por la noche, me recuerdo, pero eso no cambia mi sensación. Sin ella, el apartamento se siente vacío y frío, a pesar de que esta semana la temperatura ha subido varios grados.

Me dejo caer en el sofá, pero la inquietud persiste. Hay algo que se está moviendo, algo que cambia, y no sé si me lo estoy imaginando o si, en el fondo, siempre lo he sabido y he tenido miedo de admitirlo. Me levanto y empiezo a dar vueltas por la sala, pasándome una mano por el cabello. Abro la nevera y miro dentro, pero nada me atrae así que la cierro. El eco de la puerta resuena en la sala, profundo y vacío. Tomo un vaso de agua y me quedo junto a la ventana, mirando la ciudad desde arriba mientras me pregunto cuántas personas ahí afuera se sienten así ahora, solitarias y a la deriva.

Miro el reloj y descubro que aún es media tarde. Las horas se despliegan ante mí, largas e inhóspitas. Necesito hacer algo, cualquier cosa que rompa esta sensación de vacío. Tomo mi chaqueta y salgo, decidido a dar otro paseo. Quizás el movimiento me ayude, tal vez el aire fresco despeje mi mente.

Las calles están llenas de gente inmersa en su día: comprando, conversando, viviendo. Me abro paso entre la multitud, las manos en los bolsillos. Paso junto a un parque y decido sentarme en un banco, observando a los niños que ríen en los columpios, sus voces llenando el aire con una alegría despreocupada que envidio. Sus vidas parecen tan sencillas.

Una pareja pasa caminando, están tomados de la mano y observo la forma en que se inclinan uno hacia el otro, la sincronización de sus pasos. Me pregunto si Helen y yo alguna vez fuimos así, y si lo fuimos, ¿cuándo dejamos de serlo?

Me quedo allí un rato, perdido en mis pensamientos hasta que el sol empieza a hundirse en el horizonte. El aire se enfría, y ajusto más mi chaqueta. Decido regresar a casa, con el peso del día, y ahora de la calle, sobre mis hombros.

El apartamento está igual de silencioso que cuando lo dejé. Dejo las llaves sobre la mesa del comedor sin cuidado; no hay razón para ser ordenado. Me tumbo en el sofá, sintiendo cómo el silencio se vuelve a cerrar a mi alrededor, denso, casi tangible. Tomo el control remoto y enciendo la televisión solo para romper la quietud, aunque apenas miro la pantalla. Las voces y sonidos se mezclan en un murmullo lejano que no alcanza a llenar el vacío.

Me recuesto, cerrando los ojos, y pienso en la distancia que se ha abierto entre Helen y yo. Me pregunto si aún hay forma de acortarla, o si el tiempo ya nos ha llevado demasiado lejos. La falta de respuestas es lo que más me inquieta.

# Frío cálido

# 9. Noche interminable

*4 de octubre*

La noche se extiende, parece no tener fin. Estoy en la cama con la mirada fija en el techo, esperando un sueño que se niega a llegar. Las horas pasan, pero mi mente sigue atrapada en el viaje a Melbourne, en el rechazo de mi diseño, y en cómo Helen apenas le dio importancia. Me llamó antes, sí, hablamos de nuestro día y me preguntó si estaba bien. Pero no fue suficiente. Su interés parecía superficial, como si cumpliera con una formalidad antes de continuar con lo suyo.

Yo necesitaba más: conversaciones reales, más mensajes, señales claras de que realmente le importo. Necesitaba saber que entiende cuánto me está afectando todo esto. Intento apartar de mi mente el hecho de que estamos en diferentes habitaciones, pero la incertidumbre me corroe. Me pregunto qué estará haciendo en este momento y con quién; si se ríe mientras alguien la escucha con atención, con esa atención que yo le doy y que ahora ella me niega.

# 10. Cocteles

La voz de Helen se extiende por el apartamento como una marea, su entusiasmo llega a cada rincón mientras relata con detalles el éxito rotundo del proyecto en Melbourne. Yo, en cambio, sigo su historia con una risa fingida, tan vacía como un eco distante, apenas un distorsionado reflejo de su emoción.

—No puedo creer que ya haya terminado —dice, riendo—. Esta noche vamos a celebrar. Deberías venir.

Lo dice casualmente, como si no fuera gran cosa. Pero yo sé que no es así. Su mundo ya no es el mío. Niego con la cabeza, desviando la mirada.

—Nah, tengo cosas que hacer aquí —respondo, intentando sonar casual—. Es la noche de tu equipo, ve tú.

No insiste, ¿y por qué lo haría? Helen siempre ha sido buena leyendo el ambiente.

Helen se viste con uno de sus mejores atuendos para la celebración de cocteles, y el brillo de su blusa junto a su expresión radiante solo acentúan el peso que siento oprimiéndome. Al ajustarse los aretes frente al espejo, me sorprende observándola.

—¿Cómo me veo? —pregunta, rodeada de una seguridad que casi puedo tocar.

Está deslumbrante, tal vez demasiado, pero no quiero decírselo. Lo único que logro articular es: —Te ves genial. —Mi voz suena apagada, sin hacer justicia a su belleza.

Me observa, y su entusiasmo se desvanece ligeramente.
—Pareces raro —dice, ladeando la cabeza, mirándome de reojo.

Dudo si mencionarle el tormento que viví en su ausencia, o el fastidio de que, recién llegada, ya esté tan ansiosa por marcharse otra vez. Pero al verla tan tranquila, tan en su elemento, como si nada hubiera cambiado, me pregunto si tal vez estoy exagerando, o incluso perdiendo la razón. —Sí, bueno, solo estoy cansado.

Me dedica un gesto dulce, un intento de darme ánimos, pero en última instancia me deja solo con mi cansancio. —Descansa entonces, mañana eres mío —dice, dándome un suave y fugaz beso en la mejilla antes de irse. Yo lo recibo sin sentirlo del todo real, y esta vez ni siquiera intento forzar una sonrisa.

El silencio del apartamento vuelve como ayer, y nuevamente enciendo la televisión, mi mirada perdida, mientras mis pensamientos vuelven a Helen, a la celebración, a Leo, a la vida que parece estar viviendo tan fácilmente sin mí.

No ha pasado mucho desde que se fue y recibo un mensaje al celular.

*Helen:*
*¿Cómo estás? Sé que has estado molesto por el rechazo del diseño. Solo quiero que recuerdes que te adoro y quiero que estés bien.*

Lo miro, con sentimientos mezclados y sin saber qué responder. Al final, escribo rápidamente:

*Todo bien, no te preocupes. Disfruta tu noche ;)*

Es una mentira. Nada está bien. Pero ella no necesita saberlo, no ahora. Responde con un emoji de beso, y siento desmoronarse algo dentro de mí, como un hilo que lentamente se suelta, desarmando todo, pieza por pieza.

Las horas se arrastran y vuelvo a tomar mi teléfono, lo miro, deseando que llegue otro mensaje de Helen o al menos alguna distracción. Desplazo la pantalla sin rumbo fijo, mi pulgar moviéndose por inercia, pero nada me alcanza. Es como si estuviera flotando, desconectado de todo lo que me rodea.

Empiezo a escribirles a algunos conocidos, es viernes después de todo, así que algunos de ellos me invitan a tomar unas cervezas o a cenar, pero rechazo las ofertas, prefiriendo al final la soledad.

Me recuesto, dejando que la oscuridad de la habitación me envuelva. El murmullo de la televisión se convierte en un zumbido distante, llenando el vacío, pero haciendo poco para aliviar el vacío que tengo dentro. Me pregunto si Helen también lo siente, ese creciente abismo entre nosotros, o si está demasiado atrapada en su mundo como para notar cuán lejos hemos quedado el uno del otro.

Horas después, mi teléfono vuelve a vibrar.

*Helen:*
*Ya casi voy a casa. Leo nos lleva a algunos. Él no toma, así que estamos seguros :)*

Leo. Por supuesto es Leo. Miro el mensaje, leyéndolo una y otra vez, buscando entre líneas algo que, en realidad, no está allí. Si dice que son «algunos», entonces no están solos... aunque podrían acabar estándolo. El orden de la despedida es tan trivial y, sin embargo, cobra una relevancia desmesurada. De cualquier modo, ya han tenido tiempo para estar solos; fueron dos días en los que él tuvo oportunidad de acercarse cuando quisiera.

Leo, el buen tipo, el que les cae bien a todos, el que siempre se encarga de todo lo importante, siempre tan impecable. Y ahora, ni siquiera bebe: es el caballero sobrio, el salvador que los llevará a casa. Qué conveniente.

No soporto la imagen de Helen sentada en su auto, con su mejor atuendo, rodeada del lujo y la comodidad que él le puede ofrecer. Seguramente él también está usando uno de sus mejores atuendos, y mientras tanto yo estoy aquí, en mis pijamas arrugadas, sintiendo cómo me desmorono. Es desgarrador darme cuenta de que, no importa lo que haga, siempre voy a estar un paso atrás, el pobre tipo que no tiene tanto que ofrecer.

Me digo a mí mismo que deje de pensar en ello, pero la imagen se aferra, apretándome por dentro. Es tan vívida. Puedo verla sentada junto a él, con las luces de la ciudad reflejándose en su rostro, iluminado por la alegría y el placer. Me imagino cómo echa la cabeza hacia atrás cuando se ríe, cómo sus ojos brillan cuando lo mira. Me pregunto si él nota esas cosas en ella. ¿La observará como yo lo hago, con esa mezcla de asombro y miedo, como si fuera demasiado perfecta para ser real? ¿Sentirá esa urgencia de proteger cada instante, sabiendo que podría perderla en cualquier momento?

Y no puedo evitar cuestionarme si él la aprecia más que yo ahora. ¿Se da cuenta de lo afortunado que es simplemente por estar a su lado, por compartir un instante del que yo estoy excluido? Los minutos se hacen eternos, mientras mi mente sigue creando cientos de escenarios en los que, invariablemente, salgo perdiendo. Es como si estuviera atrapado en un bucle, siempre destinado a quedar rezagado, a ser el espectador en mi propia vida.

Escucho la llave girando en la cerradura y mi cuerpo se congela. Mi corazón late con fuerza, y mis manos se aferran al sofá, cerradas en puños. Ella está en casa. No pasó nada. Está bien.

—¡Hola! —La voz de Helen resuena alegre, quizás demasiado, al entrar. Sus tacones golpean el suelo a un ritmo que suena descompasado. Tiene las mejillas sonrojadas y los ojos brillantes, está feliz, un poco ebria, y en su despreocupación su risa es más suelta, su sonrisa más ancha. —La noche estuvo genial, pero estoy agotada. Leo me dejó después de llevar a Jane a una fiesta.

# Cocteles

Asiento, permaneciendo en el sofá, en silencio, mientras algo burbujea bajo la superficie. Ella lanza su bolso sobre la silla y me mira por un momento, sus labios curvados en una sonrisa desenfocada. No pudo haber pasado nada, ¿o sí? ¿Fue demasiado amistosa con Leo? ¿Se inclinó demasiado al hablarle? ¿Esa risa fue demasiado libre, ese toque permaneció un segundo más de lo necesario? Intento aferrarme a la razón, pero la duda me carcome, insidiosa y voraz.

Helen parece genuinamente feliz, ansiosa por compartir los detalles de su noche, las conversaciones, los momentos divertidos.

—Oh, deberías haber visto la cara de Jane cuando Andrew intentó enseñarle ese paso de baile —dice, riéndose—. Fue divertidísimo.

Esbozo una sonrisa débil.

—Suena divertido —respondo, mi voz apagada. Ella se detiene, y noto cómo su entusiasmo disminuye al captar mi falta de ánimo.

—Puedo contarte más luego, si estás cansado. —Ofrece suavemente.

—Sí —asiento, desviando la mirada—. Quizá luego.

Me lanza una mirada comprensiva antes de dirigirse al dormitorio.

Me quedo allí, solo, con la oscuridad del apartamento extendiéndose sobre mí, como si me rodeara y apretara desde todos los ángulos. Me levanto y comienzo a caminar de un lado a otro, mis pensamientos se arremolinan en espirales cada vez más estrechas. Sé que estoy siendo irracional, sé que debería confiar en ella. Pero la duda es tan nítida como el filo de una hoja, es un susurro constante que no puedo apagar. Algo está mal. Todo está mal.

*Boceto de Ethan: sin nombre.*

# Parte 2: Caída

# 11. Latidos

*5 de octubre*

El reloj marca más de la medianoche, pero el sueño es esquivo. Me quedo quieto, mirando al techo, con el peso de la noche presionándome. La suave respiración de Helen a mi lado debería ser reconfortante, pero no lo es, solo me recuerda lo lejos que en realidad estamos, a pesar de estar acostados en la misma cama. Cierro los ojos, deseando dormir, pero los pensamientos no se detienen.

Leo. Su nombre se repite una y otra vez en mi mente. Su sonrisa de anuncio, su encanto fácil, su trabajo, su éxito, su presencia en el mundo de Helen y, ahora, su noche juntos. Los celos se apoderan de mí, insidiosos e implacables. Mi corazón comienza a latir más fuerte, cada latido reverbera en el silencio.

Ya es la madrugada del sábado. Normalmente, sentiría el alivio del final de la semana. Pero esta noche... no siento más que pavor, pues se extiende ante mí como un abismo vacío. Un fin de semana en el que la mente de Helen seguramente seguirá en Melbourne, en el trabajo, en la noche de cocteles, en Leo; en tantas cosas emocionantes, menos en nosotros.

No puedo soportarlo más. Lentamente, me deslizo de la cama, cuidando de no despertarla. Mi corazón martillea en el pecho, fuerte, a punto de estallar. Cruzo la habitación en silencio y me acerco a su bolso. Ahí está su teléfono, esperándome. Sé que no debería hacerlo, que si doy este paso, cruzaré una línea sin retorno. Pero necesito saberlo.

Mis manos tiemblan cuando lo agarro. Dudo, mis pensamientos me gritan que me detenga: ¿qué pasa si encuentro algo que no puedo manejar? ¿Y si esto cambia todo para siempre? Me siento en el sofá, y el suave resplandor de la pantalla proyecta una luz pálida en la oscuridad. Mi corazón late tan fuerte que es el único sonido que escucho, ahogando todo lo demás. Es como si me estuviera moviendo en cámara lenta, desbloqueo el teléfono y navego hasta sus chats.

Ahí está. El nombre de Leo, en la parte superior. Hago una pausa, y mi pulgar descansa sobre la pantalla. Se me retuerce el estómago, y siento el pulso en mis sienes. Toco su nombre. La conversación se abre y empiezo a desplazarme.

Al principio, es todo casual. Mensajes relacionados con el trabajo. Sigo desplazándome, ahora más rápido, mis dedos temblando. Entonces lo veo: *«La presentación te quedó perfecta, como todo lo que haces ;)».* Lo leo de nuevo. Sí, ahí está: un guiño al final, juguetón, insinuante, como si pudiera ser reemplazado por ese emoji lujurioso morado de sonrisa maliciosa. Pero eso no es todo; luego viene la respuesta de Helen: un corazón rojo brillante.

Me congelo. Todo mi cuerpo se tensa. Es inofensivo. Completamente inofensivo. No, no lo es. Es el tipo de cosas que se dicen cuando se coquetea, cuando quieres que el otro sepa que hay algo más, algo implícito. Y luego, para rematar, la continuación de Helen: *«Cuidado Leo, sabes que no puedo resistirme a esos comentarios».* Mi mente se acelera, repitiendo cada interacción entre Helen y Leo, tejiendo todos los detalles posibles y llenando los huecos con mis peores miedos.

Sigo desplazándome, desesperado por encontrar más. Algo que confirme mis temores... o que me tranquilice. La mayoría de los mensajes son mundanos, centrados en el trabajo, pero luego hay vacíos, huecos en los que seguramente hablaron directamente. Reuniones sin detalles, solo ellos dos. Mi corazón se hunde mientras imagino lo que podrían haberse dicho personalmente, lo que pudo haber pasado en todos esos momentos que han tenido para estar juntos.

Suelto el teléfono, solo por un momento. Siento que estoy sobrepasándome en algo crucial, algo que sienta las bases de lo que tenemos, pero antes de darme cuenta, la pantalla se ilumina de nuevo y mi pulgar se mueve automáticamente. Busco en sus fotos, escaneando cada una, con la esperanza de

# Latidos

encontrar algo, cualquier cosa, que revele la verdad. Pero no encuentro nada.

Entro en sus correos electrónicos y otras aplicaciones de mensajería, mis dedos aún temblorosos mientras me desplazo. De nuevo, nada. Nada fuera de lugar, nada que insinúe engaño. Mi frustración crece, y mi respiración se atasca en mi garganta. Incluso reviso su calendario, sus notas, cualquier pista que llene los vacíos. Pero todo es ordinario, está donde debe estar. ¿Qué me estoy perdiendo?

Mis ojos vuelven a los mensajes y se detienen en ese emoji de corazón, ese símbolo rojo brillante que se siente como un cuchillo. No puedo escapar de él. Está ahí, recordándome lo que no puedo dejar de ver. Me levanto bruscamente y el teléfono se desliza de mi mano al sofá. No puedo respirar. Un nudo invisible aprieta mi pecho mientras camino de un lado a otro en la sala de estar. El mensaje sigue resonando en mi cabeza, creciendo, volviéndose más siniestro con cada paso.

Agua. Necesito agua. Me dirijo a la cocina, llenando un vaso con manos temblorosas. El sonido del agua golpeando el vaso es distante, extraño. La frialdad se extiende en mí mientras tomo un sorbo, pero no hace nada para calmar la tormenta que llevo dentro.

Vuelvo a la sala de estar, con la mirada fija en el teléfono que sigue en el sofá. El resplandor de la pantalla se desvanece en la oscuridad, pero las palabras están grabadas a fuego en mi mente. Mi corazón se acelera, mi respiración llega en ráfagas superficiales. No puedo quedarme aquí. No puedo sentarme y fingir que esto no sucedió.

Regreso al dormitorio, deslizándome silenciosamente bajo las sábanas. Se sienten mal contra mi piel, demasiado frías, ásperas, como un recordatorio constante de todo lo que ha cambiado. Me muevo, tratando de encontrar una posición que no acelere mi pulso, pero no hay escapatoria. Helen sigue dormida, de espaldas a mí. Mi corazón late más fuerte que nunca. Intento estabilizar mi respiración, pero el peso de ese mensaje, con todos los posibles escenarios que mi mente ha estado creando, es aplastante.

Mientras me muevo de nuevo bajo la manta, esta vez con un poco más de brusquedad, Helen se remueve ligeramente. Se gira hacia mí, y con los ojos entrecerrados, murmura en un tono suave y somnoliento.

—¿No puedes dormir?

Su tono está teñido de cansancio, con un toque de impaciencia. Abro la boca para responder, pero las palabras se me atascan en la garganta y, al final, salen más duras de lo que pretendía.

—¿Cómo se supone que voy a dormir cuando la persona en la que más confiaba me está ocultando cosas?

Las palabras que acabo de pronunciar flotan en el aire, pesadas y asfixiantes, como si el ambiente entero se hubiera congelado en torno a ellas. Pero dentro de mi mente, es como si todavía las estuviera diciendo. Los recuerdos se suceden en un torbellino; toda nuestra relación se despliega y se repite en un instante, justo antes de que se haga añicos. Cada palabra, cada toque, cada sonrisa, ahora aparecen como parte de una historia más grande que, de algún modo, nunca supe ver. Darme cuenta de que esto podría realmente ser el final me abruma de una manera que jamás imaginé. Algo ha cambiado, irreversiblemente.

Pienso en el principio, en la Helen llena de vida que conocí. Desde la primera vez que la vi en aquel café, hace ocho años, me sentí atraído por su energía. No era una camarera cualquiera abriéndose camino en la universidad; era una explosión de color en un mundo tal vez demasiado simple y estructurado. Su sonrisa iluminaba el lugar, su risa era contagiosa, y parecía estar en constante movimiento, rodeada de personas que sentían esa misma atracción. Quedarse quieta iba contra su naturaleza. Esa energía me hacía sentir seguro, como si al estar a su lado,

# Latidos

formara parte de algo vibrante e incontenible. Me cautivaba cómo hablaba, cómo sus manos gesticulaban salvajemente mientras interactuaba con la gente, ofreciendo sonrisas genuinas y haciendo contacto humano; era algo tan natural en ella.

Al principio, me parecía fascinante, incluso entrañable. Esa calidez latina, la manera en que tocaba y abrazaba a sus amigos cuando iban a visitarla. Su energía llenaba cada espacio que pisaba, era embriagadora. Recuerdo cómo la observaba, hipnotizado, mientras se movía por el café, su risa resonando como música. Me hacía desear estar cerca de ella, formar parte de su mundo, sentir que esa calidez me envolvía a mí también. Y cuando lo hacía, cuando sus ojos se encontraban con los míos, parecía que el resto del mundo desaparecía.

Empezamos a hablar, al principio de cosas pequeñas: sus clases, mi trabajo. Pero pronto esas charlas se hicieron más largas, más profundas. Se inclinaba hacia mí, con una expresión llena de emoción, compartiendo sus sueños, sus miedos, sus esperanzas. Tocaba mi brazo, mi hombro, no de una manera coqueta, sino con esa naturalidad que la caracterizaba. Amaba esas conversaciones, y yo también me abrí a ella, más de lo que creí posible. Mis inseguridades, mis frustraciones laborales, la relación tensa con mi padre. Ella me escuchaba de un modo que me hacía sentir importante, visto.

En los primeros dos años de nuestra relación, Helen y yo nos convertimos en auténticos compañeros de aventura. Compartíamos una pasión por viajar y eso nos llevó a explorar juntos los vastos paisajes de Australia y Nueva Zelanda, así como a embarcarnos en *tours* por Europa y Asia. El mundo se fue abriendo ante mí, impulsado por su deseo incansable de descubrirlo. Pero lo más inolvidable fueron los dos meses que vivimos en Bali, Indonesia. No fue una simple escapada; buscábamos experimentar la vida en un lugar completamente distinto, lejos de las comodidades y rutinas conocidas, sumergidos en un entorno donde cada día se sentía como una nueva página que compartíamos.

# Caminos Entrelazados - Ethan

Alquilamos una villa modesta en las afueras de Ubud, una hermosa zona rodeada de terrazas de arroz, que se extendían como una alfombra verde y brillante hasta donde alcanzaba la vista. Nuestros días eran sencillos, pero satisfactorios: comprar productos frescos en los mercados locales, aprender a cocinar platos indonesios y navegar la vida en una cultura muy distinta a las nuestras. A Helen le fascinaba descubrir los templos antiguos y los nuevos sabores, mientras yo encontraba paz en las pequeñas cosas: ver el amanecer sobre los arrozales, dar largos paseos en *scooter* con Helen abrazándome desde atrás.

No se trataba de hacer turismo, sino de vivir juntos, de desconectarnos de las obligaciones y presiones que solíamos sentir en casa. Encontramos momentos que parecían suspendidos en el tiempo: ver bailes tradicionales en un templo, con la luz de las antorchas reflejándose en las máscaras talladas, hacernos amigos de los vecinos que nos ofrecían frutas frescas y nos enseñaban palabras en balinés, y compartir conversaciones nocturnas bajo un cielo tachonado de estrellas. Habíamos hallado un ritmo que era solo nuestro, lento y profundo, como si el mundo exterior se hubiera desvanecido. Fue entonces cuando entendí que, sin importar el lugar, su presencia convertía cualquier espacio en mi hogar.

Pero no todo fue fácil. A mitad de nuestra estancia, Helen cayó enferma, su fiebre subió y el miedo se apoderó de mí. Recuerdo esa sensación de impotencia en un lugar desconocido, el esfuerzo de encontrar una clínica local sorteando las barreras del idioma y de un sistema médico ajeno. Me quedé a su lado, refrescándole la frente, llevándole agua, asegurándole que estaba allí. Fue en esos momentos, en medio de su vulnerabilidad, cuando comprendí cuánto significaba para mí. No era solo por las aventuras que compartíamos, sino por esos momentos silenciosos y difíciles, cuando solo quedábamos nosotros.

Ese mismo año, ya en Brisbane, surgió una nueva prueba. Yo estaba listo para dar el siguiente paso, comprar una casa juntos, pero Helen dudaba. Lo entendí, o intenté hacerlo, pero aquello generó tensiones. Discutimos, y durante unas semanas nos

# Latidos

distanciamos, cada uno en su propio espacio. Me pregunté si realmente estábamos listos, si queríamos las mismas cosas. La extrañé durante ese tiempo, pero entendí que debía respetar sus miedos, no forzarla a algo que no estaba lista para asumir.

Eventualmente, lo hablamos. Helen se abrió conmigo, confesando su temor de perder la independencia que tanto había trabajado por construir, su miedo a comprometerse antes de sentirse realmente preparada. La escuché y comprendí que eso no era sobre mí; se trataba de su propio viaje y del peso de todo lo que ya había dejado atrás: mudarse a Australia, reconstruir su vida en un lugar nuevo. Su honestidad solo hizo que la amara más, y supe entonces que, sin importar lo que nos esperara, quería estar a su lado en cada paso.

Un día, finalmente decidí arriesgarme. No sería una propuesta elaborada ni un momento grandioso; nosotros no éramos así. Quería algo íntimo, algo que hablara nuestro propio idioma. Sabía exactamente dónde debía ser. Cerca del jardín botánico, junto al río, había un rincón especial para nosotros, un lugar donde habíamos pasado tardes enteras hablando de nuestros sueños, miedos y esperanzas. Preparé un pequeño pícnic con nuestro té favorito y algunos bocadillos. Nos sentamos sobre una manta, observando el río mientras las luces de la ciudad danzaban sobre el agua en la penumbra de la tarde. Hablamos de todo y de nada, y cuando la conversación se fue apagando, sentí mi corazón latiendo con fuerza y supe que era el momento.

—Helen —dije, tomándola de la mano.

Me miró, con una mezcla de sorpresa y curiosidad.

—Estos últimos años contigo han sido los mejores de mi vida. Hemos tenido altibajos, y todavía estamos resolviendo cosas, pero quiero que sepas que, pase lo que pase, estoy comprometido contigo. Eres mi hogar.

Saqué un anillo sencillo, un aro con una delicada piedra que sabía que le encantaría.

—Sé que tienes tus miedos, y los respeto. No estoy pidiendo perfección; solo te pido que seas mi compañera para el resto de nuestras vidas. ¿Te casarías conmigo?

No respondió de inmediato. Hubo un largo momento en el que solo me miró, sus ojos brillando, y pude ver la duda allí. Sabía que no se trataba de sus sentimientos hacia mí, sino de todo lo que implicaba un compromiso así. Todos los cambios que había enfrentado, todas las incertidumbres. Miró el anillo, luego volvió a mirarme.

—Yo... —Empezó, su voz apenas era un susurro—. Ethan, sabes que siempre he tenido miedo a cosas como esta. No es que no te ame. Te amo. Más que a nada. Es solo que... —Hizo una pausa, y pude ver las lágrimas formándose en las comisuras de sus ojos.

Asentí, tratando de mostrarle que estaba bien, que entendía.

—Está bien, Helen. Lo sé. No tienes que responder ahora mismo. Solo quiero que sepas que te amo, y que estoy listo... cuando tú lo estés.

Me miró, y pude ver la lucha en su rostro, la mezcla de miedo y amor. Y entonces, como si algo cambiara dentro de ella, dijo:

—No, no quiero esperar. Yo también quiero esto. Tengo miedo, pero no quiero que eso me impida estar contigo.

Sentí cómo una oleada de alivio y alegría se extendía por cada rincón de mi ser. Con manos temblorosas, deslicé el anillo en su dedo y nos acercamos, hasta que nuestras frentes se tocaron suavemente, compartiendo el silencio de ese instante como si el mundo se hubiese detenido. No fue una propuesta grandiosa ni teatral, pero era nuestra, real, imperfecta, y cargada de significado. Nos estábamos eligiendo, conscientes de las dudas y las sombras, pero seguros de querer seguir juntos a pesar de ellas.

# Latidos

Nuestra boda fue igual de sencilla, una ceremonia íntima en un jardín con nuestros amigos y familiares más cercanos. Recuerdo a su madre y su hermana volando desde Colombia, su familia mezclándose con la mía, y la calidez de todo aquello. Mientras intercambiábamos nuestros votos, sentí una profunda alegría al saber que estábamos comenzando un nuevo capítulo juntos. Ese día marcó el comienzo de algo aún más grande: la construcción de una vida juntos, eligiéndonos cada día, incluso en los momentos más difíciles.

Después de nuestra boda, seguí enamorándome de todas las pequeñas cosas: su pasión por la comida, las costumbres que traía consigo. Las cenas con Helen nunca eran solo comidas; eran eventos. Aún puedo oler las arepas y el chicharrón que le encanta preparar, la forma en que explicaba cada plato con emoción, como si no fuera solo comida, sino una parte de ella que compartía conmigo. Incluso los momentos mundanos, como ir de compras o cocinar, se convertían en algo especial cuando ella estaba allí. Me hizo ver la belleza en otras pequeñas cosas, recordándome que la vida debía vivirse plenamente y con pasión en todas las dimensiones, no solamente en la tranquilidad y la paz.

Helen siempre tuvo muchos amigos, siempre alguien con quien ponerse al día, especialmente en español, que fluye rápidamente entre ella y sus amigos. No entendía la mayor parte de lo que hablaban, pero nunca dudé de ella.

Pero, esos mismos rasgos que una vez encontré encantadores ahora se sienten amenazantes. Su teléfono siempre está vibrando e iluminándose con mensajes de amigos, algunos que nunca he conocido, conversaciones en un idioma que comprendo poco. Recuerdo las veces que parecía tan distante, su atención estaba más en esas conversaciones que en mí. La forma en que toca a todos, su calidez, que solía hacerme sentir especial, ahora parece algo que les ofrece a todos menos a mí. No puedo evitar preguntarme si he estado ciego todo este tiempo. Ese toque casual en el brazo de Leo, la forma en que se ríe con él, ¿es solo ella siendo ella misma? ¿O hay algo más? Es como si estuviera viendo desde afuera, captando cosas que no quería ver antes. La forma en que sus ojos se iluminan cuando habla con él, la familiaridad fácil entre ellos, me hace sentir como un extraño en mi propia relación. Trato de convencerme de que no es nada, que estoy exagerando, pero la duda sigue creciendo, ahora incluso más allá de Leo. Cada vez que su teléfono vibra, cada vez que sonríe a un mensaje que no puedo leer, es como si una parte de nosotros se rompiera. Odio sentirme así, odio los celos que se retuercen en mi interior, pero no puedo evitarlo.

Los recuerdos siguen llegando. Como aquel fin de semana que estuvimos en Sunshine Coast. Se suponía que íbamos a relajarnos, a alejarnos de todo. Pero allí estaba ella, con su teléfono siempre en su mano, charlando con sus amigos, riéndose de mensajes que no estaban destinados a que yo los viera. Me decía a mí mismo que no importaba. Era solo un fin de semana. Volvería a mí, completamente presente, una vez que esas conversaciones terminaran. Pero no lo hizo. Es como si siempre estuviera conectada a otro mundo, un mundo de amigos, familia y conexiones del que yo no formo parte.

Y ahora Leo. ¿Cuándo se volvió parte de ese mundo que no puedo alcanzar? ¿Cuándo se empezó a colar en nuestras vidas y a formar parte de nuestros temas de conversación? Es como si hubiese estado ciego a todo, o tal vez, simplemente, no quise ver.

Ese mensaje aún resuena en mi mente: «*La presentación te quedó perfecta, como todo lo que haces ;)*» —con ese estúpido guiño coqueto. Y ella, en lugar de marcar una distancia, le responde de la misma manera. Esa apertura que una vez amé en ella, que antes me parecía inofensiva, ahora se siente como una traición. Cada recuerdo está ahora manchado, teñido con el rojo del corazón que le envió de vuelta, el mismo rojo de las señales que advierten peligro, que indican lo prohibido. Los momentos que compartimos, las risas, la calidez, todo parece cubierto por ese color carmesí. No puedo evitar la sensación de haberla perdido, sentir que ella ha cruzado a un mundo pintado con ese rojo, un mundo al que ya no pertenezco y quizás al que nunca pertenecí.

# Latidos

El presente me arrastra de vuelta, y aún me escucho decir las palabras que lo cambiarían todo.

«¿Cómo se supone que voy a dormir cuando la persona en la que más confiaba me está ocultando cosas?» La pregunta finalmente se desploma por completo en el aire, densa y oscura.

Dicen que, justo antes de morir, toda nuestra vida se despliega ante nuestros ojos en un parpadeo que lo abarca todo. Eso es lo que acabo de experimentar con nuestra relación. Todo lo que construimos desde el inicio, cada rincón donde alguna vez nos sentimos seguros, y cada verdad que decidimos ignorar, ahora yacen expuestos, como un espejismo que desaparece frente a mis ojos.

El silencio que sigue es espeso e insoportable, roto solo por el sonido de la respiración de Helen, lenta y medida, mientras la tensión en la habitación parece presionar contra todo el edificio entero. Helen está completamente despierta ahora, sus ojos parpadeando, abriéndose más, reflejando algo que no había visto en ellos antes, una mezcla de sorpresa, miedo y algo oscuro que amenaza con tragarlo todo. Nos miramos, y en ese intercambio mudo, lo sé: no hay retorno. No puedo deshacer lo que acabo de revelar, no puedo borrar lo que mis ojos captaron en ese mensaje. Hemos cruzado un límite invisible, y sé que ya no hay vuelta atrás, todo está a punto de colapsar.

# 12. Boomerang

*... 5 de octubre*

—¿De qué estás hablando?

La voz de Helen, cargada de somnolencia, se aferra a los últimos vestigios de sueño. Frunce el ceño y sus hombros caen ligeramente mientras intenta enfocarse, la confusión mezclándose con molestia.

No quiero empezar dando rodeos ni prolongar esta conversación incómoda, pero después de lanzar mi primer comentario como una daga, temo hurgar en la herida y que termine penetrando demasiado hondo. No es mi intención destrozarla, y tal vez por eso mis palabras titubean en la punta de mi lengua.

—Ya ni siquiera me preguntas por mi día —murmuro.

Se incorpora en la cama, su voz todavía suave, pero ahora más despierta. —¿Qué? —Parpadea, su mirada se cruza con la mía a través de sus ojos a medio cerrar.

—No te importo. —Las palabras salen más duras de lo que pretendía. —Es como si ya ni siquiera me vieras.

Se incorpora sobre sus codos, aún desorientada. —Ethy, ¿de qué estás hablando? Sabes que eso no es cierto. Estoy cansada. Los dos estamos cansados.

Exhalo, negando con la cabeza. —No. Es más que eso. Has estado... distante. Como si tu mente siempre estuviera en otro lugar. En el trabajo. O... con ellos.

El ceño fruncido de Helen se hace más profundo y se sienta más derecha. —¿Con ellos? ¿A qué te refieres?

—Con el trabajo. Con tu equipo. Es como si siempre estuvieras más enfocada en eso que en nosotros. —Mi frustración va en

# Boomerang

aumento, e intento controlarla, pero las palabras siguen saliendo. —Ni siquiera me miras ya, Helen. Llegas a casa, pero realmente no estás aquí.

Suelta un suspiro cansado mientras se frota los ojos. —Cariño, he estado ocupada. Han sido unas semanas agitadas. Lo sabes. No te estoy ignorando.

—No es solo el trabajo —respondo secamente, perdiendo el control del tono de voz. —No eres la misma. Vuelves de Melbourne, y es como si una parte de ti siguiera allá. Hablas de todo menos de nosotros. La próxima reunión, el próximo proyecto. Y yo solo... estoy aquí.

Ella sigue haciendo gestos de inocente confusión, tratando de ponerse al día con mis pensamientos. —¿Qué tiene que ver Melbourne con todo esto? ¿Por qué dices que no me importas? Siempre me importas, incluso cuando no pareces querer mi atención.

—¡Claro!, ¡cómo no!

—¿Hablas en serio? Sí, estoy trabajando más, pero siempre hago tiempo para nosotros.

—Y para otros en el trabajo...

—¿Qué diablos? —exclama, maldiciendo también en español mientras sus manos se mueven expresivamente con los dedos extendidos, como tratando de disipar su frustración. Hace un ademán con la mano, irritada, intentando mantener la compostura. Su frustración claramente está en aumento, aunque aún intenta mantenerse tranquila.

—¿Con quién se supone que estoy? ¿Con mi equipo? Ethan, ellos son mis colegas. Mis amigos. ¿De qué hablas?

El nombre de Leo está atrapado en mi garganta, no quiere salir, pero tampoco se va.

—No son solo ellos —interrumpo, mi voz temblando un poco. —Es todo... cómo te comportas con ellos. Ahora eres tan... diferente conmigo.

Levanta las manos en un gesto de exasperación. —Sí, ya te lo he dicho, he estado trabajando más, pero eso no significa que haya cambiado. Estás actuando como si no estuviera comprometida con nosotros...

—Siempre estás comprometida con todo el mundo. —La vuelvo a interrumpir, la frustración desbordándose. —Siempre estás riendo, siempre sonríes con ellos, y conmigo... es como si estuvieras en otro lugar.

Su ceño se acentúa, su voz se endurece. —¡Río y sonrío porque esa soy yo, Ethan! ¡No he cambiado! Eres tú quien está actuando de forma extraña, acusándome de qué... ¿De preocuparme por mi trabajo? ¿De tener amigos?

—¡Eso no es lo que estoy diciendo! —respondo, más fuerte de lo que pretendía. —Eres cariñosa con todos... tan... amigable ¡Le das esa parte de ti a ellos, y yo me quedo con las sobras!

Su expresión se abre, claramente sorprendida por mis palabras. —Espera... ¿Estás diciendo que soy demasiado cariñosa? ¿Demasiado amigable? ¡Esa soy yo, Ethan! ¡Así he sido siempre!

—Lo sé, pero últimamente, se siente diferente. —Mi voz ahora tiembla, la frustración mezclándose con algo más oscuro. —Es como si ya no fueras la misma persona. Llegas a casa, pero tu mente sigue con ellos... con él.

Me quedo esperando su respuesta, y la pausa entre los dos, aunque breve, se extiende lo suficiente para volverse incómoda. Sus ojos se entrecierran mientras me mira, pero ahora hay algo más ahí. —¿Con él? —pregunta, su voz baja, confundida—. ¿Cómo así «con él»? ¿De quién hablas?

# Boomerang

No puedo detenerme ahora. Las palabras están saliendo antes de que pueda frenarlas. —Sabes perfectamente de quién hablo. Leo. Pasas tanto tiempo con tu equipo... y con él.

Helen me mira como si acabara de hablar en otro idioma.—¿Leo? —repite, incrédula—. ¿Qué tiene que ver Leo con todo esto?

Mis manos se cierran en puños a mis costados, la frustración y los celos crecen hasta algo que ya no puedo contener. —No actúes como si no supieras. Has estado pasando tanto tiempo con él, riendo, bromeando... y luego está ese mensaje.

Ella me mira, desconcertada. —¿Mensaje? ¿De qué estás hablando?

—El que le enviaste después de su guiño coqueto, Helen. Y encima, con un corazón y esa frase de «cuidado, ya sabes cómo me pones». —Imito su tono con una mueca exagerada, un intento de burla amarga.

Tan pronto como las palabras dejan mi boca, la expresión de Helen se retuerce en incredulidad, y el aire en la habitación se vuelve denso. Parpadea, y la confusión en su rostro se transforma en furia contenida. No responde de inmediato; solo me mira, con la boca ligeramente abierta, como si procesara algo imposible de creer.

—¿El corazón? —Su voz, ahora gélida, está cargada de incredulidad—. ¿Cómo demonios sabes de eso? —La comprensión la golpea de repente; sus ojos se abren más—. ¿Estuviste revisando mi teléfono?

Sus palabras me alcanzan como una bofetada. La atmósfera, ya tensa, se vuelve aún más cargada, pero ahora soy yo quien se queda sin palabras. —Yo solo... Necesitaba saber, Helen. Vi el mensaje, y...

—Revisaste mi teléfono. —Su voz, aunque baja, corta como una navaja. No solo está molesta, está furiosa—. ¿Ethan, qué mierda...? ¿Me acusas de esconder algo cuando eres tú quien me espía? ¿Qué derecho tienes para revisar mi teléfono?

La rabia en su mirada es como un fuego creciente, intenso y amenazante, una ola imparable que siento a punto de estrellarse contra mí.

—Yo no estaba... No es así. No te estaba espiando. Solo quería entender qué está pasando entre tú y Leo.

—¿Qué está pasando? —Su risa es amarga, casi burlona. —¿Tú crees que está pasando algo porque le envié un emoji de corazón después de un mensaje de trabajo? ¿Porque le dije que no me siguiera elogiando con mi buen trabajo porque me apena con el resto del equipo? —Levanta las manos en señal de incredulidad. —¿Eso es todo? ¿Eso es lo que te tiene tan destrozado? ¿Un mensaje y un maldito emoji?

—¡No es solo el emoji, Helen! —Puedo sentir cómo me desmorono, el control que pensé que tenía se escapa con cada palabra—. ¡Es todo! Ya te digo, siempre eres tan afectuosa con todos, que ya no me siento especial. Te ríes con todos, los abrazas, como si no significara nada. ¡Le das esa parte de ti a todo el mundo!

Las palabras quedan suspendidas, crudas y expuestas. No quería que salieran así. Pero ahora que están fuera, me doy cuenta de cuánto tiempo las he estado guardando, y cuán profundamente habían venido enraizándose dentro de mí.

Por un momento, no dice nada. Luego, la calma se rompe. Su rabia surge como una tormenta.

—¿Hablas en serio? —Se levanta abruptamente de la cama, su movimiento es brusco. —¡Ocho años, Ethan! Ocho años, ¿y ahora actúas como si me lanzara a cualquiera que se me acerque? ¿Por dar abrazos? ¿Por reír y ser amigable? Esa soy yo, siempre lo he sido, y lo sabes.

—Lo sé, pero...

# Boomerang

—No. No sabes nada —responde bruscamente, cortándome. — Claramente no lo sabes, porque el hombre con el que he estado durante ocho años no me acusaría de esto. El hombre que amo no revisaría mi teléfono como un paranoico.

Esa última palabra me sacude y me estremezco, pero está lejos de terminar. —¿Te escuchas siquiera? Me acusas ¿de qué?... ¿De ser demasiado cálida? ¿Demasiado amigable? ¿De eso es que se trata esto? ¿Qué sigue, Ethan? ¿Vas a decirme que no puedo hablar con mis amigos porque te vas a poner celoso?

Abro la boca para hablar, pero no salen palabras. Quiero explicarme, decirle que no es lo que piensa, que no se trata solo de Leo, que también me siento rezagado por su éxito profesional, mientras yo me siento más viejo y estancado cada día. Pero no logro que salgan las palabras. Y, aunque pudiera, dudo que ella me escuche, está demasiado lejos ahora.

Se da vuelta, moviéndose para agarrar su teléfono de la mesa de noche, como si el teléfono también la hubiera traicionado. En la tenue luz, su espalda está rígida, sus movimientos son rápidos y deliberados. Extiendo la mano, desesperado por detenerla, pero en el segundo en que mi mano toca su brazo, ella se retira bruscamente.

—No me toques. —Su voz es aguda, llena de una frialdad que me congela—. Simplemente... no.

Doy un paso atrás, mi mano cae inútil a mi costado. Quiero decir algo, arreglar esto, pero las palabras están atrapadas en mi garganta. Nunca me había sentido tan desconectado de ella en todos los años que llevamos juntos.

—Voy a dormir en el sofá —dice, su voz fría y controlada—. No me sigas. No me hables.

Y así, sin más, se va de la habitación, del que era nuestro templo hasta hoy. La puerta se cierra suavemente tras ella, dejándome parado allí, paralizado. No me muevo, ni siquiera sé si puedo, no sé en qué momento todo se me devolvió.

# Caminos Entrelazados - Ethan

Mi mente corre, intentando aferrarse a algo, a lo que sea que pueda arreglar esto. Pero no hay nada. Nada excepto el sonido de mi corazón latiendo en mis oídos y la realización de que ni siquiera sé si tengo razón. Todo lo que sé es que lancé la bomba, y ahora todo ha quedado hecho pedazos.

# 13. Fuego

*... 5 de octubre*

La habitación empieza a aclararse, el aire aún denso con el eco de la noche anterior. Me muevo hacia mi lado de la cama, girando para enfrentar el espacio vacío junto a mí. Helen no está aquí. Desde la sala, llegan sonidos apagados: el crujido del sofá cada vez que cambia de posición. Está claro que ella tampoco ha dormido bien.

Yo apenas logré descansar, quizá una hora en total. Me incorporo lentamente, parpadeando bajo la luz tenue de la mañana. Mi mente sigue atrapada en la discusión que creí que ganaría, una ilusión que se desmoronó en el último momento. Con paso pesado, me levanto, salgo de la habitación y camino hacia la cocina. Allí está Helen, de pie junto al mostrador, dándome la espalda. Sus movimientos son mecánicos, casi autómatas, mientras sirve café y mete unas rebanadas de pan en la tostadora.

Su rostro, enrojecido y con los ojos hinchados, revela las lágrimas derramadas. El carmesí oscuro bajo sus párpados es imposible de ignorar. Su nariz luce rosada, y sus mejillas conservan rastros irregulares de lágrimas secas, como un mapa de su dolor marcado en la piel. La fatiga se refleja en cada pliegue de su expresión. Alzo la mano, queriendo acercarme, pero la dejo suspendida en el aire, indeciso. No sé si mi toque será bien recibido. Cualquier palabra que se me ocurre parece una amenaza, capaz de desencadenar otra pelea o sellarnos en un silencio permanente.

Me acerco a la estufa, comienzo a calentar unos *croissants* y a preparar un café. Helen mientras tanto empieza a preparar huevos revueltos. Estas son normalmente nuestras tareas, incluso en mañanas como esta. Es un acuerdo tácito, un hilo de rutina que ninguno de los dos está dispuesto a romper. Por muy furiosa que esté, algunos hábitos están demasiado arraigados para romperse. Quizá ambos necesitamos ese pequeño sentido de normalidad, aunque todo lo demás en nuestra relación parezca hecho trizas.

Ya hemos peleado antes, nos hemos despertado después de discusiones y hemos intentado remediar las cosas durante el desayuno. Pero esto es diferente, no hay miradas compartidas, no hay una disculpa esperando ser expresada. Ni siquiera me mira al entrar, sus movimientos son robóticos, su mente parece estar a miles de kilómetros. No queda rastro de la calidez que solía llenar nuestras mañanas, esas conversaciones suaves, ni la forma juguetona en que me empujaba mientras cocinaba. Ahora solo somos dos extraños ocupando el mismo espacio, siguiendo una rutina vacía.

Rompe los huevos en la sartén y escucho como se empiezan a cocinar mientras unto la mantequilla a los *croissants*, pero la satisfacción habitual de cocinar juntos no aparece. Solía amar esos pequeños momentos, la manera en que nos sincronizábamos en la cocina. Le paso la pimienta sin necesidad de que me la pida, servimos los platos de los dos, cada uno poniendo su parte. Pero hoy, todo es solo una memoria muscular, cada movimiento se siente hueco.

Su silencio duele más que cualquier palabra que hubiera podido decir. Hemos discutido muchas veces, pero este quiebre taciturno y sin emociones es nuevo y aterrador. Es como si la pelea se hubiera llevado una parte de nosotros que quizá nunca regrese.

Me acerco a ella, buscando una taza. Normalmente, ella rozaría su mano con la mía, quizá me sonreiría con suavidad. Pero hoy no. Hoy su cuerpo está tenso, y su rostro indescifrable. No sé ni por dónde empezar. Las palabras están atascadas en mi garganta, difíciles de liberar.

El desayuno es simple: café, huevos, *croissants*; nuestro ritual de los sábados. Pero hoy, todo se siente mal, el café desprende un aroma débil, sin su habitual profundidad, y los huevos se ven apagados, de un color pálido y poco atractivo. La observo sin decir nada mientras se sienta, sus movimientos son rígidos y

# Fuego

distantes. Comemos sin decir palabra alguna. Normalmente, la cocina estaría llena de conversaciones, del tintineo de tazas y platos, pero hoy está simplemente... vacía.

Doy un mordisco a mi *croissant*, pero no tiene sabor; todo es insípido. No hay sabor, no hay consuelo. Mastico despacio, cada bocado se hace más difícil de tragar. Su tenedor se mueve por la comida sin pensar, su mirada baja, y apenas toca su plato. La ternura, esos pequeños gestos de afecto que solían marcar nuestras mañanas, se han desvanecido. La ausencia de esos detalles es impactante. Este desayuno, que solía ser reconfortante, ahora se siente como un ritual hueco. Siento que estoy sentado al lado de una desconocida. Quiero acercarme, decir algo que nos devuelva a donde estábamos antes. Pero no puedo, no sé cómo. La miro de nuevo, buscando alguna señal de ternura, pero ella sigue encerrada en sí misma.

Su teléfono vibra una vez, es un breve aviso de todo lo que está más allá de nosotros en este momento. Lo mira, luego aparta su plato y se levanta casi con prisa.

—Me voy a quedar en casa de Ana este fin de semana —dice con voz firme y distante, mientras limpia la mesa, apila los platos para llevarlos al lavavajillas y pasa un paño con una meticulosidad mecánica, como si cada acción fuera una forma de mantener sus emociones bajo control—. Necesito algo de tiempo.

Parpadeo, sus palabras me golpean más fuerte de lo que esperaba.

—¿Tú... te vas?

Mi voz es apenas un susurro.

—Volveré el domingo —añade, girando hacia el dormitorio—. Solo necesito tiempo.

La veo alejarse y mi mundo se desmorona con cada paso. La escucho en el dormitorio, agarrando una pequeña maleta y

**97**

metiendo ropa para el fin de semana, lo esencial. Todo es rápido, eficiente, como si ya hubiera tomado su decisión hace tiempo. El sonido de las cremalleras y los cajones abriéndose llena el silencio.

Me quedo allí, mirando el espacio vacío donde ella estaba hace solo unos momentos. El sabor de la comida se ha desvanecido hace tiempo, fue reemplazado por la amargura de darme cuenta de que realmente se va. Me siento congelado, impotente para detenerla.

Helen reaparece, maleta en mano, su rostro calmado, pero sus ojos delatan un cansancio que no había visto antes en ella. No me mira mientras se dirige hacia la puerta.

—Nos vemos el domingo —dice, su voz casi desapegada.

Quiero extender la mano, decir algo, cualquier cosa que pueda hacerla cambiar de opinión. Pero solo me quedo sentado, atrapado, viendo cómo se va.

La puerta se cierra tras ella, el sonido resonando por el apartamento ahora vacío.

Se ha ido.

# Fuego

La quietud y la calma que antes eran un refugio se han vuelto opresivas, envolviéndome como una manta pesada. No puedo quedarme aquí; necesito moverme, respirar, hacer cualquier cosa menos quedarme en este espacio que alguna vez nos pertenecía a los dos. Tiro el resto de mi desayuno a la basura, incapaz de tragar otro bocado. Mis platos se amontonan en el fregadero, la cocina está desordenada, la mesa del comedor llena de cosas. Miro el caos encontrando un extraño consuelo en su reflejo de mi propio desorden interior; todo está tan revuelto como mis pensamientos, y tan enredado como mi corazón.

Camino por el apartamento durante un rato, haciendo tiempo hasta estar seguro de que Helen se ha ido del edificio. Entonces agarro mi chaqueta, salgo, y dejo que la brisa de la mañana me envuelva. El mundo se siente inquietantemente normal: los autos pasan, la gente sale a correr, otros se dirigen a un *brunch*, como cualquier otro fin de semana. Pero dentro de mí, todo está fuera de equilibrio.

El sol es demasiado brillante, demasiado cálido para lo que llevo por dentro. No tengo un plan, pero instintivamente saco el teléfono y llamo a Mark. Es la única persona con la que puedo hablar ahora, el que podría entender este lío y saber cómo cortar la niebla.

—Hola, amigo —responde, con la misma afectividad de siempre—. ¿Qué pasa?

—¿Tienes un rato para caminar? —pregunto, con una voz más apagada de lo que me gustaría—. Necesito hablar.

No hace preguntas. —Claro, nos vemos en el bar cerca de The Valley. Estoy allí en veinte.

Me dirijo hacia Fortitude Valley, mi mente reproduciendo la discusión con Helen una y otra vez. Es un ciclo del que no puedo escapar. La manera en que me miró después de confrontarla sobre Leo, el *shock* en sus ojos. Y luego... nada, solo el sonido de la puerta cerrándose tras ella.

Mark ya está allí cuando llego, apoyado contra un poste de luz con sus brazos cruzados. Lleva sus jeans habituales y unas zapatillas algo desgastadas, luciendo tan relajado como siempre. Al principio no dice nada, solo me hace un gesto con la cabeza. Empezamos a caminar hacia el bar, ese al que siempre terminamos yendo cuando las cosas se ponen difíciles.

—Entonces —dice después de unos minutos—, ¿qué pasó esta vez?

Le cuento todo. La pelea, el teléfono, el emoji de corazón, el mensaje, todo lo que se ha ido acumulando durante semanas. Mark escucha, dando lentos sorbos a su cerveza una vez que

# Fuego

nos sentamos en el café. No interrumpe ni siquiera reacciona mucho, simplemente me deja desahogarme.

Cuando finalmente termino, se inclina un poco con una expresión afilada. —Bien, amigo, vamos a desglosar esto —dice—. ¿Qué es lo que realmente sabes con certeza?

Frunzo el ceño, sorprendido. —¿Qué quieres decir?

—Me refiero a qué evidencia tienes de que hay algo entre Helen y Leo. Algo real, no solo tu intuición.

Abro la boca para responder, pero luego la cierro. La verdad es que no tengo mucho. Solo algunas miradas, un emoji de corazón con un mensaje cuestionable, y mi creciente sospecha.

—Exactamente —dice, al ver mi vacilación—. Estás llenando los vacíos con tus miedos. Ni siquiera has hablado con ella sobre esto, ¿verdad? Simplemente dejaste que todo esto se acumulara dentro de ti, esparciendo tu rabia emocional sin darle una oportunidad de explicar.

Desvío la mirada, sintiendo un rubor de vergüenza. —Supongo... Supongo que no lo he hecho —admito.

Suspira y su voz ahora es más tranquila. —Amigo, si quieres resolver esto, necesitas tener una conversación real con Helen. No una discusión, no una acusación, ¡una conversación! Hasta entonces, solo te estás volviendo loco haciendo suposiciones.

Respiro profundamente, dudando antes de hablar. —Sé que ha habido varias señales, Mark. No es que me lo esté inventando. Hubo momentos... la forma en que sonreía cuando hablaba de él, las noches hasta tarde, los pequeños cambios en su comportamiento. Algo no está bien.

Mark se recuesta en la silla, su jarra de cerveza casi vacía ya. —Amigo, te estás volviendo loco.

Suelto una risa a medias, frotándome la nuca. —Sí, se siente así.

Él está en silencio, observándome con esa mirada tranquila y relajada que siempre ha tenido. —Sabes. —Empieza—, estás asumiendo que esto es sobre Leo, pero no se trata de él. Se trata de ti.

Parpadeo, desconcertado. —¿Qué quieres decir?

Se encoge de hombros, con una pequeña sonrisa en los labios. —Revisaste su teléfono porque no estás seguro de ti, no de ella. Mira, todos hemos estado allí, pensando lo peor cuando las cosas se sienten raras, pero es miedo, amigo, el miedo es un bastardo tramposo. No puedes basar tu relación en eso.

Me recuesto en la silla, dejando que sus palabras se asienten. —Sí... tal vez.

Sonríe, un poco más divertido ahora. —Amigo, déjame preguntarte algo. ¿Recuerdas el libro de *Los siete principios del matrimonio* o algo así? ¿Recuerdas la parte sobre los «Mapas del amor»?

—Sí, lo recuerdo.

Toma otro sorbo de su cerveza y afirma: —Parece que has dejado que el mapa acumule polvo. Estás tan envuelto en tu cabeza que has olvidado revisar con ella. No sé qué está pasando con Helen y el trabajo, pero parece que ella tiene sus propios problemas, y tú te lo estás perdiendo.

Miro la mesa, sintiendo ese peso en el pecho otra vez. —Sí, tal vez.

Se inclina hacia adelante, más serio ahora. —Estás dejando que el miedo te haga ver cosas que posiblemente no están ahí, amigo. Y, confía en mí, no soy la mejor persona para dar consejos de relaciones, pero sí sé una cosa: si sigues dejando que el miedo te guíe, va a destruirlo todo.

# Fuego

Nos quedamos callados, el sonido de las conversaciones a nuestro alrededor se desvanece en un ruido blanco. Él no está en una relación y no lo ha estado en años, por lo menos, no en una estable. Tiene sus propias historias, sus propias cicatrices, y sé que ha aprendido sus lecciones de la manera difícil. Tal vez por eso sus consejos eliminan todo el ruido.

No sé qué decir, siento que he dejado que este miedo crezca demasiado, permitiéndole tergiversar todo lo que veo. Mark se levanta para pedir otra ronda de cervezas.

Toma un largo sorbo y se reclina en la silla, la afectividad habitual en sus ojos da paso a algo más profundo. Mira a la distancia por un momento, y cuando habla de nuevo, su voz es más baja, más reflexiva.

—No suelo hablar mucho de esto —comienza—, pero hubo una chica. Claire. —Hace una pausa y una pequeña sonrisa, casi triste, juega en sus labios—. Nos conocimos cuando yo rondaba los treinta. Ella era brillante, divertida, ingeniosa. Me hacía sentir vivo de una manera que ni siquiera sabía que necesitaba. Nos llevábamos de maravilla, pero siempre había algo que me detenía. Quizás era el momento, o tal vez era el hecho de que no quería sentar cabeza. No lo sabía entonces, pero ya estaba en medio de esa insatisfacción que te roza al llegar a los treinta. Esa sensación de que, probablemente, aún no estás donde deberías estar, como si algo faltara.

Niega con la cabeza, suelta una risa suave. —Tenía esta idea de que todavía me quedaba tiempo, que había cosas que necesitaba experimentar antes de poder comprometerme. Pensé en esperar, dejar que las cosas se dieran, ver a dónde me llevaba la vida. Luego, a ella le ofrecieron irse al extranjero. Era una gran oportunidad, de esas que te cambian la vida. Me pidió que la acompañara, que me lanzara al vacío con ella. Pero no pude hacerlo. Me quedé. Le dije que no estaba listo. Me convencí de que tenía demasiado por vivir aquí.

Su expresión se oscurece un poco. —Durante un tiempo, me repetí que había tomado la decisión correcta. Que no me estaba perdiendo de nada, que aún había tiempo para descubrirlo todo. Pero ¿sabes?, ese es el problema, el tiempo no se detiene, no espera a que estés listo. Y antes de darme cuenta, ella ya no estaba, y yo no encontré nada que llenara el vacío que dejó. Todo aquello que pensé que me faltaba por vivir, de alguna forma, lo había estado viviendo de una manera más intensa junto a ella. Pero no solo se había ido a otro país, se había ido por completo de mi vida. Ella sabía lo que quería y finalmente encontró a alguien que no tuvo miedo de compartir su vida con ella.

Toma un sorbo de su jarra, y hace una larga pausa antes de continuar. —Empecé a pensar en lo que me había perdido, en lo que había dejado ir. Y ahí fue cuando empezaron a aparecer las dudas, las inseguridades. No solo sobre Claire, sino sobre todo. Mi carrera, mi vida, mis decisiones. De repente, ya no estaba seguro de si algo de lo que había hecho realmente importaba. Era como un pequeño agujero que, si lo dejabas, se hacía más y más grande. Comencé a preguntarme: ¿y si hubiera hecho las cosas de otra manera? ¿Y si hubiera perseguido aquello que dejé ir?

Se inclina hacia adelante, su voz adquiriendo un tono más serio, más directo. —Pasé años pensando así, Etho. Años dejando que esa duda me carcomiera por dentro. Empecé a sentirme más viejo, a pensar que había perdido mi oportunidad. Y aquí estoy, sin hijos, sin pareja, solo yo y mi trabajo. Y no me malinterpretes, no soy infeliz con mi vida, pero tuve que hacer las paces con el hecho de que dejé escapar algo, y no porque no estuviera listo, sino porque tenía miedo, miedo de no ser suficiente, miedo de fallar si intentaba algo nuevo, miedo de haber tomado las decisiones equivocadas.

Sacude la cabeza, sonríe de nuevo, pero es una sonrisa diferente, una que ha visto el otro lado del arrepentimiento. —La cosa es que la inseguridad te consume, si la dejas. Empiezas a pensar que eres demasiado viejo para cambiar, demasiado arraigado a tus costumbres, demasiado... lo que sea. Pero es solo el miedo hablando. Eso es lo que tuve que aprender a la fuerza. Cuanto más alimentas ese miedo, más se empobrece tu

# Fuego

espíritu. Piensas que te estás protegiendo, pero en realidad, solo estás construyendo una jaula alrededor de tu vida.

Levanta la mirada, fijando sus ojos en los míos. —Desde mi perspectiva, todos llegamos a ese punto en algún momento: a mitad de la vida, o más tarde, no importa cuándo. Empiezas a mirar lo que dejaste de lado en lugar de lo que tienes. Y es entonces cuando debes detenerte. Porque la verdad es que siempre habrá algo que no perseguiste, algo que dejaste ir. Pero en el momento en que dejas que eso te defina, ya has perdido.

Se recuesta de nuevo el tono casual regresando, aunque la fuerza de sus palabras permanece. —Así que, lo que intento decir es... no permitas que la duda se instale mientras tú la alimentas sin ninguna razón, solo con tu propia inseguridad. Estás dudando de ti mismo, no porque las cosas se estén escapando, sino porque temes que puedan hacerlo. Pero el miedo no es la verdad, y la verdad la tienes que hablar con Helen. El miedo es solo la historia que te cuentas a ti mismo.

Le da otro sorbo a su cerveza y fija sus ojos en la jarra frente a él, posiblemente repasando sus decisiones y cómo lo trajeron hasta donde está hoy.

—Tienes razón —afirmo en voz baja, más para mí que para él.

Sonríe, recostándose en la silla. —Amigo, no sé si tengo razón. Pero sé que la confianza en ti mismo es todo lo que tienes y que el miedo es un callejón sin salida.

Miro su jarra casi vacía en nuestra mesa, mientras la mía aún está llena, el amargor de la cerveza me recuerda el desayuno de esta mañana. Pienso en lo mucho más sencillo que es escuchar a Mark, en lugar de enfrentar lo que sucede dentro de mí. Él lo hace sonar simple, pero nada de esto es simple.

—Ni siquiera sé por dónde empezar —admito.

Termina su cerveza y deja el vaso con un suave tintineo. —Empieza por dejar de hacerte zancadillas a ti mismo. Cuando tengas dudas, acláralas lo antes posible. No dejes que tu imaginación se desboque y que las emociones se acumulen. Si encuentras algo sólido, eso ya será para otra charla, pero al menos tendrás un escenario más claro.

Nos quedamos en silencio un rato. La conversación se siente más ligera ahora, menos intensa, pero todo lo hablado sigue presente, como una nube en el horizonte. Eventualmente, reviso mi teléfono y me sorprende cuánto tiempo hemos pasado aquí, atrapados en esa burbuja de conversación y cervezas.

Se levanta, estirándose. —Lo resolverás, amigo. Solo deja de hacerte el malo antes de siquiera saber qué está pasando.

Sonrío, agradecido, pero aún inseguro. —Gracias, Mark.

Él me da una palmada en el hombro, con esa sonrisa desenfadada en su rostro. —Cuando quieras, amigo.

Mientras se aleja, siento un poco de esperanza. Tal vez Mark tiene razón. Tal vez no se trata de Leo, ni siquiera de Helen, tal vez se trata de mí, de este miedo que he dejado que me domine, colándose en cada rincón de mi mente.

Suspiro profundamente. Necesito claridad, necesito terminar ese maldito libro y entender en qué fallé. La idea de caminar parece despejarme un poco, como si el movimiento físico pudiera deshacer los nudos que llevo por dentro. Decido que lo mejor es pasar por la oficina y recoger el libro. Al pensarlo, casi me imagino a mí mismo en un lugar tranquilo, un sitio donde pueda realmente poner mis pensamientos en orden.

—Sí —murmuro para mí mismo—. Iré a la oficina y luego al jardín botánico. Ese plan parece un paso en la dirección correcta.

Primero me dirijo a mi oficina en Newstead, pues necesito recoger el libro antes de continuar. Tras pasar rápidamente por

# Fuego

allí, me encamino hacia la estación del ferry en Tenerife. El City Cat, como llamamos al ferri en Brisbane, llega con un suave retumbar. Subo a bordo, observando cómo la ciudad se va desvaneciendo lentamente a lo lejos. Las olas acarician los costados del barco, su ritmo hipnótico me arrastra momentáneamente lejos de todo lo que llevo dentro. El reflejo del horizonte sobre el río es sereno, casi pacífico, haciendo un marcado contraste con el caos que revuelve mi mente.

Mientras el ferry avanza por el río Brisbane, repaso la conversación con Mark. Quizás estoy dejando que el miedo me controle, pero el problema es que no sé cómo detenerlo. Es como un murmullo constante en el fondo de mi mente, siempre recordándome que las cosas no están bien. Intento acallarlo, pero nunca desaparece del todo.

El río se curva y, pronto el jardín botánico de la ciudad aparece ante mí. Una sensación de alivio me invade, como si estuviera yendo hacia un remanso de paz, un lugar donde puedo sentarme y reflexionar sin el peso del apartamento aplastándome. El ferri atraca y mis pies, casi por inercia, me llevan por el camino amplio y tranquilo que bordea el río.

Cada rincón de este lugar me envuelve en una serenidad casi mística. Mis pasos resuenan suavemente en el sendero, escoltados por el murmullo tenue de las hojas al rozarse entre sí, el canto distante de los pájaros y los sonidos fugaces de murciélagos. De vez en cuando, un corredor pasa a mi lado, su respiración pausada se funde en el ambiente como un suspiro más de la naturaleza.

Encuentro un banco solitario abrazado por los árboles y me siento. En mis manos, el libro descansa como un juez silencioso, sus páginas llenas de promesas sobre lo que hace que un matrimonio funcione. *Los siete principios para hacer que el matrimonio funcione.* El título, que alguna vez fue un faro de esperanza, ahora se burla de mí con un dejo de ironía. Paso las páginas de forma distraída, mientras mis ojos saltan de una línea a otra y mi mente escarba en mis propios errores, desenterrando recuerdos como quien descubre grietas ocultas en un puente desgastado.

El primer principio que me detengo a reconsiderar: **construir mapas del amor**. ¿Cuánto tiempo llevo sin sumergirme en el mundo emocional de Helen? Últimamente, parece como si hubiera erigido un muro invisible entre nosotros, he estado tan absorbido en mis propias ansiedades que olvidé preocuparme por ella, por lo que habita en su interior más allá de Leo. Apenas me doy cuenta de cuánto he dejado de lado, de esas preguntas sencillas que solían surgir con interés genuino: cómo está su familia en Colombia, sus amigos de antes... Me justificaba pensando que todo giraba en torno a su trabajo, como si eso lo resumiera todo. Pero ahora me pregunto si era yo quien, inadvertidamente, llevaba cada conversación a los mismos temas, desviando cualquier posible conexión más allá de lo rutinario.

**Acercarse en lugar de alejarse**. Otro principio que ahora me asalta. ¿Cuántas veces me he alejado justo cuando ella intentaba acercarse? Como cuando me invitó a su noche de celebración y yo la rechacé; o en esos simples gestos suyos: una caricia, una sonrisa que yo esquivé, permitiendo que los celos me nublaran el juicio. He estado tan atrapado en mis propios temores, que he sido incapaz de ver lo que me ofrecía en silencio, lo que he tenido justo frente a mí.

Luego está el principio que dice: **deja que tu pareja te influencie**. No puedo negar que lo he seguido, pero de la peor manera posible. Me he dejado influenciar por mis inseguridades, cediendo a la idea de que siempre estoy en un segundo plano, viendo cómo mis celos ganaban terreno hasta volverme un extraño para mí mismo.

Cierro el libro y me recuesto en el banco, mientras el murmullo del río se escucha en el fondo como una letanía lejana, un eco suave y constante. La realidad me golpea, inesperadamente fuerte: he estado tan enfocado en mis temores, en lo que creía que Helen podía estar logrando o guardando en secreto, que no

# Fuego

me di cuenta de cuánto la he estado alejando por mi propia cuenta.

A mi alrededor, el parque respira en una calma serena, bañado por una suave luz que ilumina cada rincón sin esfuerzo. Los sonidos de la ciudad llegan como un susurro distante, apenas un murmullo. Saco el teléfono, mis dedos dudan sobre la pantalla. Necesito disculparme, sentir el peso de esas palabras. Debí haberlo hecho antes, cuando aún había espacio para los errores sin dejar cicatrices.

Intento llamarla dos veces, pero no me contesta, nada que no esperara. Intento con mensajes, pues así ha funcionado mejor antes.

*Hola. Lamento todo lo de anoche. Sé que crucé un límite. ¿Podemos hablar?*

Envío el mensaje y miro la pantalla, esperando. Tras unos minutos, veo la notificación de que ha visto el mensaje, esas dobles palomitas que lo confirman, pero no hay respuesta. Siento que mi estómago se hunde. El silencio se prolonga, y trato de volver al libro, pero mi mente ya se ha escapado, repasando lo que dije, lo que podría haber hecho de otra manera.

Reviso mi teléfono de nuevo. Aún nada. Pasa media hora. El sol comienza a descender en el cielo, proyectando una luz dorada sobre los jardines. Envío otro mensaje.

*Por favor. No quería herirte. Solo necesito entender.*

Pasa otra hora, y sigo revisando mi teléfono cada pocos minutos. Ella lo ha visto otra vez, pero el silencio persiste, denso y sofocante. ¿Por qué no contesta?

Paso por redes sociales, intentando distraerme, y entonces la veo. Helen ha publicado una foto. Es una imagen de ella y Ana en un café, riendo, claramente disfrutando del momento. La descripción es ligera y despreocupada, algo sobre ponerse al día, nada dirigido a mí, pero se siente como un golpe directo al pecho. ¿Cómo puede estar ahí afuera, sonriendo, mientras yo estoy aquí desmoronándome?

Empiezo a escribirle de nuevo y mis dedos están temblorosos. *¿Podemos hablar, por favor? De verdad, lo siento.*

Miro la pantalla, deseando que responda. No lo hace. Mi mente no deja de dar vueltas. Ella se está alejando. Quizá quiere seguir adelante, aunque aún no esté lista. Ese pensamiento me carcome, y el silencio solo lo empeora.

Envío otro mensaje.

*Solo necesito saber que estás bien.*

Los segundos pasan. Minutos. El sol baja más, bañando el jardín en un cálido resplandor naranja. Miro hacia los árboles balanceándose suavemente con la brisa, pero todo se siente distante, desconectado. El calor, la luz, todo parece estar fuera de mi alcance.

Pasa otra hora. La luz dorada se convierte en crepúsculo. Ya no puedo concentrarme en el libro. Es como si el mundo a mi alrededor siguiera adelante y yo estuviera aquí, atrapado, incapaz de liberarme de esta espiral.

*Helen, te amo. No sé cómo arreglar esto, pero necesito que me hables.*

Aún nada. El jardín está oscuro ahora, el sol se ha ido por completo, reemplazado por la frescura de la noche. Estoy aquí, solo, mientras ella está en otro lugar. ¿Cómo llegamos a esto? Este día, este clima hermoso, se suponía que era nuestro fin de semana juntos, y ahora, ni siquiera estoy seguro de si alguna vez lo recuperaremos.

Me siento en la oscuridad creciente, con una presión acumulándose dentro de mí, apretando cada rincón de mi mente. El tiempo sigue pasando, y cuando la noche finalmente

# Fuego

me envuelve, escribo un último mensaje, las palabras surgiendo solas, apenas un susurro que se filtra desde lo más profundo de mi ansiedad:

*Espero al menos recibir un corazón...*

Observo el mensaje por un instante antes de enviarlo. Sé que es hiriente, lo sé perfectamente. Pero algo en mí no puede detenerse. La ansiedad me devora, dejándome con este vacío temible de pensar que tal vez esto es el final, que quizá la he empujado demasiado lejos, hasta un punto de no retorno.

Envío el mensaje y de inmediato siento el peso de lo que he hecho, una mezcla de arrepentimiento y de liberación, como si acabara de soltar algo afilado que llevaba escondido bajo la piel. No es solo una búsqueda de respuesta; es la necesidad de deshacerme de esta carga, de ese resentimiento que se ha aferrado a mí, agudo y punzante. Casi elimino el mensaje al ver la primera confirmación de entrega, pero algo me detiene. Sé exactamente lo que estoy haciendo, como alguien que incendia el bosque que alguna vez consideró su refugio, sabiendo que las llamas se extenderán sin piedad, aunque nunca tenga la intención de quedarse a ver cómo arde. Es una forma de desquitarme, de hacerle sentir la ausencia y el vacío que me han carcomido todo el día, toda la semana, o quizás más tiempo de lo que estoy dispuesto a admitir.

A mi alrededor, el jardín se ha sumido en sombras, y las siluetas de los árboles se mecen suavemente con la brisa nocturna. Veo las luces del City Cat parpadeando al pasar, reflejándose en el agua por un instante antes de desvanecerse en la distancia. Cierro los ojos, tratando de estabilizar mi respiración, consciente de que no puedo seguir así, atrapado en este ciclo de presionarla, de presionarme, hasta que solo queden escombros de resentimiento y silencio. Pero el miedo es tan intenso, tan persistente. Es como estar sumergido en él, y cada mensaje que envío es un intento desesperado por tomar aire, un esfuerzo inútil por escapar de ese peso que no me suelta.

# Caminos Entrelazados - Ethan

Las palabras de Mark resuenan en mi mente, una advertencia lejana sobre el miedo, sobre el poder que le doy al dejar que me domine. Me pregunto si ya es demasiado tarde, si he permitido que el miedo me consuma más de lo que debería. Me quedo allí, con el teléfono en mi mano como si fuera un ladrillo, tomando plena conciencia de lo que he hecho y ya no puedo ni quiero deshacer. Esta vez ya no espero una respuesta, ya solo espero ver el mundo arder.

# Parte 3: Aprendizaje

# 14. Garabatos

*8 de octubre*

No puedo creer que apenas sea martes. Desde el sábado, Helen no ha dado señales de vida; solo mencionó que necesitaba unos días más para ella, probablemente lo decidió después de leer mi último mensaje. Esperaba ira, frustración, otra discusión acalorada donde desgastáramos hasta el último argumento, pero una vez más ha recurrido al silencio. Es como si supiera que no hay arma más letal para mí y la usara con toda la intención.

Aun no entiendo cómo llegamos a este punto. Hemos tenido enfrentamientos peores, como aquella vez que discutimos durante días porque quería hacer un viaje a solas con su hermana mientras yo me quedaba con mi familia. No lograba entender por qué necesitaba irse sin mí, y ella no podía concebir por qué no podía simplemente aceptar su decisión. Al final, se fue, y yo me quedé con esa espina clavada punzando durante meses. Fue un dolor distinto, uno que dejó a la intemperie las grietas de nuestra manera de vernos como pareja: yo, siempre buscando compartirlo todo, y ella, demandando espacios de soledad e independencia. Discutimos con pasión, ambos aferrados a nuestros puntos de vista, hasta que el tiempo calmó las aguas... aunque aquella herida nunca cerró del todo.

Sin embargo, comparado con eso, esta situación parece una broma, una disputa diminuta, ¿no? De pronto Helen está sintiendo algo por ese hombre, después de todo. O tal vez, tras todos estos años, solo necesitaba una excusa para revivir todos esos problemas que creímos enterrados, desempolvar cada uno de ellos y hacerlos brillar bajo una luz más intensa que nunca.

Me siento en mi escritorio, mirando el boceto inacabado que tengo delante, tratando de dibujar algo, pero me tiembla la mano y se me resbala el lápiz. No hay equilibrio, nada se está uniendo, las líneas de la página se niegan a enderezarse, como todo lo demás en mi vida. Tiro el lápiz a un lado sintiendo que todo lo que he construido está al borde del colapso, y no hay nada que pueda hacer para evitarlo.

Se supone que Helen regresa esta noche, pero todo lo que puedo pensar es que entrará por la puerta, agarrará sus cosas, y se irá de nuevo.

Regresa a casa antes de lo que esperaba. Hay una dulzura en ella, una calma suave y serena, en lugar del frío desapego que tanto temía. Dice que necesita un baño y propone salir a caminar, como solíamos hacerlo. Le digo que por supuesto, tratando de no traicionar la mezcla de alivio y confusión que me embarga. Cuando escucho el sonido de la puerta del baño cerrarse, siento un pequeño destello de consuelo. Saber que está aquí, de nuevo tan cerca, despierta una calidez familiar que había estado apagada. Al parecer, esto era lo que necesitaba: simplemente tenerla en casa.

Salimos del apartamento, son apenas las cinco y el sol sigue alto, proyectando sombras largas y doradas a lo largo de las calles de Spring Hill. El aire es más cálido de lo que debería ser en esta época del año, pero apenas lo noto. Descendemos por Wickham Terrace, rodeados por el zumbido distante de la ciudad. Quiero acercarme, tomar su mano como tantas veces lo hice antes, sentir la conexión tangible entre nosotros, pero vacilo. La miro, y justo cuando estoy a punto de extender mi mano, ella se aleja ligeramente, manteniendo las suyas cerca de su cuerpo. Desisto, sintiendo el aguijón de esa pequeña, aunque deliberada distancia. Es un gesto casi insignificante, pero duele, de un modo que prefiero no reconocer.

Continuamos nuestra ruta hacia el río, pasando por tiendas y cafés conocidos. Ese silencio que antes era natural durante nuestras caminatas, cómodo, ahora se siente como un muro que no sabemos si queremos derribar. Le lanzo miradas, preguntándome si tiene tanto miedo como yo, si le teme tanto a lo que se avecina. Cuando llegamos a la base del Story Bridge,

# Garabatos

el horizonte se despliega ante nosotros, el río se extiende por debajo, brillando con la luz que se desvanece. Es tan hermoso como siempre, el tipo de vista que solía hacernos detener y contemplar todo en conjunto. Pero hoy, apenas nos damos cuenta, pasando de largo como si ya no importara.

—Parece que ya casi terminan el nuevo puente —dice ella, justo al entrar al Story Bridge.

—Sí, ya casi —respondo. Mi voz suena plana, extraña, incluso para mí.

—Será bueno tener otro camino para cruzar el río en bicicleta. El tráfico ha sido horrible últimamente. —Sigue con la mirada fija en el paisaje delante.

—Sí... ayudará. —Intento mantener un tono casual, casi forzando la ligereza—. Especialmente ahora que el clima empieza a mejorar.

Esboza una media sonrisa. —Parece que el verano va a llegar muy pronto este año.

Seguimos caminando, nuestras voces suben y bajan en pequeños intercambios intrascendentes. Hablamos del clima, de la construcción, de lo cotidiano, incluso de su tiempo con Ana, sin tocar jamás el verdadero porqué de su estancia con ella. No hay nada genuino en la conversación, pero al menos es algo. Helen suelta una risa breve cuando menciono al perro mimado de Ana y, por un instante, es como si volviéramos a ser nosotros. Trato de aferrarme a ese momento, a la ternura en su risa, pero se me escapa tan rápido como llegó.

Cuando cruzamos al otro lado del puente, los acantilados de Kangaroo Point se alzan frente a nosotros, sus bordes dentados bañados por la luz del atardecer. Ascendemos por el sendero sinuoso hasta la cima, y las luces de la ciudad comienzan a encenderse. Miro hacia ella, pero sus ojos están fijos en el agua, su expresión tranquila, como un reflejo de la distancia que nos separa.

—Echo de menos esto —digo en voz baja, esperando que entienda a qué me refiero—. No solo el paseo, sino esto… la rutina, la cercanía.

Ella asiente, pero sigue sin mirarme. —Sí… yo también lo extraño.

Nos quedamos en silencio un momento, observando cómo el sol se sumerge en el horizonte. No sé qué decir, pero sé que la verdadera conversación que llevamos evadiendo desde el sábado, está por llegar. Rompo el silencio y finalmente suelto la disculpa que he ensayado una y otra vez en un bucle interminable.

—Lo siento mucho. —Mi voz es baja, insegura, como si no supiera si comprometerme del todo con las palabras o retirarlas. Ella respira hondo y se vuelve hacia mí, con su mirada firme, casi implacable.

—Ethan, espera, antes que eso, tenemos que hablar. —Sabía que este momento iba a llegar, pero escuchar esas palabras me revuelve el estómago. Me vuelvo hacia ella, incapaz de encontrar qué decir.

—Creo que… creo que necesitamos ver a un terapeuta —dice, con una voz que confirma una decisión que ya ha tomado.

¿Un terapeuta? No me lo esperaba. Sabía que las cosas estaban mal, pero no tanto. Mi mente se acelera, intentando asimilarlo.

—¿Terapeuta? —musito, más para mí que para ella.

—Sí. Creo que necesitamos ayuda. Esto… nosotros… no creo que podamos arreglarlo solos.

# Garabatos

La observo, tratando de procesar lo que acaba de decir. Quiero contradecirla, asegurarle que no es tan grave, que solo necesitamos un poco más de tiempo. Aunque, puede que tenga razón, tal vez la terapia podría ayudarnos a desenterrar esos problemas que parecieran estar durmiendo entre nosotros, esperando el momento oportuno para atacarnos. Pero, por otro lado, ¿acaso no son normales estas discusiones? Escuchamos tanto sobre conflictos de pareja, que resulta difícil distinguir qué es natural y qué debería preocuparnos. Siempre pensé que estábamos bien, que nuestros problemas apenas si eran importantes, además, casi siempre han sido pasajeros.

—No lo sé, Helen —susurro finalmente, con voz débil—. ¿Es tan grave?

—No se trata de lo grave que es —responde con tono firme—. Se trata de entender ahora lo que está pasando, antes de que el tiempo siga pasando y los problemas se agranden... Necesitamos saber si podemos arreglar las cosas de raíz o no. —Su mirada se posa en mí, buscando algo que no estoy seguro de poder darle—. Es terapia... o reconsideramos esto. Nosotros.

Ahí está, el ultimátum. Buscar ayuda, o terminar.

Supongo que la ausencia de compromisos mayores hace que nuestra relación se sienta frágil, expuesta a la exigencia de nuestras propias expectativas. No tenemos excusas ni factores externos donde refugiarnos. En cambio, las relaciones en las que existen más lazos —como hijos, familias unidas o bienes compartidos— tal vez soporten mejor el impacto de las dudas y los errores, aunque eso no siempre las haga más saludables. Nuestra falta de ataduras debería motivarnos a esforzarnos más por sentirnos bien juntos, pero también hace que todo parezca más inestable, menos resiliente. En este momento, no sé si eso es una ventaja o una condena. Siento que el suelo se mueve bajo mis pies, y que el equilibrio vuelve a escaparse de mis manos.

Trago saliva, la garganta seca. No tengo muchas opciones, después de todo.

## Caminos Entrelazados - Ethan

—Está bien… —digo finalmente—. ¿Conoces algún terapeuta?

Ella suspira y, aunque parece aliviada, noto aún la tensión en sus hombros. —Buscaré uno —responde en voz baja.

Nos quedamos allí unos instantes más, con las luces de la ciudad reflejándose en el agua. El sol casi se ha ido, dejando el cielo teñido de naranjas y violetas.

*Boceto de Ethan: punto de Kangaroo Point.*

# 15. Comienzo

*10 de octubre*

Nos sentamos en silencio mientras la Dra. Emma Cross nos estudia desde detrás de sus gafas. No puedo evitar notar cómo se siente su oficina, casi opresivamente cálida, como si estuviera diseñada para que te sientas cómodo, pero termina logrando lo contrario. Las paredes están pintadas en tonos apagados, una mezcla de beige y gris suave, y la iluminación es tenue con una mezcla de luz blanca y amarilla. Hay una intimidad en ello, como si la habitación misma, en silencio, nos instara a abrirnos. El aire huele ligeramente a manzanilla, estoy seguro de que es intencional, como si cada detalle aquí hubiera sido creado para que nos sintiéramos a gusto.

Excepto que no me siento así. Me siento expuesto.

Me acomodo en el asiento, y el cuero del sillón cruje levemente debajo de mí. Aunque el sonido es apenas perceptible, parece amplificarse en el silencio de la sala. Dirijo la mirada hacia Helen. Está sentada con una postura impecable, las piernas cruzadas y las manos descansando con calma sobre su regazo. Siempre ha sido serena en momentos así: centrada, equilibrada. En cambio, yo no sé qué hacer con mis manos y termino tomando, de manera algo torpe, una taza de té que ni siquiera deseo.

Un reloj en la pared hace tictac, lento y deliberado. Me pregunto cuánto tiempo llevamos aquí sentados, esperando que algo suceda, esperando que alguien hable. Mis ojos se posan en la taza que sostengo; está cálida, el calor del líquido atraviesa la cerámica y, aunque debería reconfortarme, permanece fuera de mi alcance, como algo que intento sentir sin lograr hacerlo del todo.

Le lanzo otra mirada a Helen. Ella siempre sabe qué decir en estas situaciones. Estoy seguro de que ya ha analizado cómo será esta sesión de terapia, probablemente pensando cómo hacer para que sea lo más eficiente posible, como si fuera solo otra tarea en su lista de pendientes.

La terapeuta finalmente se inclina hacia adelante —Entonces, díganme, ¿qué los trae aquí hoy?

Helen se mueve ligeramente en su asiento, sus dedos se tensan en su regazo antes de hablar. Su voz es firme, casi profesional, aunque hay una tensión en su postura que antes no estaba allí.

—Hemos tenido problemas de comunicación y confianza —dice, manteniendo su mirada fija en la doctora—. Siento que ya no estamos hablando realmente, y cuando lo hacemos, parece que no decimos lo que de verdad queremos expresar. Eso es lo que esperaba, pero luego añade—. Y honestamente, ya no estoy segura de si estamos con la persona adecuada. Ha habido este... problema subyacente en el que siento que a Ethan no le gusta quién soy. Como si quisiera que cambiara. No confía en la persona que soy con otras personas, y eso es un problema para mí.

Sus palabras me golpean de repente, como un puñetazo en el estómago que me deja sin aliento. ¿De qué está hablando? Pensaba que habíamos venido aquí por la tensión con Leo y porque ella sonreía demasiado, por ser demasiado amigable con otras personas. Pero ahora, al escucharla decirlo así, sin rodeos, sin dudar, me doy cuenta de que no vi el verdadero problema.

La miro, pero ella no me mira. Está concentrada en la terapeuta, como si hubiera tenido esta conversación en su cabeza un centenar de veces y ahora simplemente la estuviera dejando fluir.

—No sé si a él le gusta quién soy —repite, con un tono más suave ahora, pero igual de directo—. Y quiero entender si estamos con la persona adecuada, dadas esas expectativas.

Trato de procesar lo que Helen acaba de decir. Así que... ella piensa que no me gusta quién es... Claro, he tenido problemas

# Comienzo

con lo amigable que es con personas como Leo, pero no es que quiera que cambie... ¿o sí?

La doctora Cross ahora dirige su atención hacia mí, con la misma expresión serena de antes, como si las palabras de Helen no fueran especialmente alarmantes. —¿Y tú, Ethan? ¿Cuál es tu perspectiva sobre esto?

Aclaro mi garganta y agarro con los dedos el borde de la taza que tengo en el regazo. —Yo solo... cada vez que hay un problema, Helen lo evita. En lugar de enfrentar la situación, se cierra o cambia de tema. —Dudo un segundo, pero sé que tengo que mencionarlo—. Hubo una situación en su trabajo, con este tipo, Leo. Ella era... Bueno, ella era muy amigable con él. Y cuando le pregunté al respecto, no quiso explicarme qué estaba pasando. Eso solo me generó más preguntas.

Helen se queda inmóvil, pero puedo sentir cómo la incomodidad empieza a infiltrarse en su aura de confianza.

—Es como si me dejara en el limbo, y en lugar de hablar las cosas, ella opta por no decir nada, alejarse. Y luego actúa casi normal, evadiendo los temas, como si el resto estuviera bien, pero para mí no lo está. No sé qué está pasando la mitad del tiempo.

La doctora procesa lo que estoy diciendo, intercambiando su mirada entre nosotros, leyendo el espacio entre mis palabras y el silencio de Helen. Luego nos pide a ambos que hablemos sobre nuestra relación: cómo nos conocimos, cuánto tiempo hemos estado juntos y nuestras perspectivas sobre el camino que hemos compartido hasta ahora.

Helen habla primero. Describe cómo nos conocimos en la cafetería donde ella trabajaba, cómo derramé mi bebida y cómo terminamos charlando mientras limpiaba el desorden. Menciona cómo las cosas se sintieron tan naturales al principio, como si simplemente hubiéramos hecho clic, y cómo terminamos pasando horas hablando después de sus turnos en la cafetería. Recuerda los viajes que hacíamos juntos, las risas y la emoción

**123**

de conocernos. Pero a medida que continúa, su tono cambia y habla de los desafíos que comenzamos a enfrentar, los desacuerdos que al inicio parecían pequeños, pero que finalmente comenzaron a acumularse. Y comenta que sintió que me costaba aceptar aspectos de ella que creía fundamentales para ser quien era.

Cuando es mi turno, me encuentro haciendo una pausa, tratando de ordenar mis pensamientos. Me ha indicado que cuente la historia sin importar si repito lo que Helen ya había dicho, quiere escuchar mi versión. Hablo de la primera vez que vi a Helen, de cómo parecía tan llena de vida, tan diferente de cualquier persona que hubiera conocido antes. Menciono la forma en que nos conectamos gracias a nuestros intereses compartidos, pero también por nuestras diferencias: las largas conversaciones que se extendieron hasta la noche y las aventuras que tuvimos juntos. Sin embargo, también comparto cómo, con el tiempo, comencé a sentirme aislado, como si hubiera partes de su mundo a las que no podía llegar. Comparto mis frustraciones, y que sentía que nos estábamos distanciando porque no podía entender todo lo que ella necesitaba de mí.

La doctora Cross escucha atentamente, asintiendo de vez en cuando mientras hablamos, permitiendo que cada uno de nosotros comparta sus perspectivas sin interrupciones. Luego, espera un momento más antes de hablar.

—Todo lo que ustedes dos han mencionado es muy importante. La comunicación, la confianza y las expectativas están profundamente entrelazadas en las relaciones, y parece que ambos están luchando con la forma de expresar sus necesidades y preocupaciones de una manera que se sienta comprendida.

Hace una pausa, permitiendo que asimilemos sus palabras antes de continuar.

—Algo que suelo recordarles a las parejas es que el amor, y especialmente la forma en que lo expresamos, no es algo que sepamos hacer de forma innata. Normalmente aprendemos

# Comienzo

acerca de este a lo largo del camino, a menudo, cometiendo errores. Sin embargo, también podemos educarnos en los principios básicos del amor para hacer ese recorrido más fácil, aprender de las experiencias de otros y reducir el sufrimiento.

Helen intenta mantener una postura serena, pero puedo notar la rigidez en su cuello mientras se sienta firme, como si tratara de esquivar los comentarios que van dirigidos a los dos.

—En situaciones como esta, —continúa— suele ocurrir que cada miembro de la pareja tiene maneras distintas de expresar y recibir amor. Cuando esas diferencias no se reconocen, pueden surgir malentendidos. En este caso, parece que ha habido una desconexión tanto en cómo comunican sus expectativas, como en la forma en la que construyen y expresan su confianza.

Me doy cuenta de que la mente de Helen está acelerada ahora. La mía también lo está, pero por diferentes razones. No vine aquí pensando que tuviéramos problemas de expectativas, y ahora todo parece girar en torno a ellas.

La doctora Cross cambia la conversación. —Otro aspecto de esto es cómo su relación funciona como un sistema. En la Terapia Sistémica, vemos las relaciones como sistemas interconectados donde las acciones, emociones y reacciones de cada persona influyen en la otra. Cuando hay una ruptura en la comunicación o la confianza, a menudo se debe a que el sistema está desequilibrado: una persona puede sentir que no está siendo escuchada, mientras que la otra siente que no le brindan la información que necesita.

Las palabras aún se sienten distantes. Helen no se inmuta. Es como si hubiera estado esperando escuchar esto, teoría de parejas que están alejadas de nosotros.

—En un sistema, ambos desempeñan un papel en la creación de patrones que refuerzan la conexión o que crean más distancia. La clave es entender cómo se han desarrollado esos patrones a lo largo del tiempo.

Esa parte sí hace clic en mí: patrones. Eso tiene sentido, al menos para mí. Hemos estado atrapados en una especie de bucle, en el que yo siento que Helen es demasiado amigable y ella siente que estoy tratando de cambiarla. Tal vez esto se ha estado construyendo durante mucho tiempo: momentos pequeños y sutiles que se acumulan en algo más grande.

Respiro profundo mientras sigo procesando lo que acaba de decir la terapeuta. Como ya había reflexionado en otras ocasiones, esto no se trata solo de Leo, ni de las sonrisas y la excesiva amabilidad de Helen. Se trata de cómo hemos estado interactuando durante meses, puede que incluso por años. Tal vez he estado esperando algo de ella que simplemente no está dispuesta a ofrecer.

Nos observa, alternando su mirada entre Helen y yo, como midiendo nuestras reacciones. —¿Esto tiene sentido para ambos?

Helen habla primero, como de costumbre. —Sí. Creo que eso es exactamente lo que ha estado sucediendo. Estamos atrapados en este patrón de no hablar del problema real.

Asiento lentamente, sin saber muy bien qué decir. —Sí... supongo que tiene sentido.

Mi voz se siente más débil de lo habitual, como si me hubiera sorprendido esta nueva perspectiva de que el problema viene de mucho antes. Es mucho para asimilar, ahora que intento indagar en situaciones similares de menor importancia, pero está empezando a hacer clic. Hemos estado viviendo en este sistema de expectativas, y ni siquiera lo vi hasta ahora.

Permite que el ambiente quede en calma unos segundos antes de continuar. Su voz aún es mesurada y tranquila. —Parece que hay muchos malentendidos en cuanto a cómo cada uno de ustedes aborda estos conflictos.

Se vuelve hacia mí primero, y siento que su atención se agudiza. —Ethan, has expresado que cuando surgen problemas, sientes que Helen te evade, lo cual te deja con más preguntas que respuestas. ¿Puedes explicar por qué eso te lleva a la frustración que sientes?

Me muevo ligeramente en mi asiento, mirando a Helen antes de responder. —Supongo... Yo soy el que se queda tratando de resolver las cosas por mi cuenta. Cuando no me explica lo que está pasando, como con Leo, me hace sentir... como si estuviera ocultando algo.

La mandíbula de Helen se aprieta ligeramente, pero no interrumpe. La doctora asiente, animándome a continuar. —No es que quiera controlarla ni nada por el estilo, es simplemente... ¿cómo se supone que voy a confiar en lo que no entiendo?

Vuelve su mirada hacia Helen, dándole espacio para responder. —Helen, ¿cómo te llega eso?

Helen se sienta un poco más recta. —Es difícil escuchar eso porque... Creo que he sido clara sobre quién soy. Soy amigable con la gente, eso es parte de lo que soy. Y Ethan lo sabe. Lo que me frustra es sentir que siempre estoy esperando tener que explicarme o justificarme, como si constantemente tuviera que defender quién soy.

Sus palabras flotan en el aire, contundentes y sin remordimientos. —No debería tener que cambiar quién soy para encajar en lo que Ethan piensa que está bien. Para mí, ahí es donde entra el tema de la confianza. No se trata solo de explicar las cosas, sino de sentir que puedo ser yo misma.

—Parece que ambos han estado hablando idiomas diferentes —dice la doctora Cross en voz baja—. Ethan, tu necesidad de claridad ha sido interpretada por Helen como una necesidad de que ella justifique quién es. Y Helen, tu resistencia a eso para Ethan se siente como una evasión.

La mirada de Helen se cruza con la mía por un instante, y siento cómo las palabras que ha dicho comienzan a echar raíces.

—No me di cuenta... que te sentías de esa manera —digo lentamente—. No se trata de cambiar quién eres.

La doctora Cross interviene de nuevo, guiando suavemente la conversación. —Lo importante aquí es entender los patrones que se han estado desarrollando en su relación. Cada uno de ustedes ha desarrollado hábitos: Helen, te has retirado cuando te has sentido incomprendida. Ethan, has presionado para obtener respuestas cuando te has sentido inseguro. Ninguno de estos patrones es inherentemente malo, pero juntos, los han llevado a una separación emocional.

Su explicación encaja, nos hemos quedado atrapados en un bucle sin darnos cuenta. La frustración de Helen, y mi insistencia en las explicaciones, todo está unido.

—El primer paso es reconocer que no se trata de problemas individuales, sino de patrones compartidos que los afectan a ambos. Y ahora que ambos han reconocido esto, podemos empezar a trabajar para cambiar esos patrones.

Helen afloja los brazos, dejándolos caer de su posición cruzada mientras su postura se relaja. —No quiero seguir así —dice, ahora con voz más suave—. Quiero entender y saber si realmente podemos resolverlo o qué vamos a hacer.

Siento que se me hace un nudo en la garganta. —Sí, yo tampoco quiero seguir dando vueltas.

La doctora Cross hace un gesto de aprobación con sus manos.

—Este es un buen punto de partida —dice, con un tono tranquilizador—. Ambos han expresado lo que ha sido difícil, y ese es el primer paso. Pero el trabajo no se detiene aquí. Lo que hemos identificado ahora es solo el comienzo. Para que ambos crezcan como pareja, también debemos trabajar en su crecimiento individual. Cuando hablamos de sistemas, al igual que su relación, entendemos que cada parte de este, en este caso, ustedes dos, debe estar saludable para que el sistema funcione bien.

# Comienzo

Helen frunce ligeramente el ceño, pero escucha atentamente. Es evidente que esto es nuevo para nosotros.

—Lo que sugiero es que, antes de profundizar en las sesiones conjuntas, dediquemos algún tiempo a las sesiones individuales. Esto le dará espacio a cada uno de ustedes para explorar sus propios patrones, sus respuestas emocionales y lo que necesitan de la relación. Es importante entender su propio paisaje emocional, antes de que puedan trabajar en el que comparten.

Miro a Helen. Ella no reacciona externamente, pero puedo deducir que está considerando lo que esto significa. La idea de dar un paso atrás y centrarnos en nosotros mismos... no es lo que yo esperaba, pero tal vez tenga sentido.

—No se trata de culpar a una persona o de arreglarla. Se trata de crecer individualmente, para que puedan volver a estar juntos con una comprensión más sólida de ustedes mismos y de los demás.

Helen pregunta —Entonces, ¿se trata de trabajar en nosotros mismos para ayudar a la relación?

—Exactamente. Al comprender sus necesidades individuales y cómo responden a los conflictos, pueden comenzar a cambiar los patrones que discutimos anteriormente. No se trata de cambiar quién eres, sino de entender cómo tus acciones afectan la relación.

Respiro lentamente, el plan empieza a tener sentido. —¿Qué sigue, entonces?

—A continuación, programaremos sesiones individuales para ambos, el mismo día, pero en sesiones separadas. Nos centraremos en lo que ocurre con cada uno de ustedes durante estos conflictos, y en cómo podemos empezar a cambiar esas respuestas emocionales.

# Caminos Entrelazados - Ethan

Se inclina ligeramente hacia atrás, su tono ahora más práctico. —Antes de sus sesiones individuales, quiero que ambos completen un ejercicio basado en algo llamado la Ventana de Johari. Es una herramienta que les ayudará a entenderse a ustedes mismos desde diferentes perspectivas.

Explica el proceso: —La idea es reflexionar sobre cómo te ves a ti mismo y cómo podrían percibirte los demás en diferentes contextos. Esta ventana se divide en cuatro cuadrantes, y el objetivo es explorar en cuál de estos estás considerando tus relaciones con diferentes personas en tu vida. Comenzarán haciendo esto con algunas personas: amigos, mejores amigos, padres y, eventualmente, entre ustedes. Pero el truco es este: pueden compartir sus resultados con amigos, padres y otras personas, pero los que obtengan entre ustedes serán para su propia reflexión y para nuestras sesiones individuales. Este ejercicio les ayudará a entender las diferencias en cuanto a cómo se ven a sí mismos y cómo los perciben los demás.

Helen escucha atentamente, mientras trato de encontrar una manera de conectarme a tierra. Esto me hace sentir más vulnerable de lo que esperaba. La idea de vernos a nosotros mismos desde la perspectiva de nuestras relaciones con los demás se siente desalentadora, como si estuviéramos a punto de revelar algo que no sabemos si queremos descubrir.

Antes de terminar la sesión, nos ofrece una sonrisa tranquilizadora. —Tómense su tiempo con eso. Hablaremos de lo que han aprendido cuando regresen para sus sesiones individuales.

Mientras nos levantamos para irnos, miro a Helen, casi con cautela. Este ejercicio, esta reflexión, no es solo una tarea. Es el comienzo de algo que no podemos predecir del todo, pero que ambos necesitamos.

# Comienzo

# 16. Ventanas

El sol se filtra suavemente a través de las copas de los árboles en el parque Victoria, creando manchas de luz sobre el césped mientras Helen y yo caminamos en silencio. Han pasado dos días desde nuestra sesión con la doctora Cross y las cosas se sienten... mejor, creo. Hay una ligereza en nuestras conversaciones, como una especie de tregua que ambos hemos decidido respetar, aunque seguimos evitando los temas más difíciles. Hemos acordado esperar hasta haber avanzado más en terapia, antes de profundizar demasiado. Aún tenemos por delante las sesiones individuales y existe un poco de expectativa por lo que vendrá, pues no esperábamos algo así para una terapia de pareja.

Aun así, quiero preguntarle cómo se siente, y qué ha estado pensando. Después de la sesión con la doctora Cross, me siento vulnerable, demasiado expuesto, y no quiero presionar las cosas antes de estar listo. Todavía estoy procesando lo que aprendí y aún no he decidido si debo disculparme o mantener mis sospechas. Por ahora, intento seguir las reglas y reconstruir mi confianza antes de enfrentar esos temas más profundos.

A medida que nos acercamos a una zona más tranquila del parque, intercambiamos una mirada, acordando, en silencio, que es el momento. El plan es trabajar en el ejercicio de la Ventana de Johari de manera individual, pero estando juntos; lo suficientemente cerca como para sentir la presencia del otro, aunque lo bastante lejos para darnos el espacio necesario y reflexionar sin sentirnos juzgados.

Ella encuentra una banca junto a un pequeño estanque en el que el agua se ondula dócilmente con el viento. Yo me dirijo hacia una inmensa higuera que se erige cerca de allí, sus ramas anchas ofrecen una sombra cálida y apacible que alcanza a tocar el estanque. Me siento en el césped, recostándome contra

# Ventanas

la corteza rugosa del árbol y respiro profundo. La voz de la doctora Cross resuena en mi mente, recordándome que empiece con la persona más cercana a mí, aparte de Helen, alguien en quien confíe. Meto la mano en mi mochila y saco el cuaderno donde voy a trazar la ventana.

La Ventana de Johari... aún me parece algo abstracta. Sé que existen los cuadrantes: lo abierto o público, lo oculto, lo ciego y lo desconocido, pero todavía no sé qué hacer con ellos. La doctora Cross nos dijo que las instrucciones que nos dio son para una variante de esta ventana que ella ha venido aplicando como una herramienta práctica de auto conocimiento para empezar, pero que no nos preocupáramos por entenderlo del todo ahora, solo que siguiéramos los pasos, así podríamos llegar a un mejor descubrimiento sin sesgar el resultado. Así que, dibujo las líneas: una vertical para cuán abierto soy con las personas: **apertura**, y una horizontal para cuánto me importa su opinión: **retroalimentación**.

Las instrucciones incluyen lo siguiente:

1. La escala va de 0: nada, a 10: todo.

2. No usar los valores 0, 5, o 10.

3. Se pueden usar valores decimales por si se desea más precisión. Lo importante es que el valor se sienta bien.

Existen lineamientos adicionales para determinar los valores en cada pregunta. Para **Apertura**, el extremo más bajo podría compararse con un encuentro fugaz y trivial con un desconocido en la calle, donde, aunque intercambien palabras, no se comparte nada realmente significativo. En el otro extremo, sería como si cada pensamiento que atraviesa tu mente lo compartieras con la otra persona, haciendo tu vida completamente visible: desde tus sueños y aspiraciones más elevados, hasta tus miedos más oscuros y desgarradores.

En cuanto a **Retroalimentación**, el nivel más bajo implicaría una indiferencia absoluta hacia las opiniones ajenas, una certeza tan sólida de quién eres que no necesitas validación externa. Por el contrario, el nivel más alto sería permitir que la opinión de esa persona te atraviese tan profundamente que llegue a sacudir tus convicciones más arraigadas, obligándote a replantear aquello que creías inmutable.

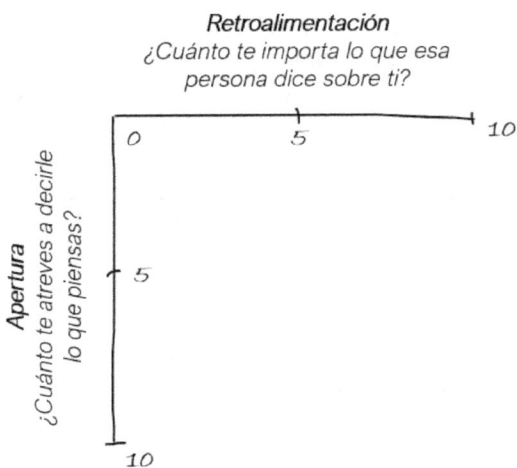

*Retroalimentación*
*¿Cuánto te importa lo que esa persona dice sobre ti?*

Comienzo el ejercicio pensando en mi mejor amigo. Elegí a Mark. Abordo la primera pregunta sobre apertura: *¿cuánto te atreves a decirle lo que piensas?* Mark ha sido mi mejor amigo durante años, el tipo de persona con la que puedo hablar de casi todo. Compartimos mucho más que una carrera universitaria y algunos años de trabajo juntos: noches interminables bebiendo cerveza en las que desmenuzábamos la vida, confesábamos nuestras frustraciones laborales y hablábamos de nuestras familias, o de esos vaivenes entre amores fugaces y relaciones más estables.

Siempre hubo algo tácito entre nosotros, un espacio seguro donde podía expresar lo que pensaba sin miedo a ser juzgado. Sin embargo, incluso con él, hay momentos en los que me detengo. Hay partes de mí que elijo no mostrar, fragmentos que oculto bajo capas de silencio. A veces son cosas que dudo que entienda; otras, son verdades que me aterra admitir en voz alta, incluso para mí mismo.

# Ventanas

Aun así, cuando pienso en lo abierto que soy con él... sí, en **Apertura: 7** se siente bien. Comparto la mayoría de las cosas con él, incluso las partes difíciles de mi vida, pero no voy a fondo. Hay momentos en los que prefiero guardarme ciertos pensamientos o sentimientos, no por desconfianza, sino por una necesidad de mantener algo solo para mí. Creo que es una forma de proteger a ambos de posibles incomodidades, de no añadirle complicaciones innecesarias a nuestra amistad. Hemos sido amigos por tantos años que, al parecer, esta dinámica funciona. Presiono el bolígrafo contra el papel, sintiendo una sensación de certeza mientras marco la puntuación.

Luego viene la siguiente pregunta sobre retroalimentación: *¿cuánto me importa lo que él dice sobre mí?* Esa es fácil de responder. Mark es de esas personas que te dicen las cosas de frente, sin rodeos ni adornos innecesarios. Y yo lo escucho, aunque no siempre siga sus consejos de inmediato. Nunca me ha hecho sentir juzgado, incluso cuando me he equivocado o cuando he tomado decisiones que no fueron las mejores. Su consejo es como un ancla, una referencia a la que puedo aferrarme cuando me siento perdido.

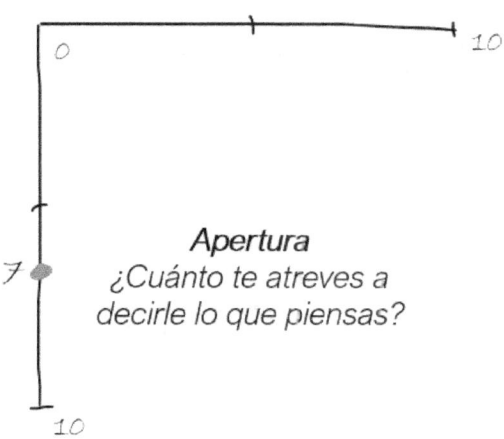

*Apertura*
*¿Cuánto te atreves a decirle lo que piensas?*

**Retroalimentación: 9.** Me quedo observando ese número en el papel, inseguro por un instante. ¿De verdad es tan alto? ¿Sería más preciso un 8? La opinión de Mark no solo influye en cómo evalúo mis decisiones, sino también en la forma en que me veo a mí mismo. Reflexiono recordando aquel momento en el que me sentía atrapado en el trabajo, dudando si el camino que había elegido era el correcto. Mark me recordó por qué había decidido seguir esta carrera. Y fue como si destapara algo que yo ya sabía, pero que no podía ver en medio de mi frustración. Su forma de ser, tan directa y constante, siempre me ha ayudado a salir de esos laberintos mentales.

Presiono el bolígrafo con un poco más de fuerza mientras, finalmente, coloco el nueve. Se siente como el valor adecuado, aunque reconozco lo peligroso que es admitirlo. ¿Qué pasaría si la doctora Cross me pidiera que compartiera esto con él? ¿Cómo reaccionaría él? Pero al final, es la verdad. Mark es esa constante en mi vida, alguien cuyas palabras me importan mucho. Tal vez no lo había visto con tanta claridad hasta este momento, pero ahora no puedo ignorarlo. Su opinión me importa, más de lo que me gustaría admitir, por eso es tan incómodo ponerle un número.

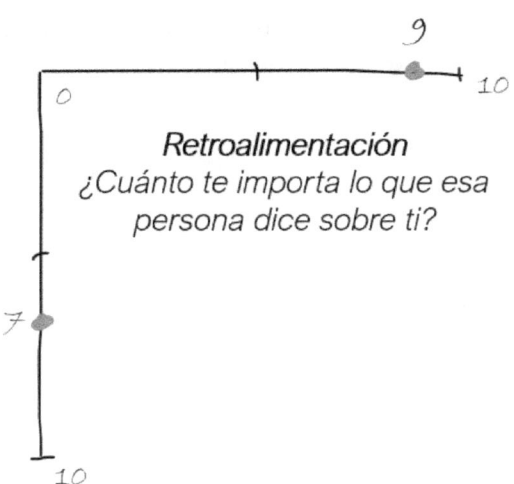

*Retroalimentación*
*¿Cuánto te importa lo que esa*
*persona dice sobre ti?*

Luego, según las instrucciones, cruzo las líneas de ambos valores y termino el cuadrado. Me quedo mirando la página durante algún tiempo, tratando de sentir algo, alguna comprensión, una revelación sobre nuestra amistad, pero no

## Ventanas

llega nada. Sé que el ejercicio aún no se trata de entender, así que solo seguiré adelante.

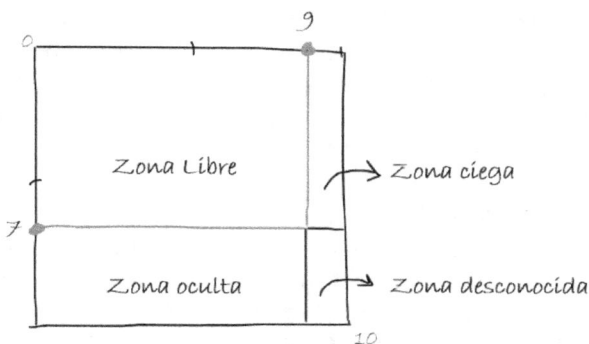

Ahora debo pensar en otros amigos de mi círculo social que no sean parte de mi entorno más íntimo, sino de personas que frecuente de vez en cuando y en las que confíe en cierto grado. No soy tan abierto con ellas como lo soy con Mark. Hablamos del trabajo, a veces de relaciones, pero suelo mantener todos los detalles espinosos fuera de esas conversaciones, así que, coloco en **Apertura: 4.** Por otro lado, sus opiniones me importan, aunque no tanto. **Retroalimentación: 6.** Observo cómo se unen las líneas, marcando otra ventana en la página. No puedo evitar sentirme un poco desapegado de ellos. No es algo malo, simplemente es como es.

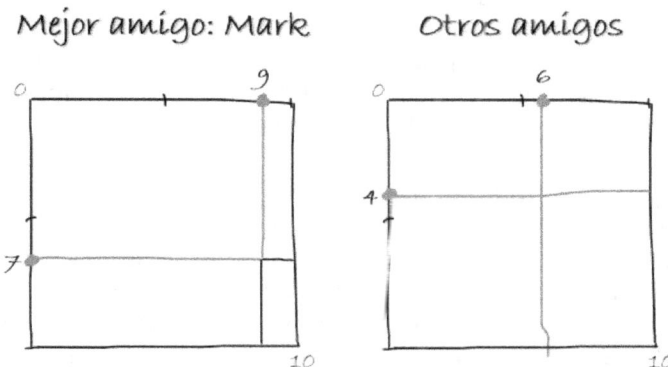

Luego viene mi familia.

# Caminos Entrelazados - Ethan

Me detengo cuando pienso en mi padre. Mi relación con él siempre ha sido bastante impersonal... distante. Al crecer, él no fue el tipo de papá que preguntaba cómo había sido mi día o cómo me sentía, se trataba más de lo que había que hacer: tareas, responsabilidades, logros. Incluso ahora, la mayoría de nuestras conversaciones son superficiales, girando en torno a temas prácticos. Hablamos, claro, pero siempre dentro de los límites de lo que se espera.

Recuerdo la última vez que intentamos hablar con sinceridad. Me sentí frustrado al intentar compartir detalles significativos sobre mí, pero las palabras nunca parecían llegarle. Es como si hubiera una barrera invisible entre nosotros que no puedo romper, y con el tiempo he dejado de intentarlo. **Apertura: 2,5.** Escribo el número, sintiendo el dolor que me produce, pero es la verdad, no le cuento mucho de mí, y cuando lo hago, se siente forzado, como si lo hiciera solo porque es lo que se espera de mí como su hijo.

En cuanto a su retroalimentación... No es que no me importe lo que piense, más bien es que he aprendido a no esperar demasiado de él en ese sentido. Sus consejos siempre vienen en forma de instrucciones o críticas, como si intentara moldearme para hacerme alguien diferente. Nunca siento que entienda quién soy realmente, así que, ¿cómo su opinión podría importarme tanto? **Retroalimentación: 3,5.** Trazo la línea, sintiendo una mezcla extraña de decepción y aceptación.

Sé que estos valores reflejan algo que ha sido cierto durante mucho tiempo, pero verlos en el papel se siente diferente. Se vuelve más claro cuán distantes estamos.

Pensar en mi madre es un poco más sencillo. Nuestra relación siempre ha sido más cálida, más acogedora. Ella siempre ha sido la que pregunta cómo estoy y me pide detalles, aunque a veces haya evitado su preocupación. Le cuento más de lo que le cuento a mi padre, pero incluso con ella me guardo muchas cosas. No es que no confíe en mi propia madre, es que no quiero preocuparla. Ella siempre ha sido el centro emocional de nuestra familia, la que mantiene a todos con los pies en la tierra, y

# Ventanas

supongo que me he tomado la tarea de protegerla de mis propios problemas, no quiero ponerle otra carga.

Recuerdo todas las veces que me abstuve de contarle cosas, sabiendo que solo la pondrían ansiosa. Como cuando casi me despiden a los tres meses de haber empezado mi primer trabajo. Yo estaba muy estresado, pero no pude decirle nada, temiendo que eso la mantuviera despierta por las noches. **Apertura: 4,5**. Definitivamente soy más abierto con ella que con mi padre, pero igual me guardo muchas cosas. Coloco la puntuación, sintiendo una ligera punzada de culpa al hacerlo.

Ahora, ¿su retroalimentación? Es complicado. Sus consejos siempre están llenos de preocupación, a veces excesivamente cautelosos, y aunque los aprecio, no siempre les presto atención. Sus comentarios a menudo están arraigados en su deseo de protegerme, lo cual puede ser tanto reconfortante como sofocante. **Retroalimentación: 5,2**. Trazo la línea, pensando en cuántas veces tomo sus consejos con reservas, sabiendo que proviene de un lugar de amor, pero no siempre entendiendo lo que realmente necesito.

Observo la ventana que se forma para mi madre, y se siente balanceada, es una mezcla de cuidado y distancia cómoda que hemos mantenido durante años.

Ahora es el turno de mi hermana, Chloe. La doctora Cross indicó que hiciéramos el ejercicio con las personas que conforman nuestro núcleo familiar. Mi relación con Chloe es... bueno, probablemente la más tranquila que tengo en mi familia. Siempre hemos podido hablar de las cosas de manera natural, sin la presión que conlleva hacerlo con los padres. Ella es más joven que yo, pero siempre ha habido entre nosotros una comprensión mutua. No hablamos todos los días; sin embargo, cuando lo hacemos, es fácil, como retomar nuestras historias justo donde las dejamos. He compartido mucho con ella a lo largo de los años, más que con cualquier otro miembro de la familia.

Recuerdo una conversación que tuvimos el año pasado, cuando estaba pasando por un periodo de estrés laboral. Ella me escuchó atentamente y luego me ofreció su perspectiva de una manera que no parecía un consejo, sino más bien una conversación. Tampoco hay mucho juicio en ella, aunque a veces se le sale, algo que tal vez es imposible entre hermanos que nos hemos visto en casi todas las facetas posibles. **Apertura: 6**. Es un número con el que me siento cómodo. Comparto mucho con ella, pero siempre queda algo que prefiero guardar para mí, lo necesario, lo natural entre hermanos, supongo.

¿Y su retroalimentación? Chloe no es de esas personas que sueltan consejos fácilmente. Tal vez porque desde niños aprendimos a no decirnos qué hacer. Sin embargo, en las ocasiones en las que lo hace, sus palabras tienen un carácter reflexivo, como si en lugar de darme un consejo, se hablara a sí misma poniéndose en mi lugar. Es precisamente eso lo que me hace escucharlas, aunque al mismo tiempo soy consciente de que no siempre son para mí. **Retroalimentación: 5,5.** Trazo el número en el papel con firmeza, sintiéndome en paz con lo que representa nuestra relación. Es un equilibrio que funciona para nosotros.

Su ventana también me parece equilibrada, igual que nuestra relación. Chloe es de esas pocas personas en mi vida con las que no siento tensiones. Su presencia no demanda, no fuerza nada. Y ese tipo de calma, ese respiro, es algo que valoro profundamente mientras decido avanzar hacia la siguiente parte del ejercicio.

Pero me detengo, mirando la página llena de recuadros y líneas que se cruzan. Los cuadrantes están allí, pero por ahora solo son formas, no tienen un significado claro. Intento no pensar aún demasiado en lo que representan, pero la curiosidad empieza a surgir.

Finalmente viene Helen. Siento el latido acelerado de mi corazón mientras inclino la pluma sobre el papel. Trazar su ventana no debería ser tan complicado, pero lo es. Hay algo casi intimidante

# Ventanas

en ello, una sensación de que cada número que escriba estará cargado de algo más que cálculos. Helen. Su nombre resuena en mi mente como una constante que ha marcado todos los momentos importantes de mi vida. Pero ahora, al enfrentar estas preguntas, siento que debo descomponer nuestra relación en partes que quizás nunca quise analizar con tanta profundidad.

*¿Qué tan abierto he sido en realidad?* Con Helen, mi apertura tiene capas, como si ciertas partes de mí solo pudieran mostrarse bajo circunstancias específicas. Pienso en las veces que le he hablado de mis proyectos, de mis miedos sobre el trabajo, o incluso sobre cómo veo a mi familia. Ella siempre parece escuchar con atención, a veces ofreciendo su perspectiva, otras simplemente permitiendo que me desahogue. Pero luego están los otros temas, esos que he evitado cuidadosamente. Como aquella vez que me preguntó si estaba satisfecho con nuestra vida sexual, y me limité a sonreír y decir que todo estaba bien, aunque en mi interior había dudas que nunca me atreví a verbalizar. ¿Cómo le digo que, a veces, extraño la espontaneidad que solíamos tener, o que mis deseos han cambiado con el tiempo?

Y no es solo eso. También están las cosas más pequeñas, pero no menos importantes: las veces que me he sentido frustrado por su manera de ganar cada discusión sin dejar espacio para mi perspectiva, o esos momentos en los que pienso que su perfeccionismo me agota. Son pensamientos que nunca cruzan la frontera de mis labios porque me da miedo herirla, temo que al hablar sobre ellos pueda abrir una grieta que no sé si podríamos cerrar.

*¿Qué tanto le he ocultado?* Más de lo que querría admitir. No es que desconfíe de ella, sino que hay partes de mí que parecen demasiado difíciles de compartir. ¿Cómo decirle que a veces siento envidia de su capacidad para brillar en cualquier situación social, mientras yo me siento como una sombra a su lado? O que hay días en los que su intensidad me abruma, y solo quiero silencio, aunque nunca lo pida. Pienso en aquella discusión sobre si debíamos mudarnos a otra ciudad por su trabajo; en

realidad, no era solo el cambio lo que me preocupaba, sino la sensación de que sería yo quien tendría que adaptarse, otra vez.

Cada número que escribo en la página parece tambalearse bajo el peso de esas preguntas. Los escribo, los borro, los ajusto una y otra vez, buscando algo que se sienta honesto, pero también justo. No quiero que la puntuación sea demasiado baja, porque hemos construido mucho juntos y compartimos más que con nadie. Pero tampoco puede ser demasiado alta, porque hay barreras que nunca he cruzado, ni con Helen, ni con nadie.

La página frente a mí es un mapa incompleto, líneas que apenas empiezan a tomar forma, pero que desde ya me inquietan. Pienso en lo que significa esta ventana, en lo que dice de mí, de ella, de nosotros. No puedo interpretarla todavía, pero sé que encierra algo importante, algo que podría cambiar la forma en que veo nuestra relación. Mientras tanto, su ventana permanece a medio construir, como una incógnita que parece susurrarme más de lo que quiero oír.

Levanto la vista hacia Helen. Está sentada en la banca al otro lado del parque, con la cabeza inclinada mirando su cuaderno, escribiendo con una concentración que parece inquebrantable. Su rostro está relajado, casi sereno, como si este ejercicio fuera una tarea simple, sin complicaciones. ¿Será que ella no siente este conflicto que siento? ¿Qué estará pensando de mí mientras traza los números que califican nuestra comunicación? Siento una mezcla de cercanía y desapego. Y entonces me pregunto: *¿con quién más podría siquiera intentar este nivel de honestidad?* Chloe, Mark, mis padres... no es lo mismo. Con ellos, las barreras son distintas, menos intrincadas, menos profundas. Solo Helen ha llegado tan cerca, pero incluso ella se encuentra frente a puertas que aún no he abierto.

El aire trae consigo el aroma fresco del césped húmedo y el sonido distante de niños riendo, sus voces mezclándose con el susurro de las hojas agitadas por la brisa. La luz del sol se filtra a través de las ramas, dejando sombras móviles que bailan sobre el suelo. Todo parece fluir a su propio ritmo, mientras yo sigo atrapado en este instante.

# Ventanas

Cada número que anoto para Helen parece llevar consigo un eco de nuestras experiencias, y mientras sigo repasando momentos, me doy cuenta de que estos números no se sienten definitivos. Los escribo, me detengo, los borro y luego vuelvo a marcarlos, reescribiendo con el lápiz mientras intento traer a la memoria todo aquello que hemos vivido. Tal vez eso sea lo que hace que su ventana se sienta más difícil de definir. Pienso en discusiones que se transformaron en puntos de inflexión, en las noches donde la comprensión fluía sin reservas, y en las veces que el silencio guardó todo aquello que no me atreví a compartir. Siento cómo mi mente va revisando y reconsiderando cada cifra, reubicándola en algún lugar entre lo que he querido decirle y lo que aún no logro expresar. No es sencillo llegar a un resultado definitivo, pero en el vaivén de este proceso, entre números que asigno y vuelvo a asignar, reconozco que nuestra relación es mucho más compleja y rica que una simple ventana. Al final, dejo que el papel se quede con una versión que tal vez no sea exacta, pero sí honesta en cuanto al momento presente.

Las ventanas frente a mí guardan más preguntas que respuestas, y confío en que la doctora Cross, de alguna manera, nos ayudará a darle sentido a todo esto. Aunque el ejercicio parece sencillo en apariencia, estoy empezando a darme cuenta de que, para mí, implica mucho más de lo que esperaba.

# 17. Patrones

*14 de octubre*

La sala de terapia se siente vacía sin Helen. El zumbido del aire acondicionado llena el consultorio, una corriente que enmascara la intranquilidad que arrastré hasta aquí hoy. La doctora Cross, como siempre, mantiene su porte sereno y tranquilo, esperando unos minutos a que yo tenga plena consciencia de dónde estoy y para qué.

—Ethan, antes de comenzar con el ejercicio de la Ventana de Johari, ¿hay algo que quisieras compartir? Me encantaría escuchar más sobre ti, tu historia, y un poco sobre las personas que consideraste para este ejercicio.

Inhalo profundamente y comienzo. Empiezo a narrarle el camino que he transitado, mencionando momentos cruciales y personas que marcaron diferentes etapas de mi vida. Mientras hablo, me doy cuenta de lo liberador que resulta contarle todo a alguien que está completamente desvinculado de mi mundo habitual: familia, amigos, conocidos. Aquí no hay necesidad de fingir, y casi puedo sentir una capa de ansiedad desprendiéndose de mi interior. Ella me escucha con total atención, no solo mis palabras, sino también los silencios que las acompañan.

Después de lo que debe haber sido media hora, asiente ligeramente y luego pregunta: —¿Hay algo que no hayas mencionado durante la sesión conjunta con Helen y que ahora quieras mencionar? Recuerda que todo lo que compartas aquí quedará entre nosotros, en confidencia.

Dudo, mi mirada se desvía hacia el cuaderno de notas frente a ella. Una duda me corroe, insidiosa y persistente. No se trata solo del ejercicio, es ese temor no confesado que he intentado ignorar. Mi mandíbula se tensa mientras reúno el valor para ponerlo en palabras. Me toma un momento antes de que salgan, pero finalmente se derraman, dudosas y casi a regañadientes.

## Patrones

—He intentado mantenerme callado sobre esto desde el principio. —Empiezo con voz tambaleante—. Pero no puedo sacudirme la sospecha de que Helen podría estar involucrada con Leo, el de su trabajo, lo cual, ya sea emocionalmente o de otra manera, sería devastador. Quizá no sea nada... solo paranoia, pero está ahí, y sé que la manera en que se lo reclamé, más como una acusación directa que una conversación sincera, podría haberlo empeorado. Y la duda sigue, pues al final Helen ha decidido no enfrentar la situación, sino saltar directamente a terapias con usted.

Su rostro permanece tranquilo, su mirada constante. No parpadea, no juzga, solo mantiene el espacio abierto para mí. —Gracias por compartir eso, Ethan —dice, su voz cargada de una calidez reconfortante—. Es importante reconocer estos pensamientos. Dejémoslos a un lado por ahora, pero volveremos a esto más adelante.

Se acomoda ligeramente, juntando sus manos mientras dirige su enfoque hacia el ejercicio. —Como hablamos antes, la Ventana de Johari es una herramienta para mapear cuán abiertos somos en nuestras relaciones: lo que compartimos, lo que ocultamos, lo que escuchamos y lo que ignoramos. No es una ciencia exacta, pero puede revelar patrones interesantes.

Dibuja los cuadrantes en su cuaderno, su bolígrafo moviéndose con agilidad.

| Zona libre | Zona ciega |
|---|---|
| Zona oculta | Zona desconocida |

—La zona libre refleja lo que tanto tú como los demás saben sobre ti. Cuanto más grande es este espacio compartido, más genuina y transparente suele ser la relación. El tamaño de esta área está en constante cambio: se expande o se reduce según las circunstancias. En algunas relaciones, como entre padres e hijos, existen límites y roles que, naturalmente, restringen la apertura, lo cual suele ser saludable. En estas dinámicas, ya sea como padre o como terapeuta, algunas cosas se reservan para proteger y mantener roles específicos.

Levanta la vista, cruzando su mirada con la mía. —Pero en las relaciones más íntimas, la transparencia se convierte en la base para la confianza. Cuanto más compartes y más escuchas al otro, más seguro se vuelve el espacio emocional, como un jardín donde ambas personas pueden florecer.

Pasa a mis resultados de la Ventana de Johari y agrega algunas líneas sombreadas y notas, para demarcar mejor las zonas que quedaron para cada una de las personas con las que hice el ejercicio.

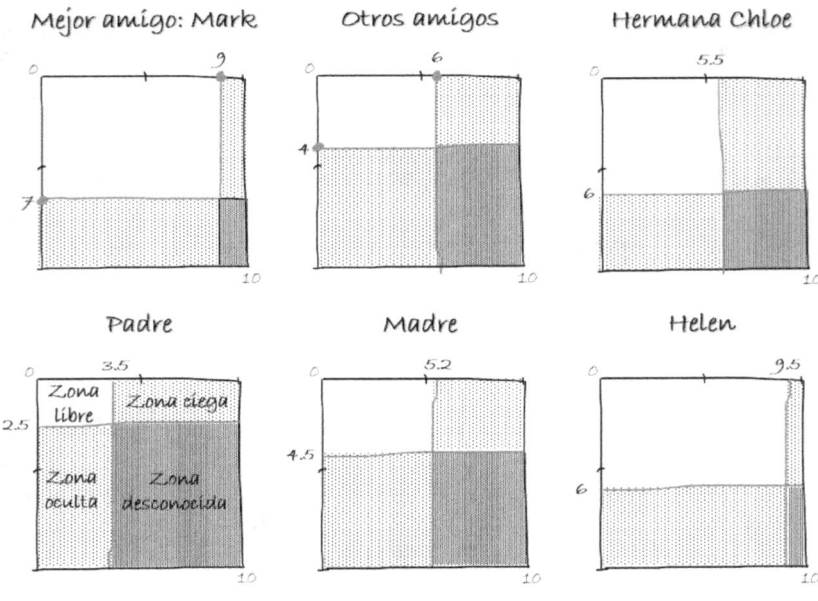

# Patrones

—Con Helen, calificaste tu **apertura** con un **6**, una cifra menor que la que le asignaste a Mark, tu mejor amigo. Esto es interesante porque, en muchas relaciones, las parejas suelen tener más reservas entre sí que con sus amigos más cercanos. Sin embargo, la puntuación de **retroalimentación** es de **9,5**, lo cual sugiere que eres muy receptivo a sus opiniones, aunque no compartas tanto de tu mundo interior. Esto revela una cierta desconexión en la dinámica: una sensibilidad profunda hacia lo que ella piensa, pero con límites claros en lo que decides mostrarle. Esa gran zona oculta que aparece en la ventana de Helen representa aquello que ella no sabe de ti porque has elegido guardártelo.

Me muevo en mi sillón intentando aliviar la incomodidad que me producen sus palabras. —Sí, supongo que es cierto —digo, exhalando—. Creo que es porque... bueno, si me abro realmente, podría empeorar las cosas en lugar de mejorarlas.

La doctora Cross asiente pensativa. —Ese miedo es común, especialmente cuando hay una tensión subyacente. Cuando guardamos partes de nosotros mismos, hay una sensación de control, una ilusión de seguridad. Pero cuando una pareja da más de lo que recibe, inevitablemente se produce un desequilibrio. Estás absorbiendo la retroalimentación de Helen, pero no le estás ofreciendo tus propias verdades. Es como construir un puente solo hasta la mitad y esperar que el otro lado se mantenga firme.

Hace una pausa, sus ojos se entrecierran ligeramente, analizándome. —¿Cómo ha evolucionado tu apertura con Helen a lo largo del tiempo? ¿Dirías que tu zona libre con ella ha crecido o disminuido?

Miro las líneas que he dibujado, siguiendo los cuadrantes con la mirada. —Creo que se ha hecho más pequeña —admito—. Hace unos años habría calificado la apertura en un 8, tal vez. Pero esto no ocurrió de golpe. Es como... simplemente se ha ido cerrando poco a poco.

# Caminos Entrelazados - Ethan

—Así es exactamente como ocurre. Es gradual, como la erosión. Con el tiempo, esos pequeños momentos en los que abrirse mucho al otro se sienten arriesgados y terminan motivando retiradas progresivas. La ventana no se cierra de golpe, se contrae gradualmente, hasta que un día te das cuenta de cuánta distancia se ha creado.

Ajusta el cuaderno para ver toda la página con claridad. —Curiosamente, ni siquiera con Mark eres completamente abierto. La ventana con él es más grande que la de Helen, pero sigue siendo limitada. Hay un patrón aquí, Ethan. No se trata solo de Helen; parece que te estás conteniendo con todos, incluso con aquellos en quienes confías. ¿Por qué crees que no tienes a nadie con quien compartir completamente tus pensamientos?

Parpadeo, absorbiendo sus palabras. Me toma por sorpresa. Siempre pensé que era una persona abierta, pero quizá solo he arañado la superficie. ¿He mantenido una distancia con todos sin siquiera darme cuenta? —Supongo... sí, creo que nunca me abro completamente con nadie —murmuro, más para mí que para ella.

Asiente ligeramente con expresión empática. —Podemos explorar eso: por qué la vulnerabilidad se siente tan inalcanzable, incluso con las personas que más te importan. Esto puede deberse a experiencias pasadas, o tal vez un modo de autoprotección en un mundo que a menudo es impredecible. Entender esto podría ayudarnos a desentrañar la manera en que te acercas a tus relaciones.

Levanta la mirada hacia mí, observando cómo reacciono. Permanezco en silencio, asimilando el comentario.

—Hay algo que quiero destacar sobre la «zona libre», Ethan. En algunas parejas, esta área es extremadamente pequeña, lo cual significa que se comparte muy poco. Las consecuencias de esto pueden ser devastadoras, incluso si la relación dura décadas, las personas involucradas en ella se pueden sentir atrapadas o simplemente sin esperanza. Una zona libre pequeña significa

# Patrones

que la mayor parte de la relación está cargada de supuestos. Supuestos sobre lo que la otra persona piensa, sobre lo que siente y sobre lo que necesita. Y cuando esto ocurre, cada parte comienza a proyectar sus miedos y deseos, en lugar de conectar con la realidad del otro. Es como intentar construir una casa en un terreno inestable. No importa cuánto te esfuerces, siempre habrá grietas.

Un nudo empieza a formarse en mi estómago. —¿Estás diciendo que Helen y yo podemos llegar a ese punto? —pregunto, mi voz casi un susurro.

Sacude la cabeza con suavidad. —No necesariamente, Ethan. Lo que estoy diciendo es que muchas parejas atraviesan momentos en los que la zona libre se reduce, a veces de manera que parece irreparable. Pero no es irreversible, y tampoco implica que todo esté perdido. De hecho, el trabajo que tienes por hacer no es tan grande como parece.

La conversación se desplaza hacia mi familia. —Exploremos la relación con tus padres. Calificaste a tu padre muy bajo en cuanto a apertura: 2,5, y en retroalimentación, un 3,5. Eso sugiere una brecha significativa entre ustedes dos. ¿Cómo se siente eso?

Suspiro, el aire escapando de mí de golpe. —Siempre ha sido así. No tenemos conversaciones profundas. Se trata más de trabajo, cosas prácticas. No me siento cómodo hablando de cosas personales con él.

Tras brindarle más detalles de la relación con mi padre desde que era pequeño con algunos ejemplos concretos, ella concluye. —Es comprensible que te hayas cerrado a esa relación, especialmente si siempre se centró en la responsabilidad y el logro. Para muchos padres, este enfoque es una manera de mantener la autoridad y enfocarse en los aspectos prácticos, pero a menudo eso impide un intercambio emocional profundo. Esa falta de conexión emocional puede dejar un vacío difícil de llenar.

Pasa a mi madre, su voz se ilumina un poco. —Tu relación con tu madre tiene una puntuación un poco más alta tanto en apertura como en retroalimentación. Calificaste la apertura en 4,5 y la retroalimentación en 5. Es más cálida, aunque no por mucho. ¿Cómo es esa relación para ti?

—Con mamá, es diferente —digo con una leve sonrisa en mis labios—. Siento que necesito protegerla. Siempre ha sido una persona preocupada. No quiero darle más razones para estresarse. Si le contara más sobre mi vida, solo la preocuparía aún más.

Nuevamente le brindo algunos detalles de nuestra relación y al final sonríe, con una expresión comprensiva. —Eso es muy común en las relaciones de cuidado: querer proteger a nuestros padres del dolor. Solo ten en cuenta que a veces, al protegerlos, también perdemos la oportunidad de conectar realmente con ellos. Al intentar proteger, construimos muros. Nuevamente, esto no es necesariamente perjudicial, pero debes ser consciente de ello.

Se inclina hacia adelante, su voz sosteniendo una nota de ánimo. —Ethan, expandir el área de apertura con Helen no significa derribar los muros de golpe. Se trata de desmantelarlos con suavidad, dando pasos graduales que los ayuden a ambos a sentirse seguros. La vulnerabilidad puede sentirse abrumadora cuando se fuerza. Empieza con cosas pequeñas, comparte tus pensamientos, tus miedos, lo aparentemente mundano. Con el tiempo, ese espacio compartido crecerá.

Una sensación de alivio recorre mi cuerpo, como si algo dentro de mí finalmente encontrara esperanza.

—Y no se trata solo de Helen —añade—. Mencionaste antes que no te sientes seguro para abrirte con nadie: ni con Mark, ni con tus padres, ni con tu hermana. Ese patrón sugiere que las barreras tienen más que ver con la autopreservación que con las dinámicas individuales. Es como si hubieras mantenido partes de ti mismo encerradas, intactas, pero ¿sabes por qué lo haces?

## Patrones

Trago saliva, sintiendo el poder de su pregunta. ¿Qué significaría realmente dejarme ir? ¿Permitir que me vean, completamente?

Continúa con un tono firme, brindándome la confianza de que sabe de lo que habla, que sabe cómo puedo mejorar las cosas. —Esa estrategia puede haberte servido de alguna manera: evitar conflictos, proteger tu sentido de identidad, pero esas mismas defensas crean distancia en las relaciones cercanas. Expandir tu apertura con Helen es parte del viaje; sin embargo, también exploraremos cómo puedes construir conexiones más profundas y seguras en cada relación que te importe. La vulnerabilidad es un riesgo, sí, pero también es el puente hacia relaciones mucho más significativas.

Su expresión se vuelve más seria. —Ethan, recuerda que, al abrirte, el objetivo no es acusar ni sacar conclusiones apresuradas. Se trata de compartir los hechos y tus sentimientos, sin juicios, en esto consiste básicamente la comunicación asertiva. Cuando te comunicas de esta manera, especialmente en momentos tensos, invitas a la comprensión en lugar de la defensa. Este enfoque es crucial si deseas conectar profundamente y reconstruir la confianza con tu círculo más cercano.

Sus palabras resuenan dentro de mí, reverberando con una verdad incómoda. He estado huyendo de esto durante demasiado tiempo: confundiendo el silencio con la seguridad, pero lo único que ha hecho eso es esculpir un vacío que me mantiene alejado de las personas que me importan.

La doctora Cross mira su reloj, y sé que nuestra sesión está llegando a su fin. Alcanza su *laptop*, acercándola a ella. —Antes de terminar hoy, me gustaría que intentaras otro ejercicio.

Abre el navegador y muestra una página web: www.16personalities.com el test de 16 Personalidades. —Entender tu tipo de personalidad puede ofrecerte ideas sobre cómo gestionas la vulnerabilidad y la forma en que te aproximas a las relaciones. No es una solución, pero puede servir de ayuda para guiar nuestras futuras conversaciones, mostrando dónde tus fortalezas y desafíos se cruzan con los de Helen.

Después de responder una serie de preguntas, revisamos los resultados. Una pequeña sonrisa aparece en sus labios. —El **abogado** —dice, mientras confirma con su cabeza algunas de sus sospechas—. Tiene sentido. Tienes mucha profundidad, Ethan. A veces, esa profundidad trae sus propias complicaciones, especialmente cuando se trata de navegar la vulnerabilidad. Te enviaré a ti y a Helen un desglose detallado de cómo interactúan sus tipos de personalidad. Esto les ayudará a entender no solo las fortalezas del otro, sino también dónde podrían chocar sus debilidades.

Cierra su *laptop*. —Continuaremos explorando esto en tus próximas dos sesiones individuales. Luego, cuando tengamos nuestra sesión conjunta, lo integraremos todo. Con suerte, lograremos que el proceso de expandir tu apertura sea un poco menos intimidante.

Termino la sesión con una mezcla extraña de expectativa e incertidumbre. Hay un peso abrumador en lo que está por venir: esta inmersión profunda en quién soy y cómo eso afecta mi relación con Helen. Pero también hay una promesa. Una que sugiere que, dando pequeños pasos, podría encontrar conexiones más profundas que me esperan al otro lado, si solo logro soltarme lo suficiente como para alcanzarlas.

# 18. Perfiles

*15 de octubre*

La sesión de ayer con la doctora Cross resuena en mi mente, como un eco que se rehúsa a desvanecerse, y puedo percibir que Helen está experimentando lo mismo. Su taza de café de la mañana permanece intacta, enfriándose junto a la mía. En nuestras sesiones individuales, se nos indicó no compartir detalles de nuestras conversaciones, una estrategia diseñada para evitar conclusiones prematuras sobre lo que cada uno está viviendo.

—Creo que... necesitamos tiempo —dice Helen al fin, su voz rompiendo el silencio que nos envolvía desde que despertamos—. Lejos de todo. Solo nosotros.

Levanto la vista y encuentro sus ojos. Tiene razón. He estado pensando lo mismo, aunque las palabras nunca encontraron el camino hasta mis labios. El aire entre nosotros se ha vuelto asfixiante por demasiado tiempo.

—Sí. Yo también pensaba lo mismo —digo, mi voz ronca, como si llevara días sin usarla.

Hay una pausa llena, no de vacío, sino de una esperanza compartida.

—¿Qué tal si hoy nos tomamos el día libre? —continúa—. Vamos a algún lugar... solo los dos. Podría ayudarnos.

Exhalo profundamente, mientras una calidez se extiende por mi pecho. Mi corazón parece expandirse, lleno de una alegría tranquila que no recordaba haber sentido en mucho tiempo.

—¿Qué te parece Gold Coast? Hace mucho que no vamos —sugiero.

# Caminos Entrelazados - Ethan

Sus labios se curvan en una sonrisa de alivio. —Suena perfecto.

Enviamos mensajes a nuestros jefes notificándoles que hoy no trabajaremos. En menos de una hora nos alistamos y estamos en camino, con el zumbido del motor del auto dándonos una sensación de propósito. No recuerdo la última vez que hicimos algo así en mitad de la semana: simplemente escaparnos, dejando atrás la rutina para estar solo el uno con el otro, sin correos ni reuniones.

La autopista se extiende interminable frente a nosotros, con destellos de luz reflejándose en el asfalto bajo el sol. Mientras avanzamos, siento que estamos dejando atrás algo del caos, como si la distancia pudiera traernos un poco de calma. Mantengo la vista fija en el camino, dejando que el ritmo constante del viaje mitigue, poco a poco, el dolor que he sentido estos días.

Mientras Helen fija la vista en la ventana, mis pensamientos me arrastran al problema que tuve ayer en el trabajo, cuando Mark tuvo que intervenir para corregir mi error. No fue algo menor, sino un fallo crítico en el proyecto de revitalización urbana en el que he estado trabajando durante meses.

La primera fase había sido un éxito: espacios verdes renovados, senderos elegantes y áreas de descanso que encantaron al cliente. Sentí una oleada de orgullo al ver el resultado. Pero en la segunda fase, dedicada al embellecimiento de las estructuras, cometí un error crucial. Había diseñado las columnas que debían soportar el centro de la plaza sin considerar adecuadamente la carga estructural.

Afortunadamente, en el último momento Mark detectó que las especificaciones no cumplían con los estándares de resistencia necesarios para soportar las tensiones a largo plazo. Si el error no se hubiera corregido, las columnas podrían haberse debilitado con el tiempo, comprometiendo no solo la estética del diseño, sino también la seguridad del espacio. Me llamó con su tono calmado, sin emitir juicio, y corrigió todo sin quejarse. Sin

## Perfiles

embargo, el mensaje era claro: había cometido un error que no debía ocurrir. Me estaba cubriendo.

Desde entonces, llevo esa vergüenza conmigo, incapaz de mencionárselo a Helen. Sé que esto no se trata solo de un error técnico; es una consecuencia de cómo me afectan nuestros problemas. Pero también sé que tengo que abrirme más con ella, compartir lo que siento. Mis manos se aprietan sobre el volante, los nudillos palideciendo. No puedo seguir manteniendo estos muros.

—Ayer... cometí un error en el trabajo. Mark tuvo que intervenir y librarme de un problema mayor.

Helen gira la cabeza, su ceño frunciéndose con preocupación. —¿Qué sucedió?

Me acomodo en el asiento, buscando las palabras. —No fue desastroso, pero sí lo suficiente como para cuestionarme a mí mismo. Mi cabeza ha estado en otra parte últimamente, y ya está afectando mi trabajo. Diseñé las columnas principales de un proyecto sin tomar en cuenta ciertos cálculos básicos de carga. Mark detectó esto en el último momento, justo antes de que los planos fueran enviados al cliente, pero... no debió llegar tan lejos. Era un error evidente. Nunca me había pasado algo así hasta ahora.

Ella coloca su mano sobre mi brazo, y el calor de su toque corta el frío en mi pecho.

—No me había dado cuenta de que todo esto te estaba afectando tanto. —Me dice con voz cargada de empatía.

Libero un suspiro que parece llevarse toda la frustración acumulada.

—Sí... creo que lo he estado reprimiendo. Y no es solo este proyecto. He pasado por alto detalles, cometiendo errores que antes no hubiera cometido. Creo que por eso Mark estaba revisando los planos por segunda vez cuando los enviaba. No sé si es distracción, agotamiento o que simplemente estoy perdiendo la pasión por mi trabajo.

Helen me mira comprensivamente mientras su mano descansa en mi pierna. Aunque guarda silencio, me siento comprendido; parece captar lo que siento o, al menos, intenta ponerse en mi lugar. Tal vez por eso no encuentra qué decir. Más allá de las palabras, lo importante es la conexión que estamos reconstruyendo, frágil pero valiosa, sostenida por su toque y su presencia, recordándome que seguimos en esto juntos.

Gold Coast finalmente se revela ante nosotros, con su icónico horizonte alzándose imponente sobre la inmensidad del océano Pacífico. La franja dorada, casi blanca, de arena tersa y cálida, se extiende con una gracia natural, siguiendo las curvas del litoral como un trazo dibujado por el viento. A lo largo de la costa, casuarinas y otras plantas nativas susurran al compás de la brisa, mientras las suaves dunas, cubiertas de arbustos bajos y resistentes, se desvanecen en la orilla.. El océano nos saluda antes de aparcar, con su estruendo rítmico entrelazándose con el murmullo distante de la vida costera. Bajo la ventana del auto, permitiendo que el aire salino inunde el interior, cálido y lleno de partículas, impregnado del inconfundible aroma del mar.

Aparcamos en un espacio sombreado por esbeltas palmeras, donde el ambiente resulta más tranquilo de lo que esperaba para un día entre semana. Esa calma le añade un toque de perfección al hecho de escaparnos para venir aquí. Caminamos juntos hacia la playa, sintiendo cómo la arena caliente cede suavemente bajo nuestros pies. El sol, alto en el cielo, acaricia mi piel con su calor, mientras que el vaivén rítmico de las olas trae una sensación de limpieza y renovación. Siempre he encontrado consuelo en el mar abierto; su vastedad hace que mis problemas se reduzcan hasta volverse manejables.

La playa se extiende interminable en ambas direcciones, salpicada de surfistas y familias, aunque encontramos un rincón apartado cerca de la orilla, donde la brisa enfría el calor del sol justo lo suficiente. Helen ya está extendiendo la manta cuando

# Perfiles

respiro profundamente, el viento salado llenando mis pulmones y aflojando la tensión en mi pecho.

Nos acomodamos lejos de las multitudes. Ella se sienta primero, abrazando sus rodillas contra el pecho, mientras que yo me dejo caer a su lado, con la mirada fija en el horizonte infinito.

—Es agradable encontrar un lugar apartado —dice, su voz entrelazándose con el murmullo de las olas.

—Sí —respondo, permitiendo que la serenidad del mar se filtre en mi interior—. Aquí, por fin, podemos encontrar la calma que necesitamos.

El silencio que sigue es cómodo, cargado de esa quietud que no necesita ser llenada. Ambos sabemos que habrá más que decir, más que explorar, pero por ahora, estar aquí juntos, compartiendo este instante, es suficiente como primer paso.

Después de unos minutos, saco mi mochila y busco los papeles con el análisis de personalidad combinado que nos envió la doctora Cross, basado en los fundamentos del Indicador de Tipo Myers-Briggs. Ambos los miramos con curiosidad, conscientes de que forman parte de las razones por las que hoy decidimos escaparnos de la rutina.

Las notas de la doctora Cross explican las bases para identificar los tipos de personalidad. El trabajo inicial se fundamenta en los tipos psicológicos propuestos por Carl Jung, y ampliados posteriormente por Isabel Briggs Myers y Katharine Cook Briggs. Esta evaluación clasifica a las personas en dieciséis tipos de personalidad, definidos por la combinación de cuatro preferencias clave y codificando los rasgos según su letra inicial en inglés:

- **Extroversión (E) vs. Introversión (I):** describe de dónde obtenemos nuestra energía. Los extrovertidos se recargan con interacciones sociales y actividades externas, mientras que los introvertidos encuentran energía en la soledad y la introspección.

- **Sensación (S) vs. Intuición (N):** indica cómo procesamos la información. Las personas con preferencia por las sensaciones se enfocan en los detalles concretos y en el presente, mientras que los intuitivos se centran en posibilidades futuras y conexiones abstractas.
- **Pensamiento (T) vs. Sentimiento (F):** define cómo tomamos decisiones. Los pensadores priorizan la lógica y la objetividad, mientras que quienes prefieren el sentimiento consideran valores personales y el impacto emocional de sus elecciones.
- **Juicio (J) vs. Percepción (P):** describe el estilo de vida preferido. Los juzgadores valoran la estructura y la planificación, mientras que los perceptivos son más flexibles y espontáneos.

Además, el análisis incorpora una dimensión adicional:

- **Asertivo (A) vs. Turbulento (T):** este parámetro refleja cómo las personas manejan sus emociones y reacciones ante el estrés. Los individuos asertivos suelen ser seguros de sí mismos, equilibrados y resistentes al estrés; tienden a no preocuparse en exceso y mantienen una actitud positiva hacia sus logros y fracasos. Por otro lado, las personas turbulentas están orientadas al éxito, son perfeccionistas y tienen un fuerte deseo de mejorar; son más propensas a experimentar emociones intensas y a preocuparse por sus errores y deficiencias.

Cada individuo tiende hacia uno de estos extremos, lo que revela cuál es su enfoque predominante para enfrentar las complejidades de la vida.

Cada tipo de personalidad se construye a partir de estas combinaciones, ofreciendo una herramienta para entender nuestras preferencias y comportamientos. Sin embargo, como la doctora Cross nos recordaba a menudo, estos parámetros no son cajas que nos limitan, sino lentes que nos permiten observar patrones y que nos ayudan a comprendernos mejor a nosotros mismos.

## Perfiles

Extiendo los papeles sobre la manta, la brisa jugando con los bordes.

—¿Quieres empezar con el mío? —pregunto, levantando la hoja con mi perfil de personalidad.

Helen asiente, y comienzo a leer los puntos clave.

—Dice que soy **INFJ**: un **Abogado**, eso significa que soy Introvertido (I), Intuitivo (N), predomina el Sentimiento (F) y soy Juzgador (J) —digo, echándole un vistazo—. Idealista, introspectivo, guiado por mis valores... pero también guardo mis emociones. Dice que tiendo a pensar demasiado, acumulando en mi interior más de lo que puedo procesar, lo cual, a menudo, conduce a la frustración, cuando siento que me falta el apoyo que necesito. Mis pensamientos suelen volverse complejos y enredados, especialmente cuando intento descifrar mis emociones.

Las palabras me golpean más de lo que esperaba, y me siento más identificado con esa descripción de lo que me gustaría aceptar.

—Interesante... —dice Helen, con su voz impregnada de delicadeza—. Ya sabía que le dabas muchas vueltas a las cosas en tu cabeza, pero no que te guardabas muchos de esos pensamientos que eran importantes para ti.

Vuelvo a mirar la página, pasando a la sección sobre cómo los **Abogados** manejan las relaciones.

—Dice que soy profundamente comprometido, pero que tiendo a evitar el conflicto. Prefiero retroceder a arriesgarme a confrontar.

Escucha, con sus ojos fijos en los míos. Esto ya lo habíamos discutido alguna vez en el pasado, no es ninguna sorpresa para los dos que yo evado las confrontaciones. Pero verlo delineado así, como un rasgo de mi personalidad más que simplemente un defecto mío, añade una claridad innegable.

# Caminos Entrelazados - Ethan

—Y creo que eso es parte de por qué he estado tan ansioso —añado—. He estado acumulándolo todo, convencido de que era mejor no crear conflictos innecesarios, pero solo he empeorado las cosas.

Helen toma un respiro pausado y pasa a su perfil.

—Ok, miremos ahora que dice sobre mí. Soy una **ENTJ**: una **Comandante.** —Lee en voz alta—. Impulsada por objetivos, decisiva, eficiente.

Sonríe levemente, pero hay un destello de otra cosa bajo esa sonrisa.

—Siempre he creído que ser práctica era lo mejor. No permito que las emociones me arrastren y me gusta resolver los problemas con acción. Pero... —Se detiene, sus ojos deslizándose por el texto—. Dice que puedo ser emocionalmente distante cuando las cosas se ponen difíciles, especialmente cuando mi pareja necesita más de mí.

Levanta la mirada y se encuentra con la mía.

—No me daba cuenta de cuánto he estado haciendo eso. He estado tan enfocada en el trabajo y en todo lo demás, que pensaba que nuestros problemas simplemente se resolverían solos si no nos enfocábamos en ellos.

Sostengo su mirada, sintiendo una mezcla de alivio y comprensión.

—No es solo culpa tuya —digo—. Tampoco lo he puesto fácil. He estado tan atrapado en mi mente que olvidé pensar que tú estabas llevando todo lo demás.

Miramos la sección que la doctora Cross resaltó: cómo interactúan nuestras personalidades en una relación. Leo en voz alta:

# Perfiles

«Abogados y Comandantes pueden crear un vínculo poderoso donde la profundidad emocional se encuentra con un apoyo firme y orientador. Sin embargo, cuando la comunicación se quiebra, el Abogado puede retraerse emocionalmente mientras que el Comandante centra su enfoque en asuntos prácticos, creando una brecha cada vez mayor entre ambos».

Helen y yo nos miramos, asimilando las palabras. Es cierto, pero no todo encaja perfectamente.

—Algunas de estas cosas se sienten como nosotros —digo—, pero no siempre me aparto del conflicto. A veces creo que tengo más miedo de lo que podría decir si realmente me dejara llevar.

Helen realiza un gesto comprensivo mientras considera su propio perfil. —Y yo no siempre me siento tan decidida como dice aquí. A veces actúo solo porque tengo que hacerlo, no porque realmente sepa qué hacer.

Sonrío mientras recuerdo las palabras de la terapeuta. —La doctora Cross me dijo que estos perfiles nos dan un marco, pero no son toda la imagen.

Helen me devuelve la sonrisa, con una suavidad en su expresión. —Sí, de todas maneras, la mayoría de las descripciones parecen bastante precisas, incluso si no encajamos perfectamente.

—Sí, creo que eso es lo que ha estado pasando, ¿no? Te has estado hundiendo en el trabajo y en otros asuntos prácticos, y yo me he estado retrayendo, manteniéndolo todo adentro en lugar de hablar. Es como si ambos hubiéramos estado atrapados en nuestros propios patrones, y eso ha hecho que crezca la distancia.

Helen me mira con una cara de realización que ahora compartimos. —Ambos hemos estado haciendo estas cosas. Supongo que no nos dimos cuenta de qué tanto hasta ahora.

Nos quedamos sin palabras, procesando lo que acabábamos de descubrir. Era el inicio de una comprensión, una lenta revelación de lo que había estado fallando y de cómo podríamos empezar a solucionarlo.

El resto del día lo pasamos disfrutando de pequeños momentos, permitiendo que el ritmo del océano marcara nuestra cadencia. Nos sumergimos en el mar, dejando que el agua salada acariciara nuestra piel antes de enjuagarla. Para el almuerzo, comimos fajitas mexicanas; Helen, como siempre, optó por la porción más grande y añadió unos mini tacos adicionales, provocando risas entre nosotros. Más tarde, el viento enredó su cabello, y nos turnamos para peinarlo mientras reíamos por lo absurdo del intento.

La playa estaba casi desierta, eso nos permitió pasear tranquilos por la orilla, con el agua hasta las rodillas. Hablamos de recuerdos que creíamos olvidados, redescubriendo fragmentos de momentos compartidos. Caminamos descalzos a lo largo de la costa, hundiendo los pies en la arena blanda, y deteniéndonos de vez en cuando para observar los veleros que se deslizaban en el horizonte.

Cuando el sol empezó a descender lentamente, elegimos un nuevo lugar cerca de unas rocas y nos acomodamos allí, permitiendo que el día terminara con la misma calma con la que había transcurrido.

—Hay algo más que necesito decirte —manifiesta Helen en un susurro, girándose ligeramente hacia mí—. La doctora Cross sugirió que lo mencionara, ya que está claro que te ha estado afectando.

Un nudo familiar se forma en mi estómago al escuchar el nombre de la doctora Cross. La inquietud, esa compañera constante, se instala con más fuerza mientras me preparo para lo que viene.

—No hay nada entre Leo y yo —dice, con un tono sereno y cuidadosamente medido, como si hubiera ensayado este momento una y otra vez—. No de la manera en que te has estado imaginando.

El alivio me invade por un instante, como una ola que llega a la orilla, pero retrocede rápidamente, dejando tras de sí la incertidumbre nuevamente. Sus palabras flotan a mi alrededor; sin embargo, algo dentro de mí no termina de encajar, es como si la tranquilidad estuviera al alcance, pero no pudiera aferrarme a ella.

—¿No de la manera en que me imagino? —pregunto, mi voz baja, cada palabra impregnada de cautela, buscando una claridad que parece esquiva.

Helen suelta un suspiro, su mirada perdida en el horizonte. El océano refleja la luz menguante, y su ritmo es a la vez calmante y desentonado. Su respuesta lleva una calma ensayada, pero debajo de ella percibo algo que aún guarda, una carga que no termina de compartir.

—Es atractivo, sí. Mentiría si dijera que no lo he notado. Pero eso es todo, Ethan. Es una atracción pasajera. Es insignificante.

Sus palabras, tan casualmente dichas, parecen monumentales para mí. Para ella, puede que sea un pensamiento fugaz, una brisa leve. Pero para mí, es una tormenta imposible de ignorar. La simplicidad con la que lo describe me deja inquieto.

—¿Insignificante? —repito, casi para mí mismo, sintiendo una creciente desconexión entre su calma y mi desasosiego.

Helen se gira de nuevo hacia mí.

—Sí, insignificante —repite con firmeza—. Sé lo que son las atracciones pasajeras. Vienen y van. Estoy contigo, Ethan. Siempre lo he estado. Esto no cambia nada entre nosotros.

Sus palabras llegan, pero no logran echar raíces. La observo, intentando descifrar la seguridad en su voz, la compostura con la que se expresa. Habla con una claridad casi clínica, como si hubiera diseccionado la experiencia hasta reducirla a pura lógica. Quizás ella es así: medida, racional, capaz de despojar las emociones de su caos. Pero para mí, las emociones no funcionan así. No se van fácilmente; se enredan, se profundizan, me atormentan.

—¿Es por eso que nunca lo mencionaste antes? —pregunto—. ¿Porque para ti no significaba nada?

Sus hombros liberan algo de tensión, como si se sintiera aliviada al ser comprendida. —Exactamente. No creí que valiera la pena mencionarlo porque, para mí, no tenía importancia. Sé quién soy, Ethan. Sé lo que quiero, y esto con Leo no es nada. Pensé que estaba claro, pero ahora veo que no lo estaba para ti.

Sus explicaciones son lógicas, claras; sin embargo, no sé cómo apagar mis emociones como parece hacerlo ella. Desvío la mirada hacia las olas, su vaivén constante debería calmarme, pero solo amplifica el desorden en mi mente. Tal vez ahí radique nuestra mayor diferencia: ella descompone lo ocurrido en piezas manejables, mientras que yo me quedo atrapado en el caos de lo que siento, incapaz de simplificarlo.

La pregunta se forma antes de que pueda detenerme. —¿Esto ya había pasado antes?

Ella encuentra mis ojos y su expresión se tensa brevemente. Veo algo parpadear, quizás algo de culpa y vacilación.

—Un par de veces —admite—. No significaron nada. Eran... pasajeras. Aunque un poco diferentes...

La palabra queda suspendida entre nosotros, y siento un nudo retorciéndose en mi pecho: pasajeras. Debería tranquilizarme, reducir esto a algo pequeño, insignificante. Pero en lugar de eso, me hace sentir menguado, como si esas conexiones, aunque efímeras, hubieran desgastado algo frágil dentro de mí.

—¿Diferentes cómo? —pregunto antes de poder detenerme, no estoy seguro de querer escuchar la respuesta.

## Perfiles

Helen desvía la mirada hacia el horizonte, moviéndose con una calma medida.

—En las otras ocasiones, solo conocí a esas personas por breves momentos, unos días como mucho. No había cercanía con ellas, no como con él. —Se detiene, eligiendo cuidadosamente sus palabras—. Esto es diferente por el proyecto. Leo y yo hemos pasado mucho tiempo juntos. Es natural que esos sentimientos sean más evidentes cuando compartes tantas horas con alguien.

Mi mandíbula se tensa de inmediato. —¿Entonces es diferente porque se siente más real? —Mi tono más cortante de lo que pretendía.

Helen me mira de nuevo, con sus ojos alerta. —No, eso no es lo que quiero decir —responde con un tono urgente—. Es diferente por la proximidad, por el contexto. Pero eso no significa nada. Es solo una atracción, Ethan. Me conozco, y sé qué es lo importante. No tengo dudas al respecto.

Quiero aceptar sus palabras, permitir que su explicación cierre esta conversación. Pero la inquietud en mi interior no cede, como una corriente persistente negándose a calmarse. No es solo esta vez. Eso es lo que me atormenta. Podría lidiar con una atracción pasajera, con el simple reconocimiento de alguien atractivo. Pero esto se siente diferente, más real. Es cercanía, conexión, el tiempo compartido. Es algo presente, y por eso resulta tan amenazante.

Paso una mano por mi nuca, intentando disipar la tensión que se acumula allí. —Entonces, esas otras veces ¿no trabajabas con ellos? ¿No eran... cercanos?

Ella niega con la cabeza. —No. Solo eran encuentros casuales, pero no nos teníamos que ver recurrentemente.

Miro hacia la arena, con mis pensamientos enredándose como olas que chocan unas contra otras. El que esta vez se sienta diferente y que ella misma lo reconozca, empeora todo. Porque, aunque insiste en que no es importante, siento que sí podría serlo. Como algo que, si se deja sin atender, podría crecer, tomar forma. Y esa posibilidad no me deja avanzar.

—¿Entiendes por qué esto es difícil para mí? —pregunto, con mi voz cargada de resentimiento—. No se trata solo de que lo encuentres atractivo. Es el tiempo que están pasando juntos, la cercanía. Es... más que un pensamiento fugaz.

Helen me observa con atención, su expresión intentando calmarme.

—Lo entiendo —dice con suavidad—. Y puedo ver por qué esto te parece diferente. Pero no es lo que piensas. Puedo separar mis emociones, Ethan. Sé distinguir entre una atracción pasajera y algo que realmente podría amenazarnos. La diferencia, en realidad, es que esta vez lo viste en videollamadas y lo conociste. Pero yo no he cambiado contigo, nunca ha disminuido el amor que siento por ti, o ¿crees que si no lo hubieras visto habrías sentido esta ansiedad? —Hace una pausa, y al ver que no tengo una respuesta, añade—. ¿Nunca te has sentido atraído por otra mujer, y aun así has tenido la certeza de que eso no afecta nuestra relación?

Admito que en el pasado me he sentido atraído por otras mujeres. Sin embargo, esas atracciones han sido tan breves e insignificantes que apenas merecen ser mencionadas. Quiero afirmar que nunca nadie más ha captado realmente mi interés, pero incluso si lo hubiera hecho, entiendo que sería más por las circunstancias que por una supuesta inmunidad a la atracción. Pienso en argumentar que se trata de situaciones muy distintas, pero me detengo; sé que sería una batalla perdida, porque, al final, cada situación tiene sus propias particularidades.

El sol se hunde en el horizonte, bañando el océano en tonos ámbar y rosa. Hemos estado aquí, uno junto al otro, durante lo que parecen horas. La conversación sobre los perfiles de personalidad había traído un alivio momentáneo, pero ahora se ha ido nuevamente tras la última revelación. Me doy cuenta de que hay mucho más por decir, cosas que han quedado atrapadas entre nosotros por semanas, tal vez años.

Me muevo ligeramente sobre la manta, sintiendo cómo la arena áspera cede bajo mi peso, inestable, como mis pensamientos.

—No es que piense que harías algo —digo, esforzándome por ser más claro—. Pero hay algo en él, en la dinámica entre ustedes, que me inquieta. —Me detengo, hundiendo mis dedos en la arena, como si ahí pudiera encontrar algún tipo de anclaje—. Esto es muy difícil para mí. No es solo el tiempo que pasan juntos, sino ver cómo se han vuelto más cercanos...Lo que no logro decir, lo que se atasca en mi garganta como un nudo imposible de deshacer, es que no es solo Leo como persona. Es todo lo que él representa y lo que sé que yo no puedo ofrecerle. Él ha alcanzado el éxito y está en la cima de su carrera, liderando proyectos innovadores y trascendentales, mientras yo sigo enfrentando desafíos fundamentales en mi profesión, incluso tras casi veinte años de experiencia. La gente lo nota, se sienten atraídos por él, y entiendo por qué. Él es todo lo que yo no soy: carismático, magnético, seguro de sí mismo, elocuente, lleno de entusiasmo, y mucho más joven.

Puedo ver cómo Helen está impresionada por él, cómo habla de él, cómo se le iluminan los ojos al mencionar su nombre. Ella puede que no lo note, pero yo sí, y duele.

Además, está su conexión cultural. Ellos comparten algo que trasciende las palabras: una afinidad que parece surgir de raíces compartidas, más cercanas entre sí que las mías con Helen. Hay algo en su historia, en cómo se entienden con una facilidad que resulta casi instintiva. Aunque sus idiomas no sean idénticos, los entrelazan con naturalidad, encontrando puntos en común que los hacen sentir como en casa.

Y, finalmente, están las risitas y las bromas, esas pequeñas complicidades que parecen tener un código propio, uno que, por más que lo intente, nunca logro traducir ni descifrar del todo, ni siquiera cuando ella se toma el tiempo de explicármelas. Y cuanto más tiempo pasan juntos, más siento que me quedo atrás, perdido en las sombras.

Pero no puedo decirle todo eso. Me haría sonar mezquino, pequeño, como si estuviera cediendo a mis inseguridades. La vulnerabilidad se siente como una puerta apenas entreabierta, y no puedo obligarme a abrirla del todo. Así que, en cambio, lo hago breve.

—Confío en ti, pero no puedo evitar esta inquietud. Simplemente no confío en Leo.

La postura de Helen se endereza, con su expresión agudizándose al procesar mis palabras. Su mirada se clava en la mía.

—¿No confías en Leo? —repite, con su voz controlada, pero con un filo—. Ethan, no se trata de él. Sé lo que estás pensando, pero no es así. Él es solo un colega.

—Lo sé, pero no confío en él…

Su respuesta llega demasiado rápido, como si estuviera esquivando la esencia de lo que intento decir.

—No necesito protección contra Leo —añade con tono más severo—. Soy perfectamente capaz de manejarme a mí misma. Estás actuando como si yo no entendiera lo que está pasando y peor aún, como si no dependiera de mí. Sé dónde están los límites, no los he cruzado ni los pienso cruzar.

Puedo sentir sus defensas construyéndose.

—No se trata de que necesites protección —digo, intentando mantener la calma, aunque la frustración se filtra—. Se trata de cuánto tiempo estás pasando con él. De lo cercanos que se han vuelto. Esto no es como esas otras veces; esto es más intenso.

Niega con la cabeza, su rostro endureciéndose.

# Perfiles

—¿Intenso? ¿Porque trabajamos juntos? ¿Porque tenemos que pasar tiempo en este proyecto? —Toma aire, con sus ojos chispeando de irritación—. Estás haciendo que se trate de él cuando no lo es. Se trata de cómo tú lo interpretas.

—Lo interpreto como alguien que ha visto a su pareja acercase a otro hombre —respondo, más rápido y agudo de lo que pretendía—. Puede que pienses que no tiene importancia, pero sí la tiene para mí.

Exhala con frustración. —No puedo cambiar el hecho de que trabajo con él. No puedo cambiar lo que requiere este proyecto. Este es el momento más significativo de mi carrera, y debo retroceder ahora ¿solo porque tú te sientes incómodo? Eso no es justo Ethan.

Niego con la cabeza. —No te estoy pidiendo que cambies nada. Sé lo importante que esto es para ti, y no quiero quitarte eso. Pero ¿puedes entender por qué es difícil para mí? —Dudo, sintiendo cómo las palabras se atascan en mi garganta antes de escaparse—. No he lidiado con algo así antes, y no sé cómo hacerlo.

Por un segundo fugaz, la mirada de Helen se suaviza.

—Lo entiendo —dice, ahora con su voz menos alterada—. Pero no puedes pedirme que me convierta en alguien que no soy. Sabes que no me alejaré de mi carrera ni dejaré que nadie, ni siquiera tú, dicte mis decisiones. —Sus ojos se clavan en los míos, la determinación ardiendo, la misma resolución que siempre he admirado en ella.

Tiene razón, no puedo pedirle que sea alguien que no es, al igual que no puedo reprimir lo que siento. Miro hacia el océano, el cielo tomando lentamente tonos más profundos de violeta y azul con la última luz desvaneciéndose bajo el horizonte. Cualquier esperanza de una solución fácil parece desvanecerse con el sol.

—Lo sé —susurro, mi voz apenas audible—. Simplemente... no sé qué hacer.

# Caminos Entrelazados - Ethan

Me observa por un largo tiempo, con algo parpadeando en su mirada... incertidumbre, o quizá solo agotamiento. Ella también está buscando una respuesta que no existe.

—¿Qué quieres que haga, Ethan? —pregunta de nuevo, su tono perdiendo su dureza, aunque aún conserva su firmeza—. ¿Quieres que deje mi proyecto? ¿Mi trabajo? ¿Cuál es la solución?

No tengo ninguna. La verdad es clara y rotunda. Ojalá Leo pudiera desvanecerse, que todo pudiera volver a ser como era antes de que él se convirtiera en parte de nuestras vidas. Pero eso es imposible. No puedo pedirle a Helen que abandone su carrera, ni puedo seguir ignorando lo mucho que me duele. Pero ¿qué puedo hacer?

—No lo sé —admito, mi voz cruda de vulnerabilidad—. Realmente no tengo la respuesta.

—Ni yo —dice mientras su mirada vuelve al mar, y hay algo casi de resignación en sus palabras.

El sol se ha ido por completo ahora, y a medida que el cielo oscurece, empezamos a recoger nuestras cosas. Caminamos de vuelta al auto. El trayecto de regreso a Brisbane es largo. Nos fuimos esta mañana esperando claridad, pero mientras conducimos hacia la noche, cada vez más profunda, parece que no estamos más cerca de resolver nada. Ambos estamos aferrados a distintas partes de nosotros mismos, y ahora mismo, ninguno está listo para soltar.

# 19. Sed

*16 de octubre*

Me he estado ahogando durante días en un mar de desesperanza, cada ola amenazando con hundirme para siempre. Me siento en mi apartamento, rodeado de paredes vacías que parecen amplificar los ecos de Helen. Años de vida juntos, momentos incontables de risas, discusiones y secretos compartidos, ahora se sienten como sombras de algo perdido. Últimamente, todo lo que percibo es lo mucho que hemos cambiado. Es como presenciar cómo algo cercano y conocido se vuelve completamente desconocido, como ver una estructura majestuosa derrumbarse desde dentro, incapaz de frenar su caída. No puedo evitar pensar que nuestro final es inevitable.

Incapaz de resistir la opresión de mis pensamientos, me levanto, tomo mi abrigo y salgo a enfrentar la noche. No hay un plan, no hay un destino, solo una urgente y dolorosa necesidad de escapar de mí mismo, de encontrar una forma de acallar el dolor. Mis pasos me llevan a las calles de Fortitude Valley, un lugar que late con energía constante. Clubes, bares y casinos exhiben estruendos de risas, música y conversaciones alborotadas, creando un ambiente caótico y envolvente. Esta noche necesito ese frenesí; solo entre su desorden puedo intentar apagar la tormenta que llevo dentro.

El bar que escojo es justo lo que necesito: oscuro, abarrotado y con ese inconfundible aroma a sudor mezclado con cerveza derramada. Me abro paso entre la multitud hasta la barra y pido una bebida sin siquiera mirar el menú. No importa qué sea, mientras sea fuerte. Bebo rápido, sin detenerme a saborear y pido otra, y luego otra más. Las copas se suceden y el tiempo comienza a desvanecerse. El alcohol quema mi garganta al principio, pero pronto dejo de notarlo. He perdido la cuenta de cuántas llevo; cada trago apaga un poco más mis pensamientos, transformándolos en una niebla densa y distante.

**171**

# Caminos Entrelazados - Ethan

El ruido del bar se convierte en un refugio extraño: el choque de vasos y el murmullo incesante de las voces. Todo se mezcla en una sensación caótica que embota mis pensamientos. Las horas pasan mientras sigo bebiendo, tambaleándome en el taburete, medio desplomado sobre la barra. Ya no soy más que otro cuerpo en la multitud, ahogando cada sensación hasta que no queda nada.

Hace años disfrutaba de este tipo de ambiente, pero en ese entonces siempre estaba rodeado de amigos, con la confianza que da el estar en grupo. Ahora es distinto. Ahora estoy solo, y así es como quiero sentirme: abandonado, resquebrajado, perdido, abrazando la caída sin resistirme.

Finalmente, salgo del bar y me tambaleo por las calles, envuelto en un torbellino de luces de neón, risas y música estridente. Mis pasos son torpes, y mi entorno se desdibuja en una mezcla desorientadora. La noche parece vibrar con vida, pero yo estoy desconectado, como un náufrago en un mar de desconocidos.

En un callejón oscuro, mis manos encuentran una botella abandonada. La sostengo por un momento, observando su vidrio opaco bajo la tenue luz, como si contuviera algo más que un resto olvidado. Con un gesto impulsivo, la arrojo contra una pared de ladrillos. El sonido del estallido corta el aire, y los fragmentos brillan mientras caen al suelo, como estrellas extinguiéndose en una galaxia de concreto. Por un instante, una satisfacción extraña y amarga me recorre. Es un reflejo de mi propio colapso: una forma de fracturar algo fuera de mí porque lo que está dentro ya no puedo repararlo. Es un acto de desafío, un grito sin voz contra una vida que ahora parece distante, ajena, como si nunca hubiera sido mía.

El bajo pulsante en un club cercano retumba en el aire, atrayéndome como un faro en la oscuridad. Sin pensarlo demasiado, paso lo más sobrio posible frente al portero y me sumerjo en el caos. La pista de baile es un remolino de luces de neón, estroboscópicas y frenéticas, bailando al compás de un ritmo que parece perforar los huesos.

# Sed

Me abro paso hacia el bar, dejando que el alcohol sea mi combustible. Pido otro trago y un calor momentáneo me llena, pero se disipa rápido, como todos lo demás que ya he olvidado. Entre el tumulto, la veo: una mujer sola en una esquina, apartada del bullicio. Me acerco a ella, con una sonrisa tambaleante que apenas logro fingir.

—Hola —balbuceo, mi voz arrastrada por la música y el alcohol—. ¿Quieres bailar?

Me mira de reojo, sus ojos entrecerrados con una mezcla de lástima y fastidio.

—No, gracias.

Se da la vuelta sin más, su rechazo golpeando más hondo de lo que estoy dispuesto a admitir. Pero no me detengo. No puedo.

Me acerco a otra mujer, esta vez en la barra. Intento que mi voz suene segura, pero incluso yo puedo oír la fragilidad en el tono.

—¿Puedo invitarte a una bebida?

Ella me mira de arriba abajo, su expresión es un misterio hasta que una sonrisa, sutil y fugaz, se posa en sus labios.

—Claro, ¿por qué no?

Por un instante, algo parecido a la esperanza se enciende en mí. Pero la sensación dura poco.

—¿Tienes dinero verdad? —pregunta, su sonrisa tornándose maliciosa mientras sus ojos chispean con burla—. Me vendría bien algo más que una bebida.

El aire a mi alrededor se vuelve denso. La música sigue rugiendo, pero en mi interior solo hay un silencio ensordecedor. Parpadeo, mi mente borracha lucha por procesar sus palabras.
—¿Dinero? Repito, con las náuseas revolviéndome el estómago.

—Sí —dice ella, acercándose—. Ya sabes, «tú me cuidas, yo te cuido».

Sus palabras me ponen la piel de gallina. Me echo hacia atrás, negando con la cabeza. —No... eso no es lo que yo... —Me quedo callado, el asco y la desesperación aumentan dentro de mí.

—Piérdete entonces —murmura, alejándose como si yo no fuera nada, otra causa perdida.

Me quedo allí, inmóvil, rodeado de luces borrosas y con el retumbar de la música clavándose en mis oídos. La desolación de la que he intentado escapar se abre paso de nuevo, más profunda, más voraz. Un abismo que no deja de consumir. Odio esto. Odio el club, el alcohol, las risas falsas y las sonrisas vacías. Pero, más que nada, me odio a mí mismo por haber creído, aunque fuera por un instante, que algo de esto podría hacerme sentir mejor.

Me abro paso entre la multitud, tambaleándome como un barco a la deriva. Mis movimientos son erráticos, torpes, chocando con cuerpos que apenas noto. Una voz me detiene en seco.

—¡Cuidado, imbécil!

La rabia me sube como un golpe de calor. Me giro y le grito con voz áspera, desgarrada.

—¡Cállese!

El tipo no se queda callado. Da un paso hacia mí, sus palabras cortando como cuchillas.

—¿Algún problema, pendejo?

Me acerco, los puños apretados, los nudillos picando por golpear algo, lo que sea.

—Quieres problemas, ¿eh? ¡Yo te voy a dar problemas!

# Sed

El alcohol burbujea en mi sangre, llenándome de una valentía estúpida. Lo desafío, casi rogándole con los ojos que dé el primer golpe. Necesito algo tangible, algo contra lo que descargar toda esta ira y esta desesperación.

Pero no se inmuta. Ni un parpadeo, simplemente me evalúa. Cuando estoy lo suficientemente cerca, suplicando con mi postura lo que mis palabras no pueden, él simplemente escupe un grito:

—¡Borracho de mierda!

Entonces me empuja. El impacto me desequilibra. Mis pies se enredan con el pavimento irregular y, antes de darme cuenta, estoy cayendo. El suelo se acerca rápido y brutal. Mi hombro se estrella contra una pila de bolsas de basura, el hedor me golpea como una bofetada: agrio, vil, sofocante. Me quedo tirado ahí, sin aliento, con el dolor quemando en mi costado como un hierro al rojo vivo. El frío del pavimento y la suciedad que lo cubre se sienten demasiado reales, un contraste desgarrador con el calor que hierve en mis venas.

Hay risas. No solo las suyas, sino de otros. Risas detrás de mí, resonando como un eco cruel en mi mente. Cada carcajada corta más profundo que cualquier golpe que hubiera podido recibir. Mi orgullo, ya hecho trizas, se desmorona por completo. Me obligo a sentarme, jadeando mientras el dolor se clava en mi hombro. Mis manos están raspadas y temblorosas, con la mugre acumulándose bajo mis uñas mientras intento apoyarme contra la pared para recuperar algo de estabilidad. El mundo gira a mi alrededor. Las luces de neón se distorsionan, convirtiéndose en rayas borrosas que bailan ante mis ojos.

Cuando levanto la vista, ya se está alejando. No hay mirada de satisfacción, ni gesto triunfal. Solo otra figura que desaparece en la noche, indiferente, dejándome descartado como la basura que me rodea en este momento. Aquí es a donde pertenezco, ¿no es así? Al suelo, aplastado y olvidado. De alguna manera, le estoy agradecido. Convirtió el dolor invisible que hay dentro de mí en algo tangible, algo que puedo tocar, sentir, comprender.

# Caminos Entrelazados - Ethan

Necesito eso. Algo que me recuerde dónde estoy parado: en el borde de la vida de los demás, fuera de su vista, fuera de su mente. Exactamente donde merezco estar.

Necesito irme de allí. Me tambaleo hacia el final de la cuadra. El ruido de la vida nocturna se siente ahora lejano, perteneciente a otro mundo. Me desplomo en un banco en una calle más tranquila, con la cabeza entre mis manos. El peso de mis acciones me aplasta, cada momento es un recordatorio de lo bajo que he caído. Pienso en Helen, en su risa, en su calidez, en la forma en que me mira con esperanza. Pienso en que podría estar en casa junto a ella, pero aquí estoy, tratando de destruirme a mí mismo.

Estoy perdido y necesito ayuda. No puedo hacer esto solo.

Con manos temblorosas, saco mi teléfono y casi lo dejo caer. Miro la pantalla, entrecerrando los ojos ante el caos borroso de mis contactos. ¿Tengo siquiera mi billetera? Me palpo los bolsillos, inseguro. Todo es una neblina. Deslizo el dedo por la lista, deteniéndome en nombres familiares. ¿Quién querría lidiar conmigo en este estado?

Me detengo en el nombre de Mark. Mark, mi amigo, el que nunca me juzga, ni siquiera cuando estoy en mi peor momento. Pero ¿y si está ocupado o, peor aún, si se decepciona de mí? Mi pulgar flota sobre el botón de llamada, detenido por la incertidumbre que domina mi voluntad. La cabeza me da vueltas, y se me revuelve el estómago. Tal vez debería dormir aquí, solo, y dejar que todo pase.

Pero la tristeza me gana. Necesito a alguien, necesito romper esta sensación de aislamiento. Con una respiración profunda, presiono el botón de llamada. El teléfono suena, mi corazón golpeando con fuerza hasta que la voz de Mark, somnolienta y preocupada, responde.

—¿Ethan? ¿Qué pasa, amigo?

Apenas puedo formar palabras, mi voz quebrándose.

# Sed

—Mark... yo... no sé qué estoy haciendo. Creo que... estoy perdiéndolo todo. A Helen, a mí mismo... No sé cómo arreglarlo. No sé qué hacer.

Hay una pausa, y luego su voz empieza a despertar.

—De acuerdo, Ethan. Quédate donde estás, ¿ok? ¿Dónde estás exactamente?

Entrecierro los ojos, tratando de enfocar mi mirada. El mundo se inclina, pero logro identificar un semáforo.

—Eh... sí... bueno, puedo ver un semáforo... con... un *sticker*... un maldito *sticker* rojo, amigo —balbuceo, casi llorando, luchando por unir las palabras mientras la niebla en mi mente lo entorpece todo.

Suspira con algo de exasperación y compresión en su voz.

—Ethan, comparte tu ubicación. Usa tu teléfono.

Torpemente, deslizo el dedo sobre la pantalla hasta encontrar el botón.

—¿Lo... tienes?

—Sí, amigo. Lo tengo. Quédate ahí. Voy para allá.

Asiento, mientras las lágrimas recorren mi rostro. Cuelgo y dejo caer el teléfono en mi regazo. Miro al cielo nocturno, apenas viendo las estrellas tras la bruma de las luces de la ciudad. Un sollozo se escapa de mí. He tratado con tanta insistencia mantenerme entero, fingir que estoy bien. Pero ahora, en la quietud de la noche, ya no puedo esconderme. Tengo miedo, miedo de estar solo.

Mark llega en poco tiempo. Se detiene, sale del auto y escanea la calle hasta encontrarme. Camina hacia mí y se sienta a mi lado, al principio, en silencio. Levanto la mirada, con mi rostro cubierto de lágrimas, y mis ojos inyectados en sangre. Coloca una mano en mi hombro, un gesto simple, pero sólido.

—Estás bien, amigo. Todos nos perdemos a veces. Pero no estás solo. Me tienes a mí, y tienes a Helen. Lo resolveremos.

Mis hombros tiemblan mientras respiro profundamente, dejando caer mis lágrimas que esta vez se sienten como una liberación. Se queda conmigo hasta que estoy listo para moverme. Cuando le hago señas, me ayuda a levantarme y me guía hacia su auto.

Al abrir la puerta, dudo, esbozando una sonrisa temblorosa.

—Mark, ¿podemos… tomar una copa más? La necesito, amigo. Solo una.

Frunce el ceño, dudando, y luego asiente.

—De acuerdo, Ethan, pero no aquí. Una en mi casa, ¿vale?

—Sí… está bien. En tu casa. —Confirmo, con la fatiga apoderándose de mí.

Antes de entrar al auto, me giro y comienzo a vomitar. No solo una vez; las arcadas llegan en oleadas, como si mi cuerpo estuviera expulsando todo lo podrido dentro de mí. Se queda a mi lado con una mano firme en mi espalda. No me apura, no habla, solo permanece, permitiendo que vacíe mi embriaguez, mi vergüenza. Parece interminable, doloroso, hasta que no queda nada, solo arcadas secas y bilis.

Cuando finalmente paro, me apoyo contra el auto, sin aliento. Me limpio la boca, sintiéndome exhausto, pero de algún modo más ligero, como si hubiera expulsado algo más que el alcohol de la noche. Mark me pasa una botella de agua, con su expresión llena de preocupación, pero sin juicio.

—Tómate tu tiempo, Ethan.

# Sed

Enjuago mi boca y escupo antes de, finalmente, asentir, listo para subir al auto. Me ayuda a entrar, su paciencia inquebrantable.

El trayecto debería ser corto, pero el tráfico se hace eterno mientras salimos de la zona. Las luces de la ciudad se difuminan mientras me recuesto contra la ventana. Él no fuerza la conversación, y se lo agradezco. Cierro los ojos, dejando que la fatiga me venza. Estoy cansado, cansado de luchar conmigo mismo, cansado de fingir que no necesito ayuda. Tal vez esto sea tocar fondo. Tal vez, desde aquí, pueda empezar a subir.

Su teléfono vibra y le echa un vistazo.

—Es Helen —murmura. Me mira rápidamente—. Le diré que estás conmigo.

No protesto. Estoy demasiado agotado para pensar en enfrentar a Helen. Responde con voz calmada.

—Hola, Helen... Sí, tengo a Ethan... Sí, le diré que lo has estado llamando... Ha sido una noche difícil para él... No, él está a salvo, solo tomó de más... Lo estoy llevando a mi casa... No te preocupes, lo cuidaré.

Me imagino la voz preocupada de Helen, y logro esbozar una pequeña sonrisa al saber que, después de todo, se preocupa por mí. Se siente como una pequeña victoria entre tanta miseria. Mark sigue hablando en el fondo.

—Lo sé... Está bien... Hablamos mañana. Buenas noches, Helen.

Cuelga, suspirando.

—Está preocupada, pero sabe que estás a salvo.

Trago saliva, mientras me inundan la culpa y el alivio.

—Gracias, Mark. Por todo.

—No te preocupes, amigo. Saldremos de esta.

Cuando finalmente llegamos a su casa, me ayuda a entrar y me guía hasta el sofá. Me da un vaso de agua, y nos sentamos en silencio. Ese silencio es reconfortante, una calma que viene de estar con alguien que me entiende.

Tras unos sorbos, vuelvo a derrumbarme, las palabras derramándose entre sollozos.

—Tengo miedo, Mark. Miedo de perderla... miedo de perderlo todo. No es solo a Helen. Es todo.

Coloca su brazo sobre mis hombros y me acerca a él. Hablamos durante horas mientras mis arrepentimientos brotan como un torrente imparable. La carrera que nunca despegó, los ascensos que siempre parecieron fuera de mi alcance. Cómo me dejé arrastrar por la rutina, dejando escapar cada oportunidad que alguna vez tuve frente a mí. Los sueños que Helen y yo compartimos, los viajes que nunca emprendimos, los lugares que quedaron en simples fantasías. La familia que imaginé, la vida que ahora parece un espejismo, tan distante como irreal. Me pesa cada decisión equivocada, cada oportunidad que evité por miedo. Tal vez pude haberlo tenido todo, pero ahora solo queda la amarga sensación de que es demasiado tarde.

Me escucha, su silencio es un consuelo constante. Eventualmente, me da su opinión.

—Las decisiones que tomaste en su momento, fueron las mejores que pudiste tomar con lo que sabías, y acordes con cómo estabas preparado. No tienes manera de saber si ahora estarías mejor o peor; eso es solo un espejismo que alimenta el arrepentimiento. Reprocharte por el pasado no cambia nada, y quedarte atrapado en él te detiene. Lo que importa es enfrentar el futuro, por incierto que sea.

Enfrentar el futuro me aterra. No solo por el miedo a fallar otra vez, sino por la incertidumbre de no saber qué viene, de no tener garantías. Según Mark, esa es precisamente la gracia: no se

# Sed

trata de predecir o controlar el futuro, sino de aceptarlo como un camino abierto, uno que se construye al andar.

Lloro hasta quedarme vacío, hasta que ya no tengo nada más que reprocharle a mi pasado, y finalmente el cansancio me vence. Mark se queda a mi lado, como un silencioso recordatorio de que no tengo que enfrentar esto solo. Mientras el sueño me envuelve, me siento un poco menos perdido.

# 20. Muerte

*18 de octubre*

La habitación está más fría de lo habitual. Mi cuerpo se hunde en la silla frente a la doctora Cross, pero hoy su consultorio se siente menos como un santuario y más como una trampa. Las paredes blancas y minimalistas parecen cerrarse a mi alrededor, apretando más desde la última vez que estuve aquí. Me remuevo, incómodo, intentando sacudir la tensión que se enrosca dentro de mí. Ella me observa con su usual mirada paciente, pero hoy siento que espera algo más que las respuestas superficiales de siempre.

—Entonces, Ethan... ¿cómo van las cosas?

—Supongo que debería empezar con Helen —digo, con un tono áspero, vacilante—. Me habló de Leo... me dijo que le gusta.

Me anima a seguir ahondado en mis sentimientos y mis perspectivas sobre la situación. Me recuesto en el sillón mientras froto las palmas contra mis jeans.

—Lo dijo como si no significara nada, y quizá para ella realmente sea así. Pero no puedo dejar de pensar en ello. Está atascado en mi cabeza y, haga lo que haga, no puedo soltarlo. Y no se trata solo de Leo —continúo, con las palabras apretándose en mi garganta—. Sí, ha tenido otros flechazos antes, pero este es distinto. Siempre están juntos, trabajando en ese proyecto. Él siempre está ahí. Y es... como si yo fuera el que estorba, como si yo fuera el problema.

Mi mandíbula se tensa con ese pensamiento. Pero no es solo Leo, hay más. Hay algo más bullendo bajo la superficie, algo más profundo, más difícil de decir.

—También dijo algo más —añado, con la voz algo apagada—. Me dijo que le estoy pidiendo ser alguien que no es, y que eso

# Muerte

no lo puede aceptar. Está convencida de que no la acepto como es. Y, siendo honesto, puede que tenga razón.

Exhalo, agotado.

—Volvimos de Gold Coast hace dos días —continúo, con voz tensa—. Intentamos hablar sobre el tema, pero se convirtió en otra discusión. Y luego el viaje de vuelta fue insoportable. Sigo repasando la conversación, y ella solo... sigue adelante, como si nada, como si no le estuviera afectando del mismo modo en que me está destrozando a mí.

Hago una pausa, sintiendo cómo la vergüenza se cuela por cada rincón de mi expresión antes de continuar.

—La noche siguiente a la discusión, salí... tomé unas copas. Bueno, más que unas pocas, si soy sincero. Solo necesitaba dejar de pensar, dejar de sentir tanto, aunque fuera por un momento. Pensé que podría ahogar la pena, y creo que al final lo ahogué todo.

La doctora Cross se inclina ligeramente hacia adelante, su mirada firme, esperando mis siguientes palabras, pero la lógica usual en la que suelo apoyarme, las formas en que mantengo la calma, no funcionan hoy. El miedo es demasiado fuerte, sobrepasando todo lo que he construido para contenerlo. Mi voz se vuelve un murmullo, apenas audible.

—No sé qué hacer —digo, intentando mantener la voz firme. Lo he dicho antes, pero esta vez, las palabras calan más hondo.

—Tal vez no se trate de encontrar una respuesta —dice finalmente la doctora Cross, con sus ojos fijos en los míos—. Tal vez se trate de dejar de buscarla. — «Dejar de buscar una respuesta», las palabras quedan resonando en mi cabeza y me recuerdan lo que Mark intentaba decirme esa noche. Se reclina nuevamente—. Ethan, hoy quiero presentarte algo diferente. Puede que al principio te resulte incómodo, pero creo que es importante debido al lugar en el que te encuentras emocionalmente. Lo que sea que venga ahora, sé que me sacará de mi zona de confort.

—¿Qué es?

—Se llama meditación sobre la muerte —dice despacio, observando mi reacción—. En algunas tradiciones se conoce como **Maraṇasati**, que significa «consciencia de la muerte». Esta práctica tiene sus raíces en la meditación budista, pero ha sido adaptada para diversas formas de terapia. La idea es que, al contemplar la muerte: tu propia mortalidad, el eventual decaimiento de todo aquello a lo que te aferras; comiences a soltar tu apego a esas cosas. Suena morboso, pero puede ser increíblemente liberador.

Me inclino ligeramente hacia adelante, frunciendo el ceño.

—¿Quieres que... piense en morir?

—No solo que lo pienses —aclara ella—. Quiero que te sumerjas en esa idea y la sientas. Te guiaré a través de una visualización en la que vas a imaginar cómo sería dejar ir tu cuerpo, tu identidad, todo lo que te define. El objetivo es confrontar el miedo a perder el control. Aceptar que la mayoría de las cosas están fuera de tu control, y que eso está bien.

Hace una pausa, dándome tiempo para comprender el objetivo que debería alcanzar.

—Verás, Ethan, eres profundamente racional. Abordas los problemas pensando en ellos, analizando los resultados. Eso no es malo en sí mismo, pero hay un punto en el que esa mentalidad te vuelve rígido. Siempre estás buscando soluciones, intentando controlar las situaciones, especialmente en tu relación con Helen. Pero la vida —las relaciones— son desordenadas. No siempre son algo que puedes resolver usando la lógica. Esa necesidad constante de control te está dejando atascado.

# Muerte

Ajusto mi postura, sus palabras impactan con precisión. Abro la boca, pero no encuentro qué decir.

Ella continúa. —En psicología, usamos terapias de *mindfulness* para ayudar a las personas a enfocarse en el momento presente, para reducir el estrés y la ansiedad fomentando la aceptación. Lo que haremos hoy es una extensión de eso: *mindfulness*, pero en el contexto de tu mortalidad. Suena intenso, pero creo que es lo que necesitas para romper este patrón.

Miro hacia abajo, reuniendo mis pensamientos.

—Pero ¿por qué la muerte? ¿Por qué algo tan extremo?

—Porque la muerte es lo último que no podemos controlar. Pasamos nuestras vidas aferrándonos a personas, planes, y resultados, sin aceptar que algunas cosas son inevitables. Enfrentar lo inevitable de la muerte directamente e imaginar el último escenario posible, puede liberarte de la necesidad de controlar todo lo demás.

Cambia su tono a uno más reflexivo.

—En términos clínicos, prácticas como esta ayudan a reducir lo que llamamos ansiedad ante la muerte, pero también tienen un efecto más profundo, pues ayudan a desapegarnos de lo que creemos que nos pertenece. No se trata de abrazar la negatividad, sino de reconocer que todo: nuestros cuerpos, pensamientos, relaciones; cambiará, se descompondrá y desaparecerá. Y eso no es un fracaso. Es la vida.

La incomodidad que sentía se transforma levemente en curiosidad mezclada con aprensión.

—Entonces... ¿solo debo imaginar que estoy muriendo? ¿Perdiéndolo todo?

Se levanta sin decir una palabra y se dirige hacia un pequeño altavoz. Un zumbido leve comienza a llenar la habitación, primero como un murmullo apenas perceptible, pero luego crece en capas hasta envolver el espacio. Los cantos tibetanos, profundos y resonantes, flotan en el aire como ecos de una meditación antigua, impregnándolo todo con su solemnidad.

De una estantería cercana, toma un frasco ámbar que reluce bajo la tenue luz. Con movimientos precisos, deja caer unas gotas de esencia en un cuenco de cerámica. Pronto, un aroma cálido y terroso comienza a mezclarse con los cantos. Emerge un olor a sándalo e incienso, impregnando el ambiente con una fragancia que parece acariciar cada rincón.

Enciende una varilla de incienso; su punta brilla tenuemente antes de liberar un humo fragante. La dulzura sutil, con un toque que evoca a la vainilla, se despliega en el aire, danzando en espirales invisibles que transforman la habitación en un santuario de calma.

Los límites que son las paredes de la habitación parecen desdibujarse. La mezcla de aromas llena mis sentidos hasta que no queda nada más que el calor del sonido y la fragancia. La doctora Cross regresa, sus movimientos lentos, deliberados, sin querer interrumpir la quietud.

—Permite que la música te guíe —dice en un tono bajo. Su voz es casi parte del mantra ahora, tejida en el aire—. Estás a salvo aquí. Nada de lo que experimentes está mal o fuera de lugar. Simplemente permítete sentir lo que venga.

Asiento sin decir nada. Mi garganta está tensa. Mi mente está disparada, aunque trato de seguir su consejo, tratando de soltarme. Puedo percibirme reteniéndome, aferrándome al control.

—Ethan, ahora quiero que cierres los ojos —dice ella.

Dudo, pero luego obedezco. La oscuridad amplifica el sonido de los mantras, presionándome, llenando los espacios vacíos dentro de mí.

# Muerte

—Escucha los cantos. Concéntrate en tu respiración. No la fuerces, solo obsérvala. Siente cómo tu pecho se mueve con cada respiración. No estamos apurados.

Intento concentrarme, mi respiración es corta e irregular al principio, y la tensión en mis hombros permanece, pero con cada exhalación siento un cambio gradual. La música se intensifica en mi cabeza y siento como los bordes de mi predisposición empiezan a suavizarse.

—Ahora, deja ir cualquier pensamiento al que te estés aferrando. Imagínalos como nubes, pasando, disolviéndose.

Respiro profundamente, enfocándome en el ritmo constante de mi respiración. Sin embargo, mi mente parece tener otros planes. Surge un pensamiento: «¿Qué debo comprar esta tarde? Ah, sí, huevos». Con paciencia, envuelvo ese pensamiento en una nube imaginaria y lo dejo ir. Pero antes de que desaparezca por completo, otra nube toma su lugar: «¿Pagué el estacionamiento?». Vuelvo a respirar, repitiendo el ejercicio con la misma intención. Es como tratar de domar un río de pensamientos caprichosos, una corriente que fluye sin descanso. Respiro más lento, intentando no resistirme, solo observar. Poco a poco, las nubes dejan de traer pensamientos concretos; ahora parecen vacías, solo son formas etéreas flotando en mi mente. Se vuelven más ligeras, más translúcidas. Las veo deslizarse sin aferrarme a ninguna, como un espectador que permanece en silencio.

Eventualmente, el flujo cesa, y lo que queda es un cielo despejado, amplio y sereno. En ese instante, siento cómo la tensión se desvanece, dejando espacio para un silencio extraño pero acogedor, como un vacío lleno de calma.

—Bien —dice, su voz mezclándose con los mantras—. Imagina que tu cuerpo se relaja aún más, hundiéndose en el sillón hasta que él mismo desaparece. Ya no hay paredes, ni techo, ni suelo de cemento. Ahora, solo hay tierra.

# Caminos Entrelazados - Ethan

Cierro los ojos y dejo que sus palabras me guíen. Respiro profundamente, notando cómo mi cuerpo se libera, como si se disolviera en algo más grande. El contacto con el sillón desaparece, reemplazado por una sensación fresca y orgánica. La textura del suelo cambia bajo mis pies, ahora es áspero, lleno de vida. Lo imagino cubierto de hojas caídas y raíces que se extienden, soportándome como si siempre hubieran estado ahí.

El aire se siente más fresco, impregnado de la humedad y la fragancia del bosque. Mis manos, antes tensas, ahora reposan sobre el suelo, tocando algo cálido y vivo. Mis hombros caen y la rigidez de mi cuello se disuelve lentamente, como un eco que se pierde entre los árboles. La gravedad me abraza, y en mi mente ya no estoy en el sillón: estoy tendido en el corazón de un bosque, rodeado de una calma que parece eterna.

—Ahora, Ethan, permite que tu cuerpo se entregue por completo. Deja ir toda necesidad de moverte o reaccionar. Tu respiración se vuelve más suave, más liviana, hasta que apenas la percibes, hasta que desaparece.

Mi respiración se vuelve más ligera, más superficial, como si mi cuerpo empezara a soltar incluso esa función básica. Al principio, noto la ausencia, un vacío donde antes había movimiento. Luego, simplemente dejo de sentirlo.

—Eso es —continúa, guiándome hacia algo desconocido—. Ya no hay aire. No hay necesidad de nada. Tu cuerpo está inmóvil, sin esfuerzo, sin lucha. Estás muerto. No hay dolor. No hay miedo. Solo calma.

Mi mente se rebela por un instante, surge un eco de alarma, agudo, como un relámpago. Pero se desvanece rápidamente, ahogado por los mantras y los aromas que me anclan a la seguridad de este espacio.

La doctora guarda silencio por unos momentos, como si esperara a que mi cuerpo y mi mente asimilaran sus palabras.

# Muerte

—Imagina el paso del tiempo, los días convirtiéndose en semanas, las semanas en meses y luego en años. Tu cuerpo sigue aquí, inmóvil, pero ya no es tu cuerpo. Tu piel comienza a oscurecerse, a agrietarse, mientras los músculos se endurecen.

Un nuevo instinto de resistencia brota en mí, como un último intento de aferrarme a algo familiar. Pero esta vez no lucho. Cierro los ojos con más fuerza, hundiéndome en la experiencia. Me visualizo, inmóvil e inerte, como un objeto más de la naturaleza.

Totalmente sumergido en las palabras y la guía de la doctora Cross, siento la muerte primero en mis manos. Mi piel, antes cálida, comienza a secarse, tensándose como cuero viejo. Mis uñas se desprenden, curvándose como hojas quebradizas. Las yemas de mis dedos se oscurecen, la sangre se retira, y la piel se parte, revelando el hueso pálido. Mi carne se siente más suelta, colgando, apenas sostenida.

Mi pecho se alza con respiraciones superficiales, cada vez más débiles. El aire entra frío, como un filo deslizándose por mi interior. Mis costillas sobresalen, tensando la piel como si fueran los barrotes de una jaula. El calor de la vida retrocede, disipándose como una marea que abandona la orilla que era mi cuerpo. Mis mejillas se hunden, y la piel de estas se afloja y cae, deslizándose en pliegues que ya no tienen forma. Mis labios se agrietan, partiéndose como tierra seca. El aire se llena de un olor terroso, almizclado, a suelo húmedo. Mi podredumbre.

El olor dulce y ácido de la descomposición de mi cuerpo atrae a los primeros carroñeros, criaturas oportunistas que llegan antes de que el proceso avance demasiado. Sus dientes afilados desgarran la carne aún algo fresca, arrancando trozos con una eficiencia que no es cruel, sino instintiva. Rasgan músculos y tendones exponiendo los huesos, hasta que sus hocicos y garras dejen el cuerpo reducido a fragmentos. Cada mordisco acelera mi desaparición, mi cuerpo convertido en un festín temporal para el hambre de la naturaleza.

Con el paso del tiempo, cuando los carroñeros ya han saciado su apetito, los insectos reclaman lo que queda. Moscas sobrevuelan el cuerpo expuesto, zumbando en una sinfonía disonante, atraídas por la humedad en las grietas abiertas y la blandura de los ojos. Depositan sus huevos, diminutos puntos palpitantes que prometen una transformación inminente. En cuestión de horas, emergen las larvas, cuerpos blandos y voraces que se retuercen mientras consumen lo que los carroñeros dejaron atrás.

Las larvas excavan hacia las profundidades de los tejidos restantes, descomponiendo la carne con un hambre implacable. Cada movimiento, cada mordisco, es preciso, decidido, un acto grotesco, pero necesario, que perpetúa el ciclo de la vida. Mi cuerpo se hincha con los gases propios de la descomposición, la presión acumulada rasgando mi piel hasta liberarse en un susurro pestilente. La carne se afloja y cae en láminas, dejando a la vista los tendones desgarrados y los huesos expuestos, que pronto se amarillean bajo el peso del tiempo.

Es liberador. Ya no lucho por mantenerme intacto. Se ha ido la necesidad de permanecer entero. Mi cuerpo está siendo desarmado, absorbido, consumido. Estoy regresando, convirtiéndome en algo más grande que yo, más allá de mí.

Cuando todo lo blando ha sido devorado, solo quedan los huesos y los dientes, pequeños relictos inquebrantables. La mandíbula cruje mientras ceden los tejidos que la sostienen, pero los dientes permanecen firmes, incrustados, como testigos de lo que alguna vez fui. Los huesos se astillan, desintegrándose lentamente mientras la tierra fría me traga por completo. Es un regreso inevitable, un proceso sereno y continuo, en el que lo que fui se transforma en algo más grande, completando el ciclo eterno de la naturaleza.

—Ahora, nueva vida comienza a crecer a partir de esa descomposición. Surgen plantas de tu cuerpo, de la tierra en la que te has convertido.

# Muerte

Lo veo, tiernos brotes verdes empujando a través del suelo, rompiendo, buscando la luz. Emergen de esos lugares que antes fueron míos, donde descansaban mis manos, donde alguna vez latió mi corazón. Cada hoja se despliega, frágil, pero llena de propósito. Lentamente, crecen y se hacen más altas, más fuertes, sus raíces se entrelazan con los últimos restos de mis huesos, absorbiendo lo que alguna vez fui.

Plantas trepadoras se enroscan alrededor de mi caja torácica, como delicados zarcillos que encuentran su camino alrededor de lo que queda de mi columna vertebral. Brotan flores en las cuencas de mis ojos, pétalos vibrantes, llenos de vida. Beben la luz del sol, su fragancia esparciéndose. Y de esas flores, empiezan a crecer frutos maduros, rebosantes de dulzura. El aroma llena el aire, una promesa de vida renovada.

Otros animales se acercan, atraídos por la nueva vida. Los escucho antes de sentirlos, el susurro de las hojas que arrastran y sus pasos vacilantes. Un pájaro revolotea, sus alas agitan el aire antes de posarse sobre los restos de mi caja torácica envuelta en enredaderas. Su pico alcanza la fruta, rompiendo la piel, el jugo derramándose, rico y pleno. Lo siento, siento la conexión mientras el pájaro bebe, la vida que una vez fue mía ahora es parte de él. Sus alas se alzan y yo me elevo con él, como un susurro en el viento, llevado hacia el cielo.

Un ciervo entra en el claro, su hocico gentil rozando las hojas que brotan de mi columna vertebral. Mordisquea, tirando de los tiernos brotes, y yo estoy allí, en su aliento, en sus movimientos tranquilos, en la fuerza de sus músculos. Mi conciencia se expande, es conducida dentro de cada criatura que toma una parte de mí, moviéndose a través de la tierra, a través del aire.

Soy el pájaro surcando el cielo, el ciervo pastando en paz, los insectos bajo el suelo, cada uno de nosotros conectado por este ciclo. Ya no soy Ethan. Soy la tierra, el aire, la vida que se mueve y respira, transformándose sin cesar.

—Los animales a tu alrededor —continúa la doctora Cross—, viven gracias a ti. Las plantas que crecen de tu cuerpo florecen, y esas flores dan frutos. Nueva vida surge de tu muerte. Y tú eres esa vida ahora. Eres parte de todo.

Sus palabras resuenan profundamente en la quietud que habita dentro de mí. No solo estoy descomponiéndome, estoy cambiando. No he desaparecido, me he transformado. Soy las plantas, los animales, la tierra misma. El miedo, ese hilo tenso que había sostenido por tanto tiempo, finalmente cede, deshilachándose con cada respiración, ahora renovada.

—Eres parte del ciclo. La muerte no es el final. Es parte de la vida, de todo. Y tú, Ethan, no estás separado de eso. Nunca lo estuviste. Y no es solo tu muerte física, sino la de todo lo que crees poseer, todo lo que inevitablemente terminará.

Una oleada de emoción me envuelve, pero no es miedo. Es algo profundo, antiguo, que se libera. Mi respiración se quiebra en jadeos cortos y las lágrimas comienzan a brotar. Aprieto los ojos, permitiendo que la oscuridad me envuelva. Y entonces, simplemente sucede: estoy llorando.

No es un llanto controlado, es visceral, surge desde lo más hondo de mí. Lloro por todo lo que he sostenido con tanta fuerza. Lloro por el miedo, por el control, por mi necesidad desesperada de mantenerlo todo intacto, incluso cuando sé que es imposible. Las lágrimas fluyen más rápido, sacudiendo mi cuerpo con cada sollozo. Lloro por lo que he perdido, por lo que sé que perderé, por las cosas que se me escaparán de las manos sin importar cuánto intente retenerlas.

Lloro por Helen, por el amor que he intentado controlar, proteger, salvar, aunque sé que no es algo que pueda poseer para siempre. Y lloro por mí mismo, por esa parte de mí que siempre tuvo tanto miedo de soltar, tanto miedo de morir.

Y entonces, algo cambia. Las lágrimas siguen cayendo, pero ahora tienen un sabor distinto, como si trajeran consigo una verdad dulce y liberadora. Comprendo que, sin importar lo que se desvanezca o muera, siempre habrá un nuevo ciclo, un renacimiento en el cual estaré incluido, ya sea consciente de ello

# Muerte

o no. Y esa idea, en lugar de asustarme, me trae una paz inesperada, como un recordatorio que me hace valorar lo que aún está aquí, lo que respira y late en el presente. Y saborearlo, porque todo, incluso el final, tiene su propósito.

No sé cuánto tiempo paso llorando, pero cuando mis sollozos finalmente cesan, lo que queda es una calma nostálgica, como el aire fresco que sigue a una tormenta. Los cantos tibetanos persisten, suaves y rítmicos, son como olas que acarician una orilla tranquila. La doctora Cross permanece en silencio, permitiendo que ese momento sea solo mío. Por primera vez, no siento la necesidad de justificarme, ni de analizar cada emoción hasta agotarla. Simplemente las dejo estar, permitiendo que la paz se despliegue por completo.

Cuando abro los ojos, la habitación sigue igual, pero yo no. La compulsión de controlar todo —mi ser, mis emociones, incluso a otros— se ha convertido en un eco distante. Esa necesidad de alinear la vida de forma perfecta ya no tiene el mismo peso. No es una simple realización; es algo que siento en lo más profundo, como si esta verdad se hubiera asentado en mis huesos, sólida e innegable.

Dicen que la madurez se acumula lentamente, igual que el crecimiento paciente de las raíces bajo tierra, pero a veces llega como un rayo que ilumina todo de golpe, revelando lo que siempre estuvo allí, aunque oculto. Esta meditación sobre la muerte no fue un simple ejercicio; fue una chispa, un despertar que transformó mi forma de ver, de sentir y de ser.

# 21. Agua

*20 de octubre*

El sendero se estrecha, serpenteando entre los árboles y las rocas, mientras la luz del sol se filtra a través de las ramas sobre nosotros, proyectando sombras danzantes en el suelo. Chloe avanza unos pasos más adelante, moviéndose por el camino como si lo hubiera recorrido mil veces. Parece el momento perfecto para reconectar con mi hermana, sin distracciones. Hace demasiado tiempo que no tenemos un momento así, libre del ruido del trabajo, de las relaciones, de todo el desorden de la vida diaria. Quiero que este momento se trate de nosotros, solo de nosotros, por eso hace unos días le propuse que viniéramos a las cascadas de Cedar Creek. Mientras observo a Chloe caminar, siento que estoy viendo una parte de ella que ha estado oculta durante años, una parte olvidada y esencial.

—¿Sabes? —Chloe me llama por encima del hombro—. Solías quejarte como loco en estas caminatas. Siempre pegado a mamá, como si te fuera a dejar atrás.

Me río, mientras esquivo una roca. —Alguien tenía que evitar que te perdieras en el bosque. Siempre corrías adelante como si supieras exactamente a dónde ibas.

Ella sonríe mientras se agacha bajo una rama. —Sabía para dónde iba, pero tú siempre fuiste demasiado cauteloso.

—O tal vez solo intentaba ser el más prudente —respondo, alcanzándola mientras el sendero se ensancha—. Alguien tenía que pensar en los riesgos, ¿no crees?

Chloe niega con la cabeza, con una sonrisa divertida asomando en sus labios. —Sí, sí, y mira a dónde nos llevó eso: ¡la última vez que vinimos juntos fue hace más de cinco años!

# Agua

Después de casi una hora de camino, las cascadas de Cedar Creek aparecen a la vista, el sonido del agua corriendo llena el aire con una melodía constante. La cascada se precipita en una piscina cristalina, y el sol se refleja en la superficie, creando destellos que parecen diamantes. Chloe se detiene al borde de una roca, observándolo todo con una mirada profunda.

—¡Guau! —dice, colocando las manos en las caderas—. Siempre olvido lo increíble que es este lugar. Es impresionante cómo el agua hace que todo sea mejor, ¿no?

—Sí —coincido, poniéndome a su lado—. Es como si lavara todo lo que llevamos encima, como si purificara cada preocupación.

Chloe fija su mirada en la cascada, mientras sus hombros se relajan lentamente. Con cuidado, comenzamos a bajar por las rocas hacia el pozo de agua mientras el rugido de la cascada se vuelve más fuerte con cada paso. Chloe sumerge la mano en el agua y sonríe.

—Está más cálida de lo que esperaba —dice, quitándose los zapatos y metiéndose en la parte menos profunda—. Ven, pruébala.

Me quito los zapatos y entro al agua, sintiendo el calor extenderse alrededor de mis tobillos, aflojando la rigidez que no había notado, pero que llevaba acumulada. Nos adentramos más hasta que el agua llega hasta nuestras cinturas. La cascada cae con fuerza cerca de nosotros y su rocío roza mi rostro. Cierro los ojos, absorbiendo su frescura, el sonido y la sensación de estar aquí, junto a Chloe.

—¿Sabes? —dice, mirando la cascada—, siempre pensé que ser fuerte significaba hacerlo todo por mi cuenta sin depender de alguien.

Reflexiono, mientras el agua relaja mis músculos tras el ejercicio. —A mí me pasa al revés. Siempre había necesitado tener a alguien cerca para sentirme seguro, incluso todavía me sucede. Por eso me pongo tan nervioso con Helen a veces, cuando no estamos conectados empiezo a entrar en pánico. Pero estoy aprendiendo que debo estar bien conmigo mismo, sin depender tanto de mi relación con los demás.

Chloe levanta una ceja y me salpica con un poco de agua. —Al menos ya estás buscando un balance. Pero tampoco te vayas a ir al otro extremo. A mí me llevó años darme cuenta de que enfocarme demasiado en mí misma y alejar a la gente no era la solución. Pensaba que, si no necesitaba a nadie, no podrían hacerme daño.

—Sí, la doctora Cross me preguntó sobre nuestra niñez y le conté cómo éramos —respondo—. Me habló sobre cómo nuestros estilos de apego se forjan en nuestra infancia. Y tiene sentido, ¿no? Tú siempre fuiste tan independiente, mientras que yo siempre buscaba seguridad.

Chloe se ríe suavemente, negando con la cabeza. —¿Independiente? Más bien obstinada. Pero tú siempre fuiste el sensible, así que supuse que uno de los dos tenía que ser el fuerte.

Sonrío. —Gracias por asumir ese rol.

Ella me salpica de nuevo y ambos nos reímos, el sonido de la cascada se mezcla con la cadencia de nuestra conversación. El agua nos rodea, cálida y acogedora, siento que finalmente estoy conectando con Chloe más allá de las charlas superficiales, como si por fin estuviéramos hablando de cosas que habíamos evitado durante años.

Nos quedamos disfrutando del momento, flotando en la piscina natural mientras la cascada habla por nosotros. El sonido llena el espacio, constante y rítmico, llevándose consigo todo lo demás. Chloe mira hacia el claro del cielo, con su rostro perdido en pensamientos.

—Me parece interesante lo que estás haciendo con la terapeuta. ¿Crees que lo descifraremos? —pregunta de repente—. Ya sabes, todo ese asunto de las relaciones.

# Agua

Me encojo de hombros. —Quizá no esté destinado a ser comprendido del todo y solo podemos dar lo mejor de nosotros.

Chloe niega con la cabeza, esbozando una sonrisa. —Típico de ti, dar la respuesta más diplomática posible.

Salimos del agua y nos sentamos sobre las rocas suaves y calentadas por el sol. Me recuesto, permitiendo que el calor se filtre en mi piel mientras el sonido de la cascada se desvanece al fondo. Chloe se sienta a mi lado, escurriendo su cabello y entrecerrando los ojos hacia el cielo.

—¿Alguna vez piensas en la muerte? —Le pregunto de repente, sorprendiéndome incluso a mí mismo.

Chloe me mira de reojo, con una expresión indescifrable. —Eso es... inesperado.

Me encojo de hombros. —Bueno, ahora que hablaste de la terapia, en mi última sesión contemplé mi propia muerte. Ahora estoy tratando de vivir soltando un poco el control.

Chloe se queda callada, con su mirada perdida en el reflejo del agua. —Y entonces, ¿alguna gran revelación?

Me río suavemente. —De hecho, es algo revelador. Durante mucho tiempo me había aferrado a la idea de que, si hago todo bien, siguiendo el manual y controlando las variables, todo saldría bien. Aunque racionalmente sé que no podemos controlar la mayoría de las cosas, una parte de mí siempre espera lograr eso. Pero no funciona así, es más parecido al agua de aquí —señalo las cascadas, donde el agua cae sin esfuerzo—. Ella se mueve y salpica en direcciones aleatorias, y a veces mientras más intentes controlarlas, más inesperados son los resultados. En mi caso, mientras más intente controlar mi relación con Helen, es más probable que simplemente la rompa.

Chloe asiente, reflexionando. —Eso es... bastante profundo para ti.

Se acomoda, subiendo las piernas y apoyando los brazos sobre las rodillas. —Sabes, eso me recuerda a *Siddhartha* de Hermann Hesse. ¿Lo has leído?

Niego con la cabeza. —He oído de él, pero no lo he leído.

Chloe sonríe. —Deberías. Hay una parte en la que Siddhartha se da cuenta de que buscar la iluminación no se trata de rechazar la vida, o tratar de escapar de ella. Se trata de abrazarla completamente, con sus alegrías, con el dolor y los fracasos; todo forma parte de la experiencia y no tiene sentido evitarla. Como lo que dijiste sobre el agua. La vida se mueve, y lo único que podemos hacer es movernos con ella.

Me inclino hacia adelante, con los codos apoyados en las rodillas. —Entonces ¿cuál es la lección? ¿Que debemos dejar de luchar por ella?

—Más bien dejar de pensar que tenemos que controlarla —dice—. En el libro, el personaje aprende que la sabiduría no viene de rechazar el mundo, sino de comprometerse completamente con él. Experimentar todo de manera consciente, y darse cuenta de que ningún éxito ni ningún fracaso es permanente.

Me quedo pensando en eso durante un buen rato. Tengo que agregar ese libro a mi lista de pendientes. —Sabes, siempre vi la muerte como algo aterrador, pero ahora la veo como parte del flujo de la vida. Es curioso que rara vez nos enseñan a contemplar la muerte, a aceptarla de una manera menos negativa.

Nos quedamos allí, con el calor de las rocas bajo nosotros y el frescor de la brisa encima, creando un equilibrio extraño y perfecto, como nuestra conversación. Mientras escucho el flujo constante de la cascada, me siento fluir con ella, como siendo parte de su movimiento interminable.

De repente, regresa aquel mismo sentimiento que experimenté durante la meditación sobre la muerte. Me invade una conexión

# Agua

con algo más vasto, en constante cambio, en perpetuo avance. No estoy solo aquí, inmóvil en el pozo. También soy el agua que fluye arroyo abajo, la que cae desde lo alto y la que surge de las entrañas de la tierra, moldeándose, adaptándose, transformándose sin cesar.

Me recuerda al río Brisbane, ese que observo casi todos los días desde la comodidad de mi apartamento. Siempre había creído estar conectado con él, pero ahora entiendo que no era más que una ilusión. Hasta este momento, no lo había sentido de verdad, solo era un ejercicio intelectual, como el del arquitecto que lo menciona para proyectar una imagen más ecológica. Ahora, siento al río realmente. En lo más profundo de mi ser, comprendo lo que los aborígenes de estas tierras siempre supieron. Me siento poseído por su fuerza, desintegrándome y fluyendo con él, como si nunca hubiera sido algo separado de sus aguas. Su movimiento interminable es mi movimiento. Las rocas que esquiva son los obstáculos que he enfrentado, y así como el agua encuentra un camino, yo también.

Quizá sea eso lo que es la vida realmente, una serie de momentos, un flujo que nunca se detiene llevándonos hacia adelante, estemos listos o no. Me quedo allí con Chloe, con el sol calentando mi espalda y con el eco de la cascada alrededor de nosotros, y siento una paz profunda al contemplar la incertidumbre de a dónde iré a parar. El pensamiento me hace esbozar una sonrisa tranquila mientras miro a Chloe. Ella atrapa mi mirada, sonriendo también, y sé que estamos exactamente donde debemos estar, aquí, juntos, fluyendo con lo que venga.

# 22. Nuevos caminos

*30 de noviembre*

Han transcurrido varias semanas desde aquella charla con Helen en Gold Coast, y esa tensión que solía definir nuestra relación ahora parece lejana; no porque hayamos resuelto cada problema, sino porque he aprendido a abordar las cosas desde una perspectiva diferente. Por su parte, Helen también ha suavizado la forma en que enfrenta mis inseguridades. Ya no evade mis preguntas por más obvias que le parezcan las respuestas; ahora las enfrenta y exploramos el tema juntos.

El cambio no fue fácil para ninguno de los dos. Las experiencias que transité en solo unas pocas semanas, pero que sentí como lecciones de toda una vida, se manifestaron como pequeñas explosiones que derrumbaron las viejas estructuras que había erigido a mi alrededor. La noche en que Mark me sostuvo mientras tocaba fondo en lo más oscuro de mi indignidad; la meditación sobre la muerte con su reconfortante certeza de que todo tiene un final; y el reencuentro con Chloe, mi pasado y el flujo de mi propia existencia, han dejado una huella profunda en mí, cambiando mi forma de pensar y de enfrentar la incertidumbre. Sin embargo, derribar esas trabas mentales fue apenas el inicio. El verdadero desafío llegó después: integrar esas revelaciones en mi día a día, viviendo de manera diferente, dando un paso a la vez y siendo consciente de cada uno.

Durante nuestra última sesión individual, la doctora Cross me habló sobre uno de los conceptos del trabajo de Norman Doidge relacionado con la neuroplasticidad. Me explicó que un cambio, incluso a nivel mental, no sucede de la noche a la mañana. Según ella, mi cerebro había pasado años reforzando ciertos comportamientos y respuestas, como mi necesidad de control y mis ansiedades, tanto que se habían convertido en una parte profundamente arraigada en mí. Me dijo que la transformación requiere más que la simple conciencia; exige repetición y esfuerzo. El cerebro necesita abrir nuevos caminos, y eso demanda paciencia y perseverancia.

Utilizó una analogía que resonó profundamente en mí. Comparó mis pensamientos y hábitos con los senderos de un bosque. Según ella, cuanto más se recorre un sendero, más claro y definido se vuelve. Cambiar esos patrones implica crear nuevos caminos, al principio estarán llenos de maleza, serán incómodos y difíciles de transitar. Sin embargo, con el tiempo y la práctica, esos nuevos caminos pueden convertirse en rutas familiares, y los antiguos comenzarán a desvanecerse si se dejan de usar.

Esa explicación me hizo replantear muchas cosas. Creía que entender mis emociones sería suficiente para manejarlas, pero me di cuenta de que hacer conciencia de ellas no era más que otro intento de control. No bastaba con identificar el problema; debía rediseñar mis respuestas, lo cual significaba practicar, día tras día, para reaccionar de manera diferente cuando los viejos hábitos de miedo y control aparecían.

Para Helen, el cambio no ha llegado a través de grandes conversaciones o momentos dramáticos de revelación. No ha habido epifanías espectaculares, pero su transformación es innegable. Me he liberado de esa necesidad constante de ganar batallas en mi mente, y he comenzado a enfocarme en estar presente con ella. Es un proceso lento, a veces desesperantemente lento, pero hay progreso. Poco a poco, las viejas costumbres han perdido su dominio sobre mí, y he aprendido a dejar espacio para algo nuevo.

Las palabras de la doctora Cross resuenan en mí: «*La conciencia es el primer paso, pero lo que haces con ella cada día es lo que marca la diferencia*». Ahora lo entiendo, la transformación no ocurre de golpe, sino a través de pequeñas decisiones deliberadas que, casi sin darme cuenta, reconfiguran mi manera de ser.

Hablo con Mark sobre esto con frecuencia. Nuestras conversaciones han evolucionado, y he decidido abrir más mi ventana con él, compartirle no solo mis pensamientos, sino

# Nuevos caminos

también mis emociones, permitiéndonos explorar temas más profundos. De alguna manera, siempre supe que podía hacerlo con él, pero no fue hasta que realicé el ejercicio que comprendí cuánto estaba limitando la calidad de nuestra relación, y sin razón alguna.

Comparto con él algunas de las reflexiones de la doctora Cross, y las escucha con atención antes de ofrecerme su perspectiva. Mark es un hombre práctico, con una filosofía que, aunque parece simple en la superficie, revela profundas reflexiones sobre sí mismo y el mundo que lo rodea. Su enfoque directo y su capacidad para simplificar lo complejo han sido una guía constante. A menudo me recuerda que el camino hacia el cambio no necesita ser perfecto; lo importante es la consistencia.

Una tarde, mientras compartíamos un café, Mark se recostó en su silla y me miró con seriedad. —He notado un gran cambio en ti, amigo —dijo—. Puedo ver que no ha sido fácil, pero pareces más relajado, más enfocado.

Contar con Mark como punto de apoyo me ha ayudado a mantenerme firme esos días en los que el cambio parece frustrantemente lento, cuando los viejos impulsos de querer tener el control resurgen con fuerza. Su amistad, combinada con sus llamados de atención para permanecer en el presente, han sido un alivio constante, un recordatorio de que el progreso no siempre se mide en grandes pasos, sino en pequeños avances diarios.

Chloe también ha sido un apoyo igualmente invaluable, aunque su estilo es más directo. Al compartir los resultados de mi Ventana de Johari con ella, experimenté una sensación de desnudez emocional, como si me estuviera desprendiendo de una capa más de protección y revelando vulnerabilidades que no había reconocido antes. Ella, con su habitual tranquilidad, me confesó que también había ocultado muchas cosas en el pasado, pero que a estas alturas de nuestras vidas ya no tenía sentido seguir escondiéndonos, ya fuera por vergüenza o por mera costumbre. De acuerdo con sus palabras, parecía que ambos estábamos comenzando a explorar esos puntos ciegos que habían moldeado nuestra historia.

Hablamos de que todos cargamos con partes de nosotros mismos que permanecen invisibles, hasta que alguien nos ofrece un espejo en el que podemos vernos con mayor claridad. Chloe en muchas ocasiones ha sido ese espejo para mí, aunque no fui plenamente consciente de ello hasta ahora, que tuve las herramientas para comprenderlo.

Entre nuestras conversaciones, hubo una que dejó una huella profunda en mí. Hablábamos de los celos y cómo manejarlos, y Chloe me ofreció una perspectiva que nunca había considerado. Me explicó que los celos son como un enamoramiento repentino, un destello que te deslumbra. En lugar de negarlos o evitarlos, lo mejor es explorarlos. Según ella, cuando permites que la mente llene los huecos con suposiciones, estás cayendo en un fenómeno conocido en psicología como «proyección». En este caso, proyectamos nuestros miedos e inseguridades en la otra persona, lo cual hace que los celos se vuelvan más intensos y abrumadores. Pero si decidimos conocer mejor a la persona que los genera, algo cambia. Cuanto más se entiende quién es realmente esa persona, menos se idealiza y los celos comienzan a disiparse. Al dejar de colocar a las personas en pedestales, se empieza a verlas tal como son, con todas sus imperfecciones. Este enfoque también puede ser útil si se siente una atracción hacia alguien y se busca equilibrar las emociones o reducir la intensidad de esa atracción.

La idea me pareció reveladora, aunque también cargada de incertidumbre. Me pregunté cuánto tiempo podría tomar empezar a ver las grietas y, peor aún, qué sucedería si apenas había grietas que encontrar. Chloe, con su honestidad habitual, admitió que no siempre funciona, pero que en la mayoría de los casos sí lo hace. De modo que, decidí darle una oportunidad. Al fin y al cabo, sigo sintiendo que Helen está plenamente conmigo, y que nuestra relación realmente le importa. Cuando estamos juntos, libres de distracciones y desconectados del resto del mundo, puedo ver en ella una tranquilidad genuina, como si nada lograra perturbarla en esos momentos compartidos.

# Nuevos caminos

Hasta ese momento, Leo había sido para mí una figura abstracta y amenazante, un símbolo más que una persona, cuya mera existencia alimentaba mis inseguridades. Pero las palabras de Chloe plantaron una semilla. Comencé a prestarles más atención a las historias que Helen contaba sobre el trabajo, a hacerle preguntas y a escucharla en lugar de cerrarme. Al principio, fue un proceso incómodo, casi forzado, como si traicionara mis propias emociones al interesarme por alguien que había percibido como un rival.

Sin embargo, con el tiempo, mi perspectiva empezó a cambiar. Helen me demostró que tenía muy claro que entre ella y Leo no había un interés real, ni por su parte ni por la de él. Es cierto que compartían cierta química en su manera de interactuar, pero hay cosas que no podemos evitar, y con el tiempo ha quedado claro que esa química no es más que un reflejo de su capacidad para trabajar en equipo, algo que ambos saben manejar con madurez.

Así, empecé a ver a Leo bajo una nueva óptica. Dejó de ser esa figura imponente y distante, para convertirse en una persona como cualquier otra, con su propia vida e intereses más allá de Helen. Incluso si alguna vez él hubiera sentido algo por ella, también era alguien con virtudes y defectos, tan humano como cualquiera de nosotros. Y cuanto menos lo idealizaba, menos amenazante lo veía y menos odio sentía hacia él. Fue un alivio inesperado, imperfecto, pero necesario, que me permitió soltar parte de la carga emocional que había estado arrastrando.

Estoy aprendiendo a soltar, paso a paso. Las conversaciones con Helen se han vuelto más fluidas, más ligeras. Nuestras mañanas han recuperado su esencia, han vuelto a ser un refugio tranquilo, marcadas por pequeños rituales: bocetos, desayuno y esas bromas sencillas que, aunque cotidianas, ahora tienen un significado más profundo. Han dejado de ser solo rutinas para convertirse en una forma poderosa de reconectar.

Su carga de trabajo no ha disminuido; de hecho, se ha intensificado con el proyecto de IA y *Blockchain* de su equipo. El nombre de Leo sigue apareciendo con frecuencia, pero ya no me afecta como antes. Aún noto cómo sus ojos brillan cuando habla de sus progresos, pero ya no me retraigo. Permanezco presente, haciendo preguntas. Quiero saber, no para controlar, sino porque realmente me interesa.

Helen siempre ha sido transparente. Comparte cada detalle con una energía que he aprendido a apreciar en lugar de resentirme por ello. Y lentamente, nuestras conversaciones también han comenzado a incluir mi trabajo de nuevo. Me pregunta por mis diseños, por los pequeños proyectos en los que me he involucrado desde aquel rechazo en octubre. Sus preguntas son reflexivas y sus elogios genuinos. Me doy cuenta de que estamos encontrando el camino de vuelta el uno al otro.

Una noche, después de cenar, Helen me miró con una sonrisa más suave de lo habitual, aunque en sus ojos brillaba algo más profundo.

—Siento que has vuelto a mí, ¿sabes? —dijo, con un tono que era más una afirmación que una pregunta.

La observé, arqueando una ceja, mientras ella continuaba:

—No solo lo veo con mi trabajo, sino con nosotros. Siento que ya no estás solo escuchando; estás aquí realmente, compartiendo tus cosas también. Tus proyectos, tus pensamientos... Extrañaba eso.

Sus palabras me hicieron reflexionar y reconocer lo lejos que habíamos llegado. —Sí, lo estoy —respondí en voz baja, con sinceridad.

Nuestros fines de semana también han cambiado. Hemos vuelto a llenarlos de espontaneidad: explorando nuevos mercados, yendo al cine, probando restaurantes. Se siente como si hubiéramos regresado a quienes éramos antes de que todo se complicara. Incluso, hemos vuelto al teatro, algo que siempre le encantó a Helen. Y aunque no siempre fue mi actividad favorita, lo estoy disfrutando de maneras inesperadas.

# Nuevos caminos

Son esos pequeños momentos cuando caminando por calles llenas de vegetación, y la risa de Helen se mezcla con el bullicio a nuestro alrededor, los que hacen darme cuenta de cuánto hemos avanzado. No somos perfectos y seguramente no lo seremos. Todavía hay instantes en los que contengo la respiración al escucharla reír durante una videollamada con Leo, o incluso cuando me interrumpe y no me permite expresar mi opinión. Pero respiro, dejo ir, o al menos lo intento, y la mayoría de las veces funciona. Ahora le expreso más lo que siento en el momento en que lo siento, y evito contenerme para luego explotar. Es un esfuerzo constante, pero estamos aprendiendo juntos.

Una mañana, mientras le paso el café, Helen levanta la mirada con un brillo en los ojos. —¡Oh!, casi lo olvido —dice, haciendo una pausa—. Pronto tendremos el evento de Navidad y quiero que vengas conmigo.

—¿Evento de Navidad? —pregunto, curioso.

—Sí, el 7 de diciembre en el nuevo edificio que construyeron, el Queen's Wharf. Este año será un gran evento; las familias también están invitadas. Pensé que sería agradable que vinieras. Podrás conocer a más personas del equipo en un ambiente relajado.

Puedo imaginar el nuevo edificio que tanto he visto en revistas de diseño y periódicos, resplandeciente junto al río. La idea me emociona y me inquieta al mismo tiempo. —Claro, allí estaremos.

La sonrisa de Helen es amplia, desarmante como siempre. Terminamos en un cómodo silencio, y no puedo evitar reflexionar en cuánto ha cambiado todo, cuánto hemos avanzado. Aún queda mucho por recorrer, pero sé que estoy listo.

# Parte 4: Entrelazando

# 23. El muelle de la reina

*7 de diciembre*

Es sábado por la tarde cuando Helen y yo llegamos al Queen's Wharf, o Muelle de la Reina, para asistir a la celebración de fin de año de la empresa. El edificio se presenta ante nosotros casi como un portal, con sus elegantes torres modernas que se elevan orgullosas. El sol ya casi ha desaparecido en el horizonte, bañando el río Brisbane con tonos dorado-anaranjados, mientras el lado nocturno de la ciudad comienza a despertar a nuestro alrededor. Entramos por la plaza abierta, subiendo los amplios escalones de piedra que parecen surgir desde el corazón de la ciudad, viendo las luces de los edificios reflejándose juguetonamente en el agua.

A medida que seguimos subiendo, se va revelando la magnitud del complejo: una combinación armoniosa de arquitectura y naturaleza donde tiendas exclusivas, terrazas y áreas de juegos de casino, se entrelazan en un paraíso multifacético. El murmullo del lugar nos envuelve, acompañado por las notas distantes de la música que emana del salón donde se realiza el evento, atrayéndonos hacia su interior. Dentro, la sala de funciones iguala la grandeza del exterior. Ventanales de suelo a techo enmarcan el río, ofreciendo una vista impresionante del horizonte. La iluminación tenue y la decoración elegante crean una atmósfera cargada con la energía de la multitud en conversación. Voces animadas llenan el espacio, que ha sido diseñado para ser tanto sofisticado como acogedor, logrando un delicado equilibrio entre lo profesional y lo casual.

—Esto es fantástico —digo, recorriendo el lugar con la mirada.

Sonríe, deslizando su brazo alrededor del mío.

—Sabía que te gustaría. Vamos, hay algunas personas que quiero que conozcas.

# Caminos Entrelazados - Ethan

Nos movemos entre la multitud mientras Helen me presenta a sus colegas con una naturalidad impresionante. Conozco a Sophie, la gerente de proyecto que ha sido fundamental para lograr los últimos éxitos, y a Andrew, el científico de datos con quien Helen colabora estrechamente. Cada presentación fluye con facilidad y pronto me siento más relajado. Helen está claramente en su elemento: conectando, interactuando, irradiando confianza. Al verla desenvolverse con tanta soltura, siento un orgullo inesperado y genuino, como si estuviera presenciando una faceta suya que pocas veces puedo apreciar tan plenamente.

Al cabo de un rato, Helen sugiere que exploremos más el lugar.

—Veamos la vista desde los pisos superiores —dice, guiándome hacia una escalera que nos lleva más arriba dentro del complejo.

Llegamos al puente Neville Bonner, un elegante paso peatonal que cruza el río, conectando el vibrante Queen's Wharf con el sereno Southbank. Nombrado en honor al primer australiano indígena en servir en el Parlamento, su diseño combina modernidad y simbolismo. Un arco angular y un mástil suspendido se elevan con gracia, creando una silueta que parece flotar sobre el agua. Las líneas de iluminación azul, cuidadosamente integradas en su estructura, emiten un resplandor que se refleja en el río, ondulando suavemente con el movimiento del agua. Este efecto transforma el puente en un faro de luz vibrante que cautiva a cualquiera que pase por allí.

A medida que nos acercamos, una escultura tallada en piedra se revela junto al sendero, un tributo solemne a Neville Bonner. La figura se alza con una dignidad tranquila, su mirada fija en el río, como si custodiara las historias y la memoria de esta tierra. En ese momento, me invade un profundo respeto por el contraste entre la modernidad del puente y la rica historia que lo envuelve, una historia que he aprendido a apreciar con el tiempo.

—¿Estás bien? —pregunta, mientras me da un ligero apretón en el brazo, sacándome de mis pensamientos.

# El muelle de la reina

—Sí —respondo, mirando una vez más la estatua y reconociendo la historia que representa—. Últimamente he estado pensando en lo mucho que aún tenemos que aprender de ellos.

Me dedica una sonrisa cálida y comprensiva. Sabe bien cuánto me interesa la riqueza que hay en las culturas aborígenes.

Continuamos hacia las escaleras que nos llevan a los pisos superiores. La vista desde aquí es simplemente espectacular. La estructura del puente se eleva con una gracia distinta desde esta nueva perspectiva, con las luces dibujando su resplandor sobre el sendero peatonal, marcando el flujo tranquilo de los transeúntes. Más allá, la rueda del mirador de Brisbane se alza majestuosa, junto a la pagoda que se asoma tímidamente entre las franjas verdes del bosque tropical de Southbank. Los árboles parecen abrazar con recelo las piscinas artificiales y los restaurantes, ocultándolos parcialmente, como si quisieran proteger su calma natural del bullicio humano. Todo el conjunto se siente como una fusión armoniosa entre lo urbano y lo silvestre, donde la vegetación intenta imponerse con delicadeza sobre los destellos modernos.

Exhalo, permitiendo que la belleza del panorama me envuelva. Helen captura mi mirada y me regala una sonrisa que refleja satisfacción.

—Me hace muy feliz que hayas venido —dice, lo suficientemente cerca para que la escuche por encima del murmullo distante de la multitud.

—No me lo perdería —respondo, y mis palabras fluyen sin esfuerzo.

Volvemos hacia la multitud, dirigiéndonos hacia Sophie que nos hace señas. Está con su pareja, Dan, quien se presenta con una sonrisa ancha y afable. La conversación es agradable, Sophie bromea con Helen sobre sus largas horas en la oficina, mientras Dan me comparte una historia sobre su último viaje por carretera.

—Fuimos hacia la costa—sin ningún plan en absoluto. —Dan se ríe, recordando su aventura—. Terminamos acampando en una playa y la tienda se desplomó en medio de la noche. Un caos total, pero de alguna manera esa fue la mejor parte del viaje.

Me río, asintiendo.

—Así es siempre. Los desastres son los mejores recuerdos después.

Dan sonríe, sus ojos brillando.

—¡Exactamente! Apenas dormimos, pero ahora es lo que más nos gusta contar.

La conversación continúa, y yo me siento cada vez más cómodo en la velada. Después de un rato, aparece Andrew con su esposa, Laura, quien lleva a Helen a una conversación sobre sus recientes viajes.

—Dubrovnik fue increíble —dice Laura, con una expresión llena de asombro—. La ciudad antigua, las murallas, las playas... es mágico. Ustedes deberían ir alguna vez.

La expresión de Helen se ilumina.

—He escuchado cosas muy lindas de allí. Quizá sea nuestro próximo destino.

—Les encantará —insiste Laura—. La historia, el país, es simplemente impresionante.

Observo a Helen navegar por estas conversaciones, moviéndose entre círculos sociales sin esfuerzo, cambiando de temas de trabajo a asuntos personales sin perder su calidez. Está en su mundo y, por primera vez, no siento el impulso de intentar moverme a su ritmo. Me siento contento de ser testigo de ello.

De repente, Dan recuerda las fotos de su viaje.

# El muelle de la reina

—¡Esperen, tienen que ver esto! —exclama, sacando su teléfono. Pasa las imágenes con entusiasmo—. Aquí está la tienda justo cuando empezaba a colapsar...

En su entusiasmo, Dan accidentalmente golpea la mesa que está detrás de él, haciendo que una copa de vino se vuelque. Hay un segundo de silencio mientras vemos cómo el vino se derrama esparciéndose por la mesa y goteando sobre los zapatos de Andrew. El rostro de Dan se pone rojo mientras intenta recoger el desastre con servilletas.

—¡Oh no, lo siento mucho!

Sophie sacude la cabeza, riendo.

—Dan, te juro...

Andrew solo se ríe, quitándole importancia, y pronto la tensión se disuelve en carcajadas.

Estos son los momentos que hacen la noche más acogedora, esos imprevistos que disuelven cualquier rigidez y transforman el ambiente en algo más relajado y positivo. Me estoy divirtiendo mucho más de lo que esperaba, hasta que lo veo... Leo. Entra solo, su presencia es imposible de ignorar, incluso en medio de la multitud. Siento cómo mi pulso se acelera, una reacción instintiva que no logro controlar del todo. Helen aún no lo ha visto, pero sé que es solo cuestión de tiempo antes de que nuestros caminos se crucen.

—Ethan —dice Leo, acercándose con su habitual soltura. Extiende la mano y su sonrisa es cortés.

Me giro, manteniendo mi expresión firme.

—Leo.

Le estrecho la mano con firmeza. Helen levanta la mirada, su sonrisa es cálida, pero medida.

—¡Leo! No te vi entrar —dice, mirándome sutilmente, reconoce lo delicado de la situación.

—¡Salud, amigos! —dice Leo en español, alzando su copa con una sonrisa confiada. Su español suena bastante bien, mejor que el mío cuando intento decir lo mismo. Helen secunda el brindis, con un destello de diversión brillando en su expresión.

Luego, intercambian algunas frases en español y el momento se siente como un recordatorio de sus experiencias compartidas, aquellas en las que yo nunca he estado del todo presente. Sus interacciones fluyen con una naturalidad y ligereza que me resulta imposible pasar por alto. Intento convencerme de que no tiene importancia, que es solo una conversación más, pero las viejas dudas, esas que nunca han desaparecido del todo, resurgen inevitablemente. Helen, siempre tan perceptiva de su entorno, parece notarlo y con elegancia redirige la conversación para incluirme, como si quisiera tenderme una mano en medio de esa distancia invisible.

—¿Qué te ha parecido el evento hasta ahora? —Le pregunto a Leo, tratando de mantener un tono ligero.

—Está genial. El equipo organizador ha hecho un trabajo increíble. Todo el lugar se ve espectacular.

—Sí, en realidad ha quedado muy bien —digo, intentando mantenerme neutral, aunque las preguntas que he guardado insisten en salir. Recuerdo el consejo de Chloe: entender antes que asumir—. ¿Viniste solo esta noche?

—Sí, solo yo esta vez. Han sido unos meses muy extenuantes.

Helen interviene, tratando de equilibrar la conversación.

—Ha sido un año extenuante para todos, creo.

Él sonríe, pero yo escucho lo que no se dice, tratando de descifrar las piezas del rompecabezas que es este hombre al que intento mantener a distancia. Sus respuestas casuales y su

# El muelle de la reina

actitud despreocupada parecen indicar que no hay nada más allá, ninguna intención oculta. Aun así, las dudas persisten, aferrándose como sombras difíciles de disipar.

Helen desliza su brazo alrededor del mío, abrazándolo suavemente. Es un gesto sutil, pero suficiente para aliviar un poco mis pensamientos.

—Leo ha estado practicando su español. Ya casi está listo para presentarse solo.

Él se ríe, con expresión autocrítica.

—Casi. Espero que sea una meta cumplida el próximo año.

La ligera risa de Helen disuelve un poco mi inquietud.

—Estás mejorando. —Le dice, y luego su mirada se desliza hacia mí. Su tono es juguetón, pero puedo percibir la intención que hay detrás: incluirme, tranquilizarme. Aun así, mi atención sigue fija en Leo. No tiene ninguna relación estable, ningún plan claro y, aunque eso debería reconfortarme, lo único que deja es un persistente sentido de ambigüedad, incluso cierta inquietud. Hay algo en su desapego, en esa falta de vínculos significativos, que me resulta difícil de leer, como si ocultara un peligro latente, una posibilidad que aún no he logrado entender del todo.

De repente, una voz femenina, aguda y llena de entusiasmo, llama a Helen desde atrás.

—¡Helen! ¡No esperaba verte aquí!

Helen se gira, sorprendida, le toma un momento reconocer a la mujer que la llama, pero su expresión cambia al instante, iluminándose.

—¡María! ¡Vaya, ha pasado tanto tiempo! —exclama, con una sonrisa genuina. María se acerca rápidamente extendiendo los brazos para darle a Helen un abrazo efusivo.

—Perdón por robármela un momento —dice, dirigiendo una mirada amable hacia Leo y hacia mí—, pero quiero ponerme al día con ella. Solo una charla rápida, si no les molesta.

Helen me mira, con una pizca de duda reflejada en sus ojos; sin embargo, le respondo con una mirada firme, transmitiéndole calma: no pasa nada, todo estará bien.

Ella sonríe, aunque con un breve destello de reticencia.

—No me tardo —promete, con su mano rozando mi brazo antes de volver hacia María, siguiéndola entre la multitud. Puedo ver que no está del todo cómoda dejándome a solas con Leo, pero este encuentro inesperado parece inevitable.

Por un momento, parece que Leo busca otro grupo al cual unirse, pero cuando me giro hacia él y nota que quedamos solo nosotros dos, decide quedarse por cortesía. Hay una breve pausa y decido que es el momento para conocerlo más.

—Entonces, ¿tienes algún gran plan para las fiestas de fin de año? ¿O el trabajo te tendrá muy ocupado? He escuchado que estás involucrado en proyectos innovadores que requieren mucha dedicación.

Toma un sorbo de su bebida y se encoge de hombros con una sonrisa ligera.

—Sí, el trabajo siempre me mantiene ocupado, pero espero sacar algo de tiempo libre. Tal vez vuelva a Italia. Mi familia lleva tiempo pidiéndome que los visite, aunque no sé si pueda ir al menos dos semanas para que valga la pena el largo viaje.

—Suena bien, espero que puedas lograrlo. ¿Cuánto tiempo llevas aquí?

Su sonrisa se tensa un poco, y noto cómo se reajusta antes de responder.

# El muelle de la reina

—Ya algunos años. Lo suficiente para conocer los rincones más importantes. He estado trabajando en varios proyectos en el sector bancario y finalmente decidí aventurarme en nuevas tecnologías.

Su respuesta parece medida, como una evasión educada. Así que decido insistir un poco más.

—Supongo que eso requiere bastante tiempo, debe ser difícil mantenerse al día con otras cosas fuera del trabajo.

Su mirada se pierde un instante antes de volver a la mía.

—Exacto. A veces, el trabajo es todo lo que hay. Proyectos, viajes, noches largas... No queda mucho espacio para lo personal, pero vale la pena. Cuando amas lo que haces, no es realmente un sacrificio.

Es evidente que su vida gira completamente en torno al trabajo, el mismo entorno en el que Helen está tan involucrada. Si para él el trabajo lo es todo, entonces sus sentimientos hacia ese mundo, y hacia Helen, probablemente van más allá de una simple admiración profesional.

—Debe ser difícil para ti mantenerte conectado con tu familia —añado, tratando de mantener un tono curioso.

Se encoge de hombros.

—Sí, pero todo se trata de lo que priorizas. Llevo suficiente tiempo aquí como para estar asentado; sin embargo, me aseguro de regresar cuando puedo. Aunque hace tiempo que no los visito, casi dos años...

Mientras habla, no puedo evitar sentir las diferencias que nos separan. La vida de Leo parece desplegarse a lo largo de continentes y, aun así, habla de ello como si fuera algo sencillo de manejar. Yo, en cambio, siempre he estado firmemente arraigado aquí, estable, enfocado en lo que tengo justo frente a mí. Quizás ese sea precisamente el problema: mientras yo me aferro a lo familiar, él parece moverse por la vida sin las mismas ataduras, y eso me hace preguntarme si lo vuelve más fuerte, o simplemente más distante. Cuanto más descubro de él, menos claro tengo cómo situarlo, pero trato de recordarme a mí mismo que esto es lo que quería: ver a la persona real, no solo la versión que temía.

Continúa, al parecer, he tocado una fibra sensible.

—Pero sinceramente, estoy bien con eso. Me encanta lo que hago, y el equipo acá ha sido grandioso. Helen es alguien especial, ¿sabes? Eres afortunado.

Hay una breve pausa después de decir eso. El cumplido se siente genuino, pero algo en él no me cuadra. ¿Es su tono o simplemente su familiaridad?

—Sí, lo sé —respondo, manteniendo mi voz amistosa a pesar del comentario—. Siempre ha sido muy dedicada y los proyectos de su trabajo los asume como un reto personal.

Leo asiente, mirando alrededor de la sala antes de volver su atención hacia mí.

—Puedo ver eso. Tiene ese interés genuino y logra que las cosas salgan de la mejor manera posible, siempre está unos pasos adelante. Trabajar con ella ha sido muy gratificante.

—Sí, puedo imaginarlo —digo, tratando de ocultar mi incomodidad al escuchar su admiración por ella.

La conversación se detiene, y el aire se siente cargado de pensamientos no dichos. Siento que hay más: más que necesito entender sobre él, pero también sobre mí y mi lugar en esto.

—Entonces, ¿de qué parte de Italia eres? —pregunto, cambiando de tema.

—Del norte, de Milán. ¿Alguna vez has estado allí?

# El muelle de la reina

Niego con la cabeza. —No, no he ido a Italia. Hemos hablado de viajar más, pero ya sabes cómo es.

—Deberían ir, les encantaría. Le dije a Helen que cuando quieran ir, pueden quedarse en la casa de mi familia. A nosotros nos encanta recibir invitados.

Una vez más, Leo se entromete en nuestras vidas sin esfuerzo, cruzando límites que yo aún estoy luchando por definir. Aprieto la mandíbula por un momento, pero me obligo a mantener la compostura. No voy a dejar que ese comentario me afecte.

—Lo tendremos en cuenta —digo brevemente.

Helen finalmente regresa, con su mirada escudriñándonos a ambos.

—¿Dónde nos quedamos? —pregunta, con un tono ligero.

—Italia —dice Leo, sonriendo—. Le estaba diciendo a Ethan que deberían ir, ya sabes que mi casa es su casa.

Helen se ríe, claramente complacida con la ligera dirección que tomó la conversación.

—¡Oh!, sí, hemos hablado de volver a Europa, especialmente al Mediterráneo. Podríamos ir a Italia, o incluso a Croacia. Laura, la esposa de Andrew, me contó maravillas de ese lugar.

Mi mente sigue procesando lo que dijo Leo. Hay una dinámica aquí que no termino de entender, una que me recuerda constantemente en qué debo trabajar: la confianza. Confiar en lo que sé, en lugar de dejarme llevar por los temores que surgen cuando estoy cerca de alguien como Leo.

Helen me mira, asegurándose de que estoy cómodo, y aprecio su gesto. Ella está tratando de entenderme y puedo sentirlo, ambos estamos trabajando en esto. Ella desliza su mano nuevamente para tomar la mía.

# Caminos Entrelazados - Ethan

Leo, siempre compuesto, levanta su copa una vez más.

—Bueno, iré a saludar a los demás. Fue un gusto verte de nuevo Ethan. Avísenme si necesitan consejos de viaje, ya sea a Croacia o a Italia —añade, sonriéndonos a ambos.

—Claro que sí —dice Helen, mientras todos nos despedimos y damos un paso hacia la multitud.

Mientras nos alejamos, sus dedos se entrelazan con los míos, su toque disipando los últimos rastros de tensión.

—¿Estás bien? —pregunta, con su voz cargada de ternura.

Aprieto su mano, haciendo una breve pausa.

—En realidad... sí, me siento muy bien. No solo esta noche, sino en general. Siento que ya no me estoy preocupando tanto, sobre todo, sobre nosotros.

Sus ojos se suavizan.

—¿Qué quieres decir?

—Supongo que he estado pensando demasiado en todo: Leo, el trabajo, todo. Pero estamos bien y eso es lo que importa.

Helen sonríe, y veo un alivio genuino en su mirada.

—Me alegra escuchar eso. Es bueno verte así.

—Sí —confirmo, sintiendo la verdad en mis palabras—. Mucho mejor.

La noche avanza como un río tranquilo, y Helen y yo nos dejamos llevar por la corriente de la multitud, saludando a colegas, riéndonos en conversaciones que van y vienen. Deambulamos entre bandejas de comida, pequeños y elegantes bocadillos que parecen hechos para ser degustados más que

# El muelle de la reina

comidos, y bebidas que brillan bajo las luces del salón, mucho más sofisticadas que cualquier cosa de las que solemos beber.

Helen se mueve con una naturalidad encantadora. La veo interactuar con todos: ríe con Sophie mientras comparten anécdotas de la oficina, discute con Andrew sobre posibles nuevos clientes, e incluso intercambia algunas palabras con Leo de nuevo. Pero esta vez, algo en mi percepción cambia. Ya no veo favoritismos, ni gestos ocultos. Cada conversación es como un pequeño capítulo en sí mismo, equilibrado, lleno de respeto y calidez. Leo, quien tanto me había inquietado, se convierte en otra pieza más del puzle de su vida profesional. Ni más ni menos.

Cuanto más la observo, más claro se vuelve para mí: Helen no está ocultando nada, ni actuando de forma diferente con Leo. Su relación con cada persona aquí es una mezcla genuina de amistad y profesionalismo, siempre establece un trato equitativo. Y cuando miro a Leo, noto que él también sigue ese mismo patrón: es abierto y cálido con todos, elogiando a otros miembros del equipo con la misma pasión que lo hace con Helen. Ambos proyectan una energía amistosa y positiva hacia quienes los rodean, sin indicios de que haya algo más allá de lo profesional.

Es cierto, lo mejor es enfrentar estos miedos, mirarlos de frente en lugar de retraerse y dejar que la inseguridad eche raíces en la sombra. Sé que las cosas podrían haber sido distintas, que podría haber encontrado señales, gestos que avivaran mis temores más profundos, pero no fue así. Fui yo quien les dio forma a esos fantasmas en mi mente, alimentándolos con mis propias inseguridades, y esa vieja costumbre de no decir lo que me haría sentir vulnerable.

Coctel tras coctel, la noche se va agotando, hasta que las copas van quedando vacías. Helen se inclina hacia mí y me lanza una mirada que conozco muy bien, esa que dice que es hora de irnos.

—¿Quieres ir a dar un paseo? —pregunta con complicidad.

# Caminos Entrelazados - Ethan

Acepto sin dudar, sintiendo el alivio de escapar de la multitud y la emoción de tenerla solo para mí. Salimos del edificio, dejando atrás el bullicio y las luces. La noche nos envuelve, tranquila y fresca, con el leve susurro del río como telón de fondo. Veo el contorno del puente Neville Bonner delante de nosotros, con sus luces dibujando el sendero que nos guía sobre el agua. Mientras cruzamos, siento que algo dentro de mí se aquieta. Aquí, ahora, en este instante, es donde realmente quiero estar.

# 24. Sesión conjunta

*13 de diciembre*

La oficina de la doctora Cross ahora tiene un aire familiar, la siento como la sala de estar de un amigo de toda la vida. Helen y yo tomamos asiento en los lugares que ya sentimos como nuestros, y un silencio cómodo nos envuelve, cargado de una calma que ambos compartimos sin necesidad de palabras. Han pasado solo dos meses desde que comenzamos este viaje en terapia, primero por separado y luego juntos, pero la intensidad de las experiencias y del aprendizaje hacen que parezca que ha pasado un año entero.

No puedo señalar con precisión cada cambio en mis acciones, o en la forma de relacionarme con el mundo, pero hay algo profundo, casi intangible, que ha modificado mi manera de verlo todo. Y ese cambio ha transformado lo demás, como una piedra arrojada a un lago. Creo que Helen también lo siente. De hecho, su participación ha sido esencial en este proceso, y su influencia ha creado un ritmo más fluido entre nosotros. Últimamente, todo parece encontrar su lugar con mayor naturalidad, como si estuviéramos aprendiendo a caminar al mismo paso, sin esfuerzo.

La doctora Cross inicia la sesión con una energía vibrante y una actitud positiva, un marcado contraste con la serenidad analítica que mostró en mis sesiones individuales. Por un instante, me encuentro preguntándome si esta diferencia se debe a la presencia de Helen, como si su energía cambiara el tono de la sala, o si simplemente es parte de la estrategia de la doctora para manejar de forma distinta las dinámicas de las sesiones conjuntas y las individuales.

—Hoy intentaremos integrar todo. Cuéntenme, ¿cómo han estado ambos desde nuestra última sesión conjunta?

Helen se mueve ligeramente mientras sus dedos juegan con su pulsera de forma distraída.

**223**

# Caminos Entrelazados - Ethan

—Ha sido muy enriquecedor. Si bien no hemos hablado mucho sobre nuestras sesiones individuales, creo que hemos notado cambios importantes en nosotros. Es como si hubiéramos vuelto a encontrar el equilibro en nuestra relación, pero incluso con bases más sólidas. —Me lanza una mirada, y sé que es mi turno.

Respiro profundamente, organizando mis pensamientos.

—Sí, definitivamente estamos conectando mejor y estamos volviendo a pasar tiempo de calidad juntos. Y no solamente entre nosotros, sino también para nosotros mismos... tiempo con amigos, con la familia, o simplemente para hacer nuestras propias cosas. Creo que eso también me ha ayudado mucho, enriquecer otras relaciones.

La doctora me dedica una sonrisa leve, casi aprobatoria.

—Es bueno escuchar eso. Ahora, quiero preguntarle a cada uno ¿cuál ha sido su mayor aprendizaje durante estos meses de trabajo individual? Ethan, ¿por qué no comienzas tú?

Me recuesto en el sillón, observando cómo se filtra la luz a través de la ventana mientras reflexiono.

—He aprendido que me aferraba demasiado a una idea de lo que debería ser nuestra relación. No me daba cuenta de cuánto intentaba controlarlo todo, cuánto necesitaba que todo permaneciera igual. Dejar ir eso, confiar en que las cosas cambiarán y que aun así estaremos bien, ha sido lo más importante.

—Reconocer la diferencia entre seguridad emocional y control es crucial, Ethan. Dejar ir expectativas rígidas permite que las relaciones evolucionen de manera natural. Y tú, Helen, ¿cuál ha sido tu mayor realización en estos últimos meses?

Helen duda, su mirada se desvía hacia la alfombra, como si en su intrincado patrón pudiera hallar las palabras adecuadas.

## Sesión conjunta

—Me he dado cuenta de que tiendo a alejarme cuando las cosas se vuelven intensas —dice con un tono sincero—. No siempre estuve presente cuando Ethan me necesitaba emocionalmente. Evitaba las conversaciones difíciles, me sumergía en el trabajo o buscaba cualquier distracción para no enfrentar lo que pasaba entre nosotros. Creía que dar espacio era lo mismo que apoyar, porque eso es lo que normalmente necesito yo. Pero ahora entiendo que no siempre funciona así, y que a veces necesitamos cosas diferentes. Estoy aprendiendo a buscar esos puntos medios donde podamos encontrarnos.

La miro, sorprendido por su franqueza. No es que no lo supiera, pero escucharla tan convencida me resulta reconfortante e inquietante a la vez.

La doctora Cross interviene. —La evitación puede parecer autopreservación, pero crea una distancia emocional cuando lo que realmente se necesita es cercanía. Es poderoso que lo estés reconociendo ahora.

—Creo que lo más desafiante ha sido entender que la vulnerabilidad no está en conflicto con la independencia —dice Helen levantando la mirada y con una expresión más abierta—. Pensaba que mostrar emociones significaba depender de los demás o renunciar a mi fortaleza, pero ahora entiendo que puedo ser independiente y, a la vez, permitirme ser vulnerable. Ser honesta con mis emociones no me resta autonomía; al contrario, fortalece nuestra relación sin perder mi identidad.

La doctora Cross coloca sobre la mesa los resultados de las pruebas acerca de los estilos de apego que hicimos al inicio de nuestras sesiones. Los miro y, de inmediato, las palabras cobran vida en mi memoria: mi lado ansioso busca constante reafirmación y proximidad, mientras que la inclinación evitativa de Helen pide espacio cuando las emociones se intensifican. Ambos llevamos nuestras propias cargas, nuestros propios desencadenantes, pero también estamos aprendiendo a comprenderlos y, lo más importante, a manejarlos juntos.

# Caminos Entrelazados - Ethan

—Hemos abordado los estilos de apego en nuestras sesiones individuales, pero volvamos a ver cómo se desarrollan. La teoría del apego sugiere que los lazos que desarrollamos en la infancia con nuestros padres o cuidadores moldean nuestras relaciones adultas. Un apego seguro resulta de un cuidado consistente, lo cual lleva a estar cómodo tanto con la cercanía como con la independencia. Por otro lado, un cuidado inconsistente o negligente puede derivar en estilos ansiosos o evitativos.

Esto resuena en ambos. Es curioso cómo los patrones de nuestras relaciones se remontan a la infancia.

La doctora Cross explica que existen **cuatro estilos de apego**: el **seguro**, donde la intimidad y la independencia coexisten de manera cómoda; el **ansioso**, caracterizado por el miedo al abandono; el **evitativo**, donde las personas se distancian para mantener su independencia; y el **desorganizado**, una combinación de comportamientos ansiosos y evitativos.

Nos indica que estos patrones pueden dañar las relaciones si no se reconocen. Las parejas ansiosas suelen buscar cercanía justo cuando las parejas evitativas se alejan, creando un ciclo destructivo conocido como la trampa ansioso-evitativa.

—Para ilustrar esta dinámica —continúa—, les contaré una historia sobre Sarah y Jake.

*Sarah y Jake han estado saliendo durante varios meses y últimamente están pasando más tiempo juntos y haciendo más actividades. Para Sarah, estar más tiempo juntos es parte natural de la relación y se siente bien con esta situación, mientras que para Jake eso empieza a ser abrumador, demasiado. Él necesita espacio para recargarse, ya sea porque es parte de su personalidad o porque es un momento de introspección por el que está atravesando.*

*Una noche, Sarah nota que Jake parece distante. Preocupada, le propone pasar el fin de semana juntos para reconectar. Jake, sintiéndose presionado, le responde que necesita tiempo para sí mismo, algo que para él es natural*

# Sesión conjunta

considerando el tiempo que ya comparten. Sin embargo, Sarah lo interpreta como un rechazo. Aunque acepta darle ese espacio, pasa todo el fin de semana llamándolo y enviándole mensajes, preguntando si todo está bien y buscando reafirmación de forma constante, incapaz de manejar la incertidumbre que siente.

Jake, abrumado por esta insistencia, comienza a ignorar por horas o incluso días algunos de los mensajes de Sarah, y de vez en cuando empieza a buscar excusas para no verla. Mientras tanto, crece el miedo de Sarah de perder la conexión, intensificando su esfuerzo por acercarse. Este patrón los lleva a una espiral en la que Sarah busca más cercanía y Jake se aleja aún más. Sin una intervención consciente, esta dinámica puede transformarse en una fuente de frustración constante y en un distanciamiento emocional.

Sin embargo, aunque pareciera que Jake no quiere estar con Sarah, él no termina la relación. Él quiere estar con Sarah, pero con la frecuencia que él considera natural. Por esta razón, permanece en la relación a su manera: manteniendo cierta distancia emocional. Responde a los mensajes de Sarah cuando se siente listo, mantiene las conversaciones en un nivel superficial y acepta los planes cuando se ajustan a su comodidad. Rara vez comparte sus emociones profundas o se abre completamente, dejando a Sarah en una constante búsqueda de más intimidad, sintiendo que está cerca de alcanzarla, pero nunca del todo.

Por su parte, Sarah se aferra a las señales de interés que Jake le da ocasionalmente. Toma los buenos momentos, aunque sean pocos, como evidencia de que hay algo valioso que salvar. Su estilo ansioso la lleva a tolerar la distancia emocional de Jake, convenciéndose de que, si es lo suficientemente paciente, él eventualmente se abrirá.

Este tipo de relaciones pueden prolongarse durante mucho tiempo, años e incluso décadas. Ambos reforzando sus estilos de apego: Sarah, intentando unir más la relación, una y otra vez, y Jake, manteniendo la distancia que necesita para *sentirse cómodo. Su permanencia juntos se debe a una estabilidad disfuncional que se vuelve familiar. Esta «trampa ansioso-evitativa» los atrapa en un ciclo que ninguno logra romper del todo, porque ambos obtienen justo lo necesario para quedarse, aunque nunca se terminen de sentir en armonía.*

*Y eso no es lo peor, si alguno de los dos tuviera un estilo de apego desorganizado, es decir, que combina tanto tendencias ansiosas como evitativas, la dinámica se vuelve aún más complicada. Esa persona alterna entre buscar cercanía y alejarse, creando confusión y mayor turbulencia emocional. Este patrón genera un ciclo impredecible y doloroso que inevitablemente lleva a una insatisfacción crónica para ambos.*

Helen y yo intercambiamos miradas, una silenciosa comprensión se manifiesta entre nosotros. Hemos estado allí, no siempre, pero sí lo suficiente como para sentir la verdad de las palabras de la doctora Cross resonando en nuestros recuerdos compartidos.

—Estos comportamientos son comunes, ¿cierto? —Habla finalmente Helen, con su rostro reflexivo—. Es decir, por momentos, puedo vernos reflejados en esas mismas dinámicas, pero también se me vienen a la cabeza varias parejas que muestran esas tendencias.

La doctora Cross hace un gesto afirmativo.

—Lamentablemente, estos patrones inseguros son más frecuentes de lo que quisiéramos. Pero el objetivo aquí no es cambiar quiénes son. Está bien necesitar reafirmación a veces, y también es perfecto necesitar espacio. Reconocer estas tendencias es lo que ayuda, porque les permite responder de manera diferente, en lugar de caer en esos ciclos automáticos y, muchas veces, hirientes.

Me reclino ligeramente.

## Sesión conjunta

—Entiendo lo que dices —respondo, mirando a Helen antes de volverme hacia la doctora Cross—. Es curioso... es más fácil ver estos patrones en otros que en uno mismo. A veces me sorprende la manera cómo reacciono, sin siquiera darme cuenta de por qué, es automático. Y cuando caigo en cuenta, es como si, de alguna manera, todo mi ser intentara justificarse.

Helen me toca el brazo ligeramente sus dedos, apenas rozándome, me anclan.

—Creo que ambos hemos estado allí —dice con suavidad.

La doctora Cross intercambia su mirada entre nosotros, como si midiera nuestro nivel de reconocimiento y de conciencia sobre lo que acabamos de decir. Después de un momento, se inclina hacia adelante.

—Ahora que están reconociendo estos patrones, me gustaría introducir un concepto importante: la diferenciación.

Hace una pausa.

—La diferenciación se trata de mantener tu individualidad mientras permaneces emocionalmente conectado. Imaginen que son un árbol con raíces fuertes. Esas raíces representan quiénes son, sus valores, sus emociones, sus pensamientos. La conexión con la pareja no debería arrancar esas raíces, ni impedirles crecer hacia arriba. Tampoco significa que deban erigirse como un árbol solitario, alejados de todo. Se trata de permanecer cerca y en conexión con los demás, sin dejar de ser ustedes mismos.

Frunzo el ceño ligeramente; el término se siente nuevo.

—¿En qué se diferencia eso de lo que hemos estado haciendo?

—Buena pregunta, Ethan. Hasta ahora, hemos hablado mucho sobre el apego, que es esa necesidad de sentirse seguro con tu pareja, como si fuera un refugio emocional. Pero la diferenciación va un paso más allá: se trata de encontrar esa seguridad dentro de ti mismo, mientras permaneces en la relación. Por ejemplo, Ethan, no se trata de evitar sentir incomodidad cuando estás con Helen. Se trata de poder manejar tus propias emociones y pensamientos sin que ella tenga que validarlos todo el tiempo.

Helen parece pensativa, asintiendo ligeramente.

—Entonces, ¿para mí significa no tener que alejarme cuando las cosas se ponen difíciles?

—Exactamente, Helen. Diferenciarte podría significar mantener tu independencia, tus metas y tus opiniones, incluso cuando decides ser vulnerable con Ethan. No tienes que cerrarte emocionalmente para protegerte, ni renunciar a tus prioridades para estar disponible para él. Puedes ser fuerte y sensible a la vez.

La doctora Cross se vuelve hacia mí.

—Y esto no solo aplica para Helen. Por ejemplo, Ethan, cuando asististe al evento en Queen's Wharf, es probable que la presencia de Leo te hiciera sentir inseguro; sin embargo, lograste manejar esa incomodidad dentro de ti mismo. No dependiste de que Helen hiciera algo especial para tranquilizarte, ni permitiste que esos sentimientos eclipsaran la experiencia de ambos. Aunque no estuviste completamente cómodo, supiste mantenerte presente y conectado. Eso es diferenciación: aprender a convivir con tus emociones sin permitir que estas controlen tus decisiones o acciones.

Su explicación aterriza de manera inesperada en mí. Algo comienza a encajar. No se trata de cambiar quién soy, sino de entenderme lo suficiente como para mantenerme estable, incluso en medio del caos. Siento una especie de libertad en esa idea.

Helen me mira, y yo también la veo. La idea de que podamos seguir siendo nosotros mismos por completo mientras estamos cerca... es lo que necesitamos.

# Sesión conjunta

La doctora Cross continúa:

—Por último, recuerden que la diferenciación también implica soportar la incomodidad que surge a veces cuando somos honestos con nosotros mismos y con el otro. Esto significa enfrentar aquellas partes de ustedes que preferirían evitar: miedos, inseguridades, o incluso deseos no expresados, y tener el valor de mostrarlos a su pareja. Ser honesto no siempre es cómodo; puede significar tener que admitir que no tienen todas las respuestas, que sienten celos, o que hay cosas que los hacen vulnerables.

Hace una pausa, dejando que sus palabras tomen peso.

—Esta incomodidad también surge en la intimidad emocional, no solo física. Por ejemplo, puede que sientan miedo de compartir algo porque temen ser juzgados o rechazados, pero diferenciarse significa quedarse en ese espacio de incertidumbre y compartirlo de todos modos. No se trata de buscar garantías de que serán entendidos o aceptados, sino de abrirse porque es parte de quiénes son. Y lo mismo ocurre al escuchar al otro. Ser testigo de las vulnerabilidades de tu pareja también puede ser desafiante, especialmente cuando no tienes una solución inmediata, o cuando lo que escuchas despierta tus propias inseguridades.

Se recuesta ligeramente en su silla dejando que lo que acaba de decir repose en el aire.

—Ahora que han comenzado este trabajo, es momento de aplicarlo. Ethan, Helen, tienen las herramientas necesarias para entender y fortalecer su relación. La terapia ha cumplido su propósito: mostrarles los caminos, brindarles un marco para comprenderse y ayudarlos a identificar lo que necesitan trabajar. Desde aquí, el progreso depende principalmente de ustedes. No creo que necesiten continuar con sesiones regulares; ahora están en un punto donde pueden explorar y practicar estos conceptos por su cuenta.

Hace una pausa, como para asegurarse de que comprendemos la importancia de lo que está diciendo.

—Dicho esto, quiero que sepan que siempre pueden regresar, si sienten que necesitan apoyo adicional o una guía más específica. Es completamente válido buscar ayuda en momentos clave, y aquí estaré para ustedes si lo requieren. Si quieren seguir profundizando en estos temas por su cuenta, les recomiendo dos lecturas: *Matrimonio apasionado,* de David Schnarch, que aborda la diferenciación, y *Apegados,* de Amir Levine y Rachel Heller, que explora cómo sentirse seguros en las relaciones. Ambos son excelentes recursos para equilibrar la seguridad y la individualidad.

Se siente una quietud en la habitación. Atrapo la mirada de Helen, y en sus ojos veo la misma mezcla de orgullo e incertidumbre que siento yo. Hemos recorrido un largo camino, pero el horizonte sigue siendo un misterio.

La doctora Cross se levanta con suavidad, su expresión cálida y reflexiva.

—Estaré viajando durante los próximos tres meses, así que esta será nuestra última sesión por un buen tiempo. Sigan creciendo, cada uno en su individualidad y juntos como pareja. La vida les traerá nuevos desafíos, pero confío en que están preparados para enfrentarlos con lo que han aprendido. Espero que pasen una feliz temporada de fin de año.

Su sonrisa es serena, como si estuviera dejándonos una parte de su confianza al cerrar esta etapa.

Una vez que intercambiamos palabras de agradecimiento y conversamos brevemente sobre su próximo viaje, salimos de la oficina bajo un silencio que se siente tanto como un cierre como un nuevo comienzo. Hay pequeñas fricciones y palabras no dichas, señales de que nuestros caminos podrían tomar giros inesperados, bifurcarse o incluso entrelazarse de formas que aún no podemos imaginar. Pero tal vez ahí reside su valor: en la incertidumbre, en el movimiento constante. La fortaleza,

# Sesión conjunta

entiendo ahora, no está en alcanzar un destino perfecto, sino en saber que estamos creciendo, incluso cuando el proceso no se ve como lo imaginábamos.

Por ahora, tenemos la Navidad por delante: un tiempo para reconectar, para crear nuevos momentos y practicar esta danza de mantenernos siendo nosotros mismos mientras permanecemos cerca. Después de todo, tal vez ese sea el mejor regalo que podamos darnos: la libertad de ser auténticos y, aun así, elegir estar juntos.

# 25. Raíces

*16 de diciembre*

Llegamos al aeropuerto de Brisbane justo cuando el sol de la tarde tiñe el asfalto con sombras largas y doradas. Helen no ha parado de sonreír desde que salimos de casa, con el teléfono firme en la mano esperando el momento de recibir a Andrea. Nunca antes habíamos tenido a alguien quedándose con nosotros tanto tiempo, y menos alguien de su familia. Ya sé que esta Navidad será todo menos común.

Helen se gira hacia mí mientras esperamos, con su rostro radiante de emoción.

—A Andrea le va a encantar Brisbane —dice—. Ha estado soñando con este viaje durante meses.

Su entusiasmo flota en el aire y su emoción la lleva a una transición constante entre frases dichas en inglés y en español, lo cual le da una dimensión diferente a su alegría. Le sonrío, sintiéndome más espectador que participante, como un turista en su energía.

De pronto, entre la multitud, aparece Andrea arrastrando una maleta enorme que parece más grande que ella. A sus dieciocho años, tiene esa mezcla de curiosidad y timidez que viene con la juventud. Sus ojos nos buscan hasta que nos encuentra, y una sonrisa ilumina su rostro. Helen prácticamente corre hacia ella, envolviéndola en un abrazo cálido. Palabras en español fluyen entre ellas, rápidas, llenas de amor. Yo solo capto algunos fragmentos.

—¡Cariño, bienvenida! —Mi propia sonrisa se ensancha al ver a Helen tan viva, tan abiertamente expresiva.

Cuando la emoción inicial disminuye, Andrea se vuelve hacia mí, sonriendo con un toque de timidez mientras dice sus primeras palabras en inglés. —¡Hola, Ethan! Mucho gusto.

# Raíces

Su acento es marcado, cada sílaba es deliberada, pero su determinación brilla. —¡Yo también estoy encantado de conocerte, Andrea! Bienvenida a Brisbane —respondo, intentando igualar su energía sin abrumarla.

Helen sonríe ante el intento de su sobrina. —Ha estado practicando. —Me dice con tono cariñoso. Helen traduce cuando el rostro de Andrea se arruga ante algunas palabras, pero la joven persiste, decidida a cerrar la brecha entre nosotros.

El camino a casa es una mezcla animada de español e inglés. Andrea intenta hablar en inglés cada vez que se dirige a mí, frunciendo el ceño en señal de concentración. A pesar de sus nervios iniciales, se esfuerza por participar: cada vez que no está segura, busca la mirada de Helen para que la ayude. El teléfono de Helen suena y lo revisa rápidamente, sonriendo mientras le muestra a Andrea un mensaje nuevo de su madre, Carolina. Sus risas llenan el auto y se siente como si un pedazo de casa estuviera aquí.

Los ojos de Andrea se cruzan con los míos a través del espejo retrovisor. —Me enseñarás Brisbane, ¿verdad? —Su voz se detiene, con cada palabra cuidadosamente colocada.

—Por supuesto. —Le digo—. Te mostraremos los mejores lugares.

Ella asiente y su mirada vuelve a Helen, quien le sonríe de una manera que habla de pertenencia. El español de Helen burbujea, natural y fluido, y no me importa no entenderlo demasiado. Al ver a Helen conectarse de esta manera, veo un lado de ella que es mucho más expresivo, más cercano a sus raíces.

Los días siguientes se esfuman en un ajetreo de preparativos para las fiestas de fin de año. Fiel a su palabra, Helen había esperado la llegada de Andrea antes de iniciar las decoraciones navideñas. Ella es ahora el centro de todo, su entusiasmo nos impulsa cada día a salir de nuestra anterior rutina. Cada mañana, está lista para ayudar con la decoración, las comidas y para planear las salidas.

—¿Qué haremos hoy? —pregunta con voz ansiosa. A pesar de la barrera lingüística, también está decidida a interactuar conmigo.

—Hoy tenemos que terminar la decoración. —Le indica Helen.

Después de un rato, estamos en los toques finales del árbol de Navidad.

—Ethan, ¿dónde debería... poner esto? —pregunta Andrea una mañana, sosteniendo una estrella dorada para el árbol.

—Cerca de la cima, creo. Lo estás haciendo muy bien. —Le respondo, con una sonrisa.

De vez en cuando, Andrea hace una pausa y se dirige hacia mí haciendo el esfuerzo de practicar su inglés. —Ethan, necesito ayuda con... ¿regalo? ¿empacar? —Su intento es valiente y entrañable, y yo ralentizo mis respuestas, tratando de hacer mis palabras accesibles para ella.

—Trataré de hablar más despacio para ti. —Le digo, ofreciéndole una sonrisa. Ella se ríe y asiente con gratitud.

Las tradiciones navideñas también invaden la cocina, llenándola de aromas y risas. Helen y Andrea intentan preparar natilla, ese postre colombiano típico que a ellas les encanta, aunque a mí siempre me ha parecido un poco insípido. Sin embargo, los errores no tardan en aparecer: Andrea derrama canela sobre la repisa, y Helen, entre risas, la empuja juguetonamente. El español fluye entre ellas, salpicado de exclamaciones en inglés que iluminan la escena. La herencia de Helen, vibrante y llena de vida, se manifiesta en cada gesto, acercándolas aún más. Yo las observo desde el fondo, sintiéndome parte de este pequeño refugio familiar, cálido y lleno de complicidad.

# Raíces

Una noche, después de regresar de un largo día explorando la ciudad, la veo hablando con Carolina. Está acurrucada en el sofá, con los pies escondidos bajo ella. Su voz fluye en un español rápido, lleno de risas que iluminan su rostro. Sus gestos animados y despreocupados aportan una vitalidad única que parece reservada para estos momentos. Me doy cuenta de que hay una hermosa complejidad en Helen, un recordatorio de que, por más cerca que estemos, siempre habrá partes de nosotros que existen más allá de nuestra relación.

Lo que siento, es una mezcla de admiración y algo más, quizás aceptación. Helen no es solo quien es estando conmigo; también es la sobrina o la hermana de alguien, una mujer con recuerdos moldeados en otro idioma y en otro lugar. Y al verla así, me doy cuenta de que soy feliz simplemente observándola, absorbiendo todo lo que ella es.

La Nochebuena nos encuentra alrededor del árbol, con las luces titilando suavemente sobre los adornos que Andrea colocó con tanto cuidado. La casa se siente transformada, no solo por las tradiciones y la decoración, sino por nuestra propia transformación. Para Helen, significa reconectar con partes olvidadas de sí misma; para Andrea, es encontrar su lugar en un nuevo país; y para mí, es aprender a apreciar las múltiples versiones que cada uno de nosotros lleva dentro. La calidez de la familia y el sentido de pertenencia llenan la habitación, y sé que esta Navidad será inolvidable. No por los adornos ni los regalos, sino por los momentos que están fortaleciendo nuestros lazos y creando algo más profundo.

*29 de diciembre*

A dos días de que termine el año, Brisbane vibra con emoción. El ambiente está cargado de expectativa y, aunque la cuenta regresiva para la Nochevieja aún no comienza, la fiesta en un barco de esta noche ya marca el inicio de las celebraciones. Helen y Andrea llevan días hablando de este evento, describiéndolo como el preludio perfecto para despedir el año.

# Caminos Entrelazados - Ethan

Mientras nos preparamos, observo a Helen. Su vestido rojo intenso abraza sus curvas con elegancia, y su cabello, en suaves ondas, refleja la luz de la cálida noche de verano. Su piel brilla con un resplandor sutil, se ve no solo hermosa, sino radiante.

Ella nota mi mirada y arquea una ceja, su sonrisa adquiere un tono juguetón.

—¿Ves algo que te guste?

Sonrío, sintiendo cómo el orgullo crece en mi interior.

—Más de lo que imaginas —respondo, con una voz que carga unas notas de lujuria.

La noche nos envuelve mientras nos dirigimos al muelle. El horizonte de Brisbane resplandece, y la emoción de Helen es casi palpable. Música latina flota sobre el río, mezclándose con risas y con las conversaciones animadas. Las luces del barco parpadean, reflejándose en el agua como si bailaran también. Al llegar, saludamos a algunos amigos que invitamos a esta velada latina, extendiendo la calidez de la noche a rostros familiares. Incluso el río parece moverse a su propio ritmo.

Una vez a bordo, la fiesta ya está en pleno apogeo. Los vibrantes compases de salsa y reguetón llenan el aire, mientras el aroma de empanadas y arepas envuelve la cubierta. Helen absorbe cada detalle, con sus ojos brillantes. La veo moverse con una facilidad que parece innata, completamente en su elemento. Las luces navideñas tintinean a su alrededor, añadiendo un toque mágico al caos alegre de la noche.

Pronto llegan Andrew, el colega de Helen, con su esposa Laura. En cuestión de minutos, Helen y Laura están inmersas en una conversación animada, sus risas resonando por encima de la música. Andrew, con una mezcla de torpeza y determinación, intenta bromear sobre «algoritmos de salsa», provocando sonrisas por su esfuerzo. Hay algo entrañable en cómo intenta salir de su zona de confort.

# Raíces

Mark está cerca, acompañado de Mia y otros amigos, manteniendo su característica calma en medio de la energía vibrante de la fiesta. Me acerco a la mesa donde esta él, buscando un respiro de la intensidad de la pista de baile.

—Que explosión de energía ¿no? —dice, señalando con la cabeza hacia Helen y Andrea, que se mueven con naturalidad al ritmo de la música. Andrea, incluso a su corta edad, se mueve con una confianza que atrae miradas.

—Están en su elemento —respondo, sonriendo.

—Pareciera que nacieron bailando. Ahora solo falta que te unes a ellas. Suéltate y disfruta —dice, mientras levanta su vaso.

Sus palabras se quedan conmigo mientras miro a Helen en la pista. Sus movimientos son elegantes, desinhibidos, completamente inmersa en la música. No intenta impresionar a nadie; simplemente está siendo ella misma.

El DJ cambia a reguetón, y la energía en el barco se intensifica. Me quedo observando mientras Helen y Andrea se pierden en la música, sincronizadas de manera casi perfecta, como si sus cuerpos hablaran un idioma más profundo que las palabras. Hay algo fascinante en ellas, algo vivo y antiguo en cada movimiento.

En un momento, un viejo amigo se acerca a Helen y ella, con una sonrisa llena de complicidad, le toma la mano como si retomaran un diálogo pausado hace años. La música cambia a un merengue vibrante, y sus cuerpos se mueven con una sincronización tan natural que parece ensayada, como si la melodía los conociera mejor de lo que se conocen ellos mismos. Las vueltas rápidas y los pasos entrelazados dibujan un espacio propio en la pista, son tan cercanos que las risas y el brillo en sus ojos parecen formar parte de la coreografía.

Siento una punzada que me atraviesa el pecho; una mezcla incómoda entre orgullo y algo que no quiero admitir del todo. Me esfuerzo en mantenerme tranquilo, observando cómo sus movimientos cuentan una historia que no es mía. Esta vez, sin embargo, la sensación es distinta. Reconozco lo que es: un reflejo de sus raíces, una parte de ella que le pertenece profundamente, como un secreto compartido que nunca estará en mis manos.

Los intentos de Andrew por bailar con Laura ahora captan toda mi atención. Él intenta seguir el paso, pero sus pies parecen estar en desacuerdo con la música, tropezándose torpemente en un giro que termina en risas explosivas de ambos. Laura, con una sonrisa amplia, lo toma de las manos y lo guía con paciencia, aunque tampoco puede contener las carcajadas mientras intentan recuperar el compás. Es un caos encantador: los pasos mal sincronizados, los pequeños choques de pies, las disculpas entre risas. La escena tiene algo contagioso, como si nos recordara a todos los que estamos a su alrededor que esta noche no es para exhibir perfección, sino para disfrutar, reír y dejarse llevar por el momento.

Después de algunas canciones, Helen se aproxima, con el rostro enrojecido por el calor del baile e irradiando emoción.

—Vamos. —Me dice, tirando de mi mano con una risa radiante. Dudo solo un segundo antes de dejarme llevar. Sus ojos, llenos de algo que no logro descifrar, me empujan de vuelta al momento. Mis pasos son torpes, pero no importa; a ella no le importa. Poco a poco, siento cómo la tensión desaparece y, antes de darme cuenta, estoy moviéndome, tal vez no con gracia, pero no me afecta demasiado.

El horizonte de la ciudad se difumina mientras nos balanceamos al compás de la música. Todo se desvanece: el vaivén del barco, las luces, las risas. Solo queda este momento, tan vivo como efímero, completamente libre.

La música cambia, el tempo se suaviza. Un ritmo caribeño más lento envuelve el barco, relajando la pista de baile. Helen y Andrea se balancean juntas, más íntimas, más auténticas. Observo a Helen mientras canta, su voz se eleva por encima del murmullo de la multitud. Cada nota, cada gesto, lleva consigo la

# Raíces

cultura, la música, el idioma. Todo está tejido en ella, vivo y vibrante.

Entiendo que siempre estaré un poco al margen de este mundo suyo, pero está bien. No necesito invadirlo ni comprenderlo por completo; basta con estar aquí, presente. Ella me llama con una mano extendida y una sonrisa que parece contener toda la calidez del momento. Por un instante, siento la tentación de analizar, de interpretar, pero algo dentro de mí cambia. Recuerdo las meditaciones, el concepto de dejar que todo fluya como un río, sin aferrarme a nada. Así que, suelto los pensamientos, los dejo pasar como nubes en el cielo de mi mente. Doy el primer paso hacia ella, sin planearlo, sin pensarlo demasiado, y en ese momento dejo de existir como un espectador. Me convierto en parte de la energía que nos rodea, de la vida que fluye a través de mí, como el río que nunca se detiene.

Después de varias canciones, me voy hacia la barra para tomar agua, con mi camisa pegada a la espalda. En la barra, Mark me sonríe mientras se seca el sudor con el dorso de la mano.

—Amigo, te vi dejando todo en la pista.

Me río mientras bebo.

—Necesitaba un descanso. Se siente como un sauna ahí dentro. —Mark asiente, tomando su vaso.

—Sí, ya pasé por ahí. Pero parecía que finalmente te estabas soltando.

—Creo que dejé de preocuparme por cómo me veía. Solo me dejé llevar —respondo, encogiéndome de hombros.

Mark sonríe, satisfecho.

—Ahí lo tienes. La vida es eso: disfrutar del baile.

# Caminos Entrelazados - Ethan

Vuelvo a mirar hacia la pista, donde Helen sigue bailando, su risa resonando por toda la cubierta. Asiento para mí mismo.

—Sí, esta noche se trata de disfrutar.

Mark choca su vaso de agua contra el mío.

—Ese es el espíritu.

La música nos llama de nuevo. Dejo mi vaso y le sonrío.

—Vamos, volvamos allí.

Mark se ríe, negando con la cabeza mientras se levanta.

—De acuerdo, pero no te quejes mañana si te duele todo.

La pista de baile nos envuelve otra vez, el flujo de la música atraviesa mi cuerpo como una corriente imparable. No pienso en los pasos ni en lo que vendrá después. Estoy aquí, con Helen, con nuestros amigos, en este instante que late con una intensidad única. Las luces de la ciudad parpadean en la distancia, desdibujadas por el vaivén del barco, mientras los pulsos brillantes y los destellos del bar se entrelazan con las sombras que danzan a nuestro alrededor. Es hipnótico, como si todo el mundo se moviera al mismo compás. No hay lugar para dudas ni preguntas, solo para este latido, este momento.

Mientras bailo, me invade una certeza serena. Ya no me preocupa lo que traerá el mañana, el próximo mes o los años por venir. Lo que sea, lo enfrentaré. He aprendido que los conflictos, internos o externos, no son barreras, sino puertas hacia algo más profundo. Y si mi camino con Helen sigue adelante o toma un rumbo distinto, sabré mantenerme firme, porque incluso en cada final se esconde un comienzo y hasta en la muerte hay un renacer.

Bailo, porque la vida, como el río, no se detiene a menos que te resistas. Y yo he dejado de resistirme.

# Raíces

# Un enfoque práctico

¡Hola! Ya no es Ethan quien se expresa, ahora es Rodrigo, el autor de este libro. Quiero compartir contigo algunas reflexiones personales y un enfoque práctico que desarrollé como resultado de mis experiencias, mis observaciones, y conversaciones con decenas de personas. Lo que sigue, es un artículo que escribí hace muchos años; sin embargo, todavía resuena en mí y fue una de las fuerzas impulsoras detrás de esta serie de libros. Espero que también te aporte algunas ideas valiosas. He estructurado estas reflexiones como una guía práctica, ofreciendo una mirada más profunda del amor y las relaciones, no solo brindando conceptos abstractos, sino también perspectivas aplicables sobre lo que puede significar el amor en nuestras vidas.

## La complejidad del amor

Ya sea que tengamos una pareja estable, que estemos en busca de una, o hayamos decidido dejar de buscar, en algún momento, nos encontramos contemplando qué implica realmente compartir nuestra vida con alguien. En un nivel más profundo, nos preguntamos qué es el amor, si somos capaces de amar y si somos amados.

La cultura occidental a menudo enfatiza que el amor es algo externo, que se encuentra en la familia, la pareja o los amigos. Esta perspectiva cultural moldea nuestra comprensión del amor, centrándola, sobre todo, en las relaciones románticas. Pero la realidad es que el amor trasciende estos límites y nos conecta con el universo a un nivel mucho más amplio.

Sin embargo, aquí me enfocaré en el amor romántico, ese que tiene una faceta tanto mística como práctica. El misticismo del amor nos resulta natural; nuestra educación ha reforzado una visión idealizada del amor, asociándolo con el enamoramiento y la pasión. Esta visión, aunque maravillosa, puede resultar limitada y poco práctica cuando tratamos de movernos hacia fases más maduras del amor (ver fases del amor; también recomiendo la investigación de Helen Fisher).

Por eso, vale la pena adentrarnos en los estudios que existen sobre el amor y las relaciones románticas, y relacionarlos con nuestras propias experiencias. Esta exploración nos permite descubrir dimensiones del amor que pueden parecer menos románticas, pero que, en última instancia, nos ayudan a cultivar una relación más realista y satisfactoria.

## Conciencia: generalmente, no sabemos cómo amar

Solemos asumir que el amor es innato, que no requiere esfuerzo ni aprendizaje, y que el amor lo puede todo. Sin embargo, la realidad es que el amor es complejo y la mayoría de nosotros no sabe cómo amar de manera efectiva.

Nuestra infancia, en general, no nos prepara bien para el amor. La primera experiencia de amor suele ser el amor incondicional de nuestros padres, un amor que no requiere que nos preocupemos por quiénes nos aman. No importa lo que hagamos, nos seguirán amando. Aunque este amor incondicional es esencial durante la infancia, a medida que crecemos, mantenemos hábitos que nos dificultan recibir y dar amor de manera saludable. Los expertos han concluido que frecuentemente nos enamoramos de aquello que nos resulta familiar, o incluso de aquello que no nos resulta familiar para nada, para bien o para mal.

Los estudios muestran que muchas personas no maduran en cuanto a su concepción del amor, o lo hacen solo muy tarde en la vida. Parte de la razón es que muchas veces escogemos parejas que refuerzan estos hábitos negativos, pues también tienen tendencias infantiles sin resolver. Estas parejas esperan ser siempre comprendidas por el otro, y cuando esto no ocurre, reaccionan haciendo rabietas. Buscan afecto constantemente, pero a menudo no lo devuelven ni muestran interés en las necesidades de su pareja.

## Un enfoque práctico

Un estudio que me llamó la atención observó que las respuestas emocionales de niños de dos años que habían perdido de vista a su madre y luego la reencontraron, son similares a las respuestas de las parejas adultas cuando estas se sienten inseguras en sus relaciones: apego («Ahora que volviste, me aferraré a ti y te controlaré»), frialdad («Te encierro y te castigo»), violencia («No es justo, ¿por qué me haces esto? Me voy a vengar») y serenidad («Me alegra que estés aquí»).

Sorprendentemente, las tres primeras respuestas son las más comunes tanto en niños como en adultos, mientras que la cuarta —la más madura— es la menos frecuente. Estos patrones también se reflejan en nuestras relaciones sexuales y emocionales. Para quienes estén interesados, estas dinámicas se discuten con más detalle en el libro *How to Choose a Partner*, de Susan Quilliam.

Reconocer estos patrones y ver nuestras tendencias infantiles es el primer paso para observar nuestras respuestas emocionales de forma objetiva, evitar comportamientos dañinos y crecer en el amor. Una vez que abordamos estas dimensiones, comprendemos que no se trata de que todo sea posible con amor, sino que, para que el amor florezca, ciertas cosas deben ser posibles primero.

### El amor crece con la libertad, la apertura y la contemplación

Si nos esforzamos por amar, ¿cómo reconoceremos el amor verdadero cuando lo encontramos? Un buen punto de partida es entender lo opuesto al amor. Muchos psicólogos afirman que lo opuesto al amor no es el odio, sino el miedo. Esto tiene sentido: «El amor nos abre al universo, mientras que el miedo nos encierra en nosotros mismos».

Desde la infancia, hemos moldeado nuestras personalidades alrededor del miedo, para encajar en la sociedad, para adaptarnos. Con frecuencia, tememos mostrar lo que realmente sentimos o deseamos. De esta manera vamos creando una «sombra», como la llamó Carl Jung, que nos impide ser verdaderamente libres y amarnos a nosotros mismos. Y, como resultado de eso, nos volvemos incapaces de amar a los demás, aunque tratemos de convencernos de lo contrario. Si no podemos ser libres en nuestra propia conciencia y amarnos plenamente, ¿cómo podríamos amar a otra persona?

Solo siendo conscientes de estos miedos y trabajando en ellos podemos reeducarnos para convertirnos en individuos autosuficientes y libres, capaces de abrirnos verdaderamente a los demás. Estoy de acuerdo con Maite Bayona, autora de *Artesanía del amor*, quien afirma: «Amar profundamente es una cuestión de autoconocimiento más que de suerte para encontrar un amante». Tener una pareja no debería ser un requisito para ser felices, sino un lazo que mejora la felicidad que ya hemos construido.

Con esta mentalidad, nos convertimos en «naranjas completas», dejando atrás la idea de buscar nuestra «media naranja». Como dice Maite: «El amor ocurre cuando nuestra conexión con nosotros mismos permanece intacta, permitiéndonos compartir la abundancia que sentimos en nuestro interior. Ya no necesitamos reciprocidad porque ya estamos completos».

Cuando comprendemos que estamos completos y que los demás también lo están, nos damos cuenta de que el amor es libertad. Una vez leí una poderosa analogía: dos pájaros no pueden volar si están atados, aunque sea para mantenerse juntos. Se lastimarían mutuamente al intentarlo. En cambio, deben volar libres, cada uno como es, pero en la misma dirección.

## Clarificar la posesión en el amor

Krishnamurti dijo: «La libertad y el amor van de la mano. El amor no es una reacción. Si te amo porque tú me amas, eso no es más que una transacción, algo comprado en el mercado; eso no es amor». Del mismo modo, los sufíes han dicho: «El amor tiene que ver con el aprecio, no con la posesión». Sin embargo, es importante aclarar esta visión espiritual del amor.

# Un enfoque práctico

Aunque no debemos sentirnos en una constante necesidad de poseer a nuestra pareja, los momentos de alta intensidad emocional y cierta posesividad pueden ser parte natural de una dinámica romántica, siempre y cuando no dominen la relación. Este tipo de posesión tiene un significado especial desde una perspectiva tántrica. El tantra enseña que la energía universal se manifiesta a través de la fusión del yin y el yang, a través de la unidad, la posesión y la rendición, creando un circuito que nutre a ambos.

En este contexto, el sexo se convierte en un medio a través del cual se liberan emociones que, aunque no siempre sean altruistas, completan la experiencia humana. Así, el amor no solo se manifiesta a través de la libertad y la abundancia, también por medio de emociones más terrenales, como la posesividad. Esta paradoja permite que el amor pueda manifestarse de formas distintas, ya sea de manera monógama o poliamorosa, dependiendo de la perspectiva y del entendimiento de cada persona.

## Educación – Soy tu alumno y tu profesor

Educarse sobre el amor no se trata únicamente de comprender la química del enamoramiento, cómo funciona el cerebro o cómo evolucionan las relaciones. También implica aprender día a día junto a nuestra pareja.

Una relación saludable busca sacar lo mejor de la otra persona. Ambos deben tener la madurez para entender que siempre es posible crecer y ser mejores amigos, amantes o personas. ¿Y quién mejor para ayudarnos que la persona que nos conoce tan bien?

Las parejas que se aman se educan mutuamente, a su propio ritmo, con persistencia y ternura, porque el amor requiere un aprendizaje constante. Cada uno debe ser tanto profesor como alumno.

En este intercambio de roles, nos enfrentamos continuamente al desafío de enseñar con paciencia y aprender con el corazón abierto, sin sentirnos ofendidos ni incomprendidos. Necesitamos dejar el orgullo de lado y ser receptivos al crecimiento, al mismo tiempo que encontramos el coraje y la compasión para ayudar a nuestra pareja a crecer.

### Comunicación y confianza – Exprésate y recibe mi expresión

Existe el mito de que nuestra «otra mitad» debería entendernos sin necesidad de palabras. Pero la realidad no puede estar más lejos de esto. Una buena comunicación es esencial en cualquier relación, especialmente en una romántica. Es crucial expresar lo que nos gusta, lo que nos incomoda, y estar siempre dispuestos a escuchar, sin importar cuán peculiares sean los pensamientos de la otra persona, porque todos estamos un poco rotos y tenemos momentos oscuros.

Cuando no somos comprendidos con amabilidad, comenzamos a reprimir nuestras emociones y a ocultar lo que pensamos. La comunicación se erosiona, el miedo toma el control y el amor pierde su lugar. Por eso, es fundamental acercarse al amor con una mente abierta, con la disposición a aprender y con el deseo de compartir nuestros pensamientos.

La libertad de expresarse y sentirse comprendido genera confianza. La confianza no se trata de esperar que la otra persona actúe según nuestros estándares, sino de una conexión auténtica. La confianza nunca debe ser puesta a prueba: si esto se hace, esta tiende a desvanecerse. Al igual que la comunicación, la confianza debe ser siempre recíproca.

Cuando podemos comunicarnos libremente, la confianza se profundiza. Y es entonces cuando realmente experimentamos el amor: una unión que trasciende lo físico, una conexión profunda y real.

### Compromiso: el contrato social de las relaciones románticas

## Un enfoque práctico

Entenderse no significa compartir siempre la misma opinión. Las diferencias son naturales, y es aquí donde la comunicación, la confianza y la voluntad de aprender del otro se vuelven más importantes. Muchos desacuerdos giran en torno a estilos de vida, espacios compartidos o el tiempo. No siempre podemos tener todo a nuestro gusto, por eso algunas personas optan por no compartir sus vidas o incluso vivir por separado. Esta es una opción válida para muchos.

En lo personal, me parece algo aburrido evitar el conflicto por completo. Un conflicto bien gestionado nos reta a ser creativos y a encontrar formas de satisfacer tanto nuestras necesidades como las de nuestra pareja. Implica proponer, ceder, y experimentar un amplio espectro de emociones. El objetivo no es evitar el conflicto, sino superarlo de una manera sana y satisfactoria.

Los conflictos bien gestionados suelen llevar a acuerdos, y el amor también implica comprometerse con esos acuerdos. Cada miembro de la pareja debe trabajar para mantener los compromisos que se establecen. Esto requiere lealtad, no por obligación, sino porque ambos han trabajado para crear soluciones.

No siempre es fácil, a veces esperamos que los problemas se resuelvan solos. Pero no debemos temer a esos momentos en los que una relación se siente como un proyecto, con responsabilidades que quizá no disfrutemos plenamente. Mantener calendarios, listas de tareas y dar seguimiento al progreso no le resta magia al amor. Al contrario, estas herramientas nos ayudan a ver a nuestra pareja como alguien que nos conecta con el mundo de nuevas maneras.

### *Mindfulness* en pareja: las «pequeñas» cosas

Hoy en día, se habla mucho de la atención plena, o *Mindfulness*: estar presentes, sentir las sutilezas del mundo, desde la brisa que roza nuestra piel hasta las vibraciones del sonido. El objetivo es estar en el momento presente, ya que nuestros estilos de vida a menudo nos desconectan de ello.

Algo similar sucede en las relaciones. Las rutinas diarias del hogar, el trabajo y la familia, nos desconectan de nuestra pareja. Sin embargo, el amor reside en las pequeñas cosas.

Decidir si las toallas serán blancas o azules, o si el cojín del salón será rojo o gris, no es trivial. Estas pequeñas decisiones nos conectan con nuestra pareja. Sentir la textura de un cojín puede recordarnos el tacto de su piel, provocando una caricia o un beso. Experimentar plenamente estos momentos nos ayuda a recordar lo que amamos de nuestra pareja.

Renunciar a estas pequeñas experiencias, decidir no prestarles atención, puede llevar a la insatisfacción e incluso a la amargura. Comúnmente, los hombres dejan que las mujeres se encarguen de cosas como la decoración del hogar, mientras ellos dominan otras áreas: «Tú elige el color de los cojines». Esto puede convertirse en una lucha de poder en la que cada uno se apropia de ciertos aspectos, conduciéndolos a la exclusión.

Para reconectar, debemos redescubrir las rutinas como si fueran nuevas. Algunos incluso sugieren crear rituales para hacer especial una actividad cotidiana: ¿qué tal encender velas y poner tu música favorita mientras doblas la ropa?

Las parejas se conectan y muestran su amor en las cosas simples. Aunque pueda ser agotador, nuestras vidas se componen de innumerables momentos pequeños que pueden traernos alegría, paz o frustración. Nosotros elegimos cómo compartir estas cosas simples.

Muchas parejas se desconectan porque no logran ver la magia en cada rutina. Como dice una cita de *La escuela de la vida* que me encantó: «Puede ser más fácil amar que compartir el baño».

**Magia**

Educarnos sobre el amor nos enseña a saber cuándo dejar fluir las emociones sin restricciones ni miedo a lo que vendrá. A veces, simplemente debemos soltar y confiar en que la razón volverá más tarde. Estoy de acuerdo con Nietzsche: «Siempre

## Un enfoque práctico

hay algo de locura en el amor. Pero también siempre hay algo de razón en la locura».

La magia más poderosa, al contrario de lo que muchos creen, no ocurre al principio, en la fase llena de química sexual, dopamina y adrenalina. La verdadera magia se despliega más tarde, cuando nos entendemos profundamente, cuando nos comunicamos con efectividad, cuando permanecemos presentes, o cuando nos educamos y nos comprometemos sin perder nuestra libertad.

### Inteligencia emocional

A estas alturas, es evidente que el amor romántico es mucho más profundo de lo que muchos creen. Muchas veces, cuando las personas hablan de amor, en realidad solo están experimentando el enamoramiento, y hay una gran diferencia. El enamoramiento es química, pasión, necesidad. El amor, sin embargo, nos comunica, nos enseña, nos impulsa a lograr nuestro máximo potencial, nos ancla en el presente y nos libera.

El amor requiere de todas nuestras capacidades como seres humanos para alcanzar su máxima expresión. Siempre será imperfecto, pero puede seguir evolucionando si trabajamos en nuestra inteligencia emocional. Nos convertimos en mejores maestros y alumnos, mejores para resolver conflictos, para apoyarnos mutuamente, para vivir el momento y comprender a nuestra pareja.

Recomiendo la película *El libro de la vida*, es un portal de conocimiento para desarrollar la inteligencia emocional, así como *Relaciones*, que aborda muchos de los temas tratados aquí, incluyendo «20 ideas sobre el matrimonio», conceptos clave para abordar y mantener una relación romántica.

### El viaje de la relación

Una forma de mantenerse motivado en este viaje es comparándolo con salir de nuestra zona de confort. Resumamos los principales elementos descritos anteriormente en el contexto de cada zona.

Zona de confort:

- **Conceptos culturales tradicionales:** por lo general nuestras creencias y comportamientos están moldeados por la cultura en la que crecemos. Estas normas culturales profundamente arraigadas proporcionan una sensación de familiaridad y seguridad, pero también pueden limitar la forma en que percibimos el amor y las relaciones.

- **Actitudes de las experiencias de la infancia:** la forma en que fuimos criados y las dinámicas que observamos en nuestra familia durante nuestros años de formación, crean expectativas y comportamientos que nos hacen sentir cómodos. Estas experiencias tempranas forman el modelo de nuestras reacciones emocionales y estrategias de afrontamiento.

- **Actitudes de relaciones pasadas:** con frecuencia traemos hábitos y actitudes de relaciones anteriores a nuestras relaciones actuales. Esta zona de confort está influenciada por el dolor, la alegría, la confianza o la traición del pasado. Estas experiencias pasadas pueden ser la base para el crecimiento, o barreras para conectarse completamente en nuevas relaciones.

Zona de aprendizaje:

- **Conciencia:** darse cuenta de que amar a otra persona no es tan intuitivo como pensamos. Es común malinterpretar lo que es el amor verdadero, confundiéndolo a menudo con el apego, el deseo o la dependencia. Esta zona nos desafía a ser más conscientes de la diferencia entre el amor como emoción y el amor como elección consciente.

- **Autoconciencia:** comprender quién eres, reconocer los patrones que sigues y cómo estos patrones afectan tus relaciones. Herramientas como los test de personalidad y

# Un enfoque práctico

libros como este pueden proporcionar información valiosa. La autoconciencia es la clave para el crecimiento personal, porque sin reconocer nuestras propias limitaciones es difícil hacer cambios significativos.

- **Sentimiento:** el amor florece en un ambiente de libertad, de apertura y contemplación, y disminuye en un entorno de miedo, necesidad y apego. La Ventana de Johari, es un marco que ayuda a las personas a comprender su relación consigo mismas y con los demás, y puede ser particularmente útil aquí. Al revelar gradualmente más sobre ti mismo y fomentar la retroalimentación abierta, puede surgir una conexión más profunda y auténtica.

- **Educación:** las relaciones también tienen que ver con el aprendizaje. En una sociedad, ambos individuos son estudiantes y profesores. Cada experiencia e interacción es una lección que ofrece una oportunidad de crecimiento, y una ocasión para entenderse más profundamente. Esta zona se trata de abrazar ese intercambio dinámico de conocimientos, aceptar la influencia de los demás y ver el crecimiento como un viaje compartido.

Zona de pánico:

- **Comunicación y confianza:** en este punto es donde entran en juego las vulnerabilidades y los miedos genuinos. Aprender a expresarte plenamente y a recibir abiertamente los pensamientos y sentimientos de tu pareja sin juzgarla puede ser intimidante, pero es crucial para fomentar una relación próspera. A menudo, es en esta zona donde descubrimos qué partes de nosotros mismos necesitamos trabajar más.

- **Compromiso:** esto va más allá de simplemente decidir estar con alguien. Se trata del acuerdo consciente de enfrentar las dificultades juntos, reconociendo que el amor en sí mismo no siempre es el sentimiento reconfortante y apasionado que retratan las películas. El «contrato social» de las relaciones románticas implica hacer y cumplir promesas a pesar de la incertidumbre, lo cual puede parecer arriesgado y, por lo tanto, te empuja a la zona de pánico.

Zona donde ocurre la magia:

- *Mindfulness* **personal:** se trata de fomentar una profunda conciencia de uno mismo, estar presente en tu propio cuerpo y mente, lo cual ayuda a regular las emociones y reduce el comportamiento reactivo. Al practicar la atención plena, puedes mantener una sensación de paz y equilibrio incluso en momentos difíciles, y eso te permite dar lo mejor de ti mismo en la relación.

- **Atención plena en pareja:** implica apreciar los pequeños momentos de la experiencia compartida, los detalles aparentemente insignificantes que con frecuencia forman la base de una relación amorosa. Actos como disfrutar de un café juntos por la mañana, compartir una sonrisa durante un día ajetreado o tomarse de la mano durante un paseo se convierten en las semillas de una conexión duradera. El *mindfulness* en pareja consiste en crear y saborear esos momentos con intención, reconociendo la importancia de los pequeños gestos cotidianos que construyen el amor con el tiempo.

A lo largo de la vida, nos moveremos a través de estas zonas, cada una de las cuales trae desafíos que pueden llevar años o incluso toda una vida superar. Esto no es un retroceso, siempre y cuando seamos conscientes de que el crecimiento está al alcance de la mano invariablemente.

Siempre he creído que, gracias al misterio del universo, cuanto más profundamente comprendemos algo, más magia encontramos dentro de él. Cuanto mejor conocemos un tema, más magnífico e incomprensible se vuelve.

**Observaciones finales**

Espero que esta información te haya ayudado a comprender mejor tus experiencias románticas, a distinguir cuándo

# Un enfoque práctico

realmente involucraban amor y cuándo eran solo proyecciones de tus expectativas. A mí, estos recursos me ayudaron a aclarar que sí quiero compartir mi vida con una pareja, a identificar lo que más valoro en una relación, a reconocer mis propios defectos y a profundizar la magia del amor.

La belleza de estos conceptos radica en que son fáciles de contrastar con la realidad de cada uno; son teorías que se pueden aplicar y validar de inmediato.

En mi experiencia, las relaciones que abrazan estas dimensiones nos hacen sentir plenos, incluso cuando llegan a su fin. Una persona que fue verdaderamente amada nunca es olvidada; el amor no desaparece, simplemente se transforma, pasa del amor romántico al amor universal. Les das las gracias y sigues adelante.

No debemos temer amar de nuevo, dar lo mejor de nosotros mismos, confiar, hablar abiertamente, escuchar, y comprometernos cuando lo sintamos correcto. No importa cuántas veces las cosas no terminen bien, nunca es culpa del amor. No hay fallas, solo oportunidades para seguir aprendiendo sobre nosotros mismos y sobre lo que buscamos en una pareja.

Cuando el amor romántico perdura, cuando los caminos permanecen alineados, hay un éxtasis y una serenidad indescriptibles. Incluso cuando nos sentimos inseguros, como es natural, podemos expresar con amor las palabras sencillas que han sido difíciles desde la infancia: «Me alegra que estés aquí».

# Recursos en línea

La mayoría de los recursos que se muestran a continuación son gratuitos, o al menos proporcionan un servicio inicial gratuito:

- **Test de tipo de personalidad**:
  https://www.16personalities.com/
  Esta popular prueba de personalidad basada en MBTI proporciona un informe detallado sobre el tipo de personalidad de un individuo, lo cual ayuda a comprender las preferencias en las relaciones, el trabajo y el desarrollo personal.

- **Prueba de estilo de fijación**:
  https://quiz.attachmentproject.com/
  Es una prueba gratuita que ayuda a las personas a descubrir su estilo de apego, proporcionándoles información sobre cómo interactúan emocionalmente en las relaciones, ya sean seguras, ansiosas, evitativas o desorganizadas.

- **La escuela de la vida:**
  https://www.theschooloflife.com/relationships/
  La escuela de la vida ofrece recursos y herramientas vinculados con el crecimiento personal y relacional, centrándose en los estilos de apego, la inteligencia emocional y la comunicación.

- **Verdad:**
  https://www.truity.com/
  Ofrece pruebas de personalidad similares al MBTI y al Eneagrama, que ayudan a las personas a comprenderse mejor a sí mismas y su dinámica de relaciones.

- **Psicometría abierta**:
  https://openpsychometrics.org/
  Proporciona pruebas gratuitas relacionadas con los cinco grandes rasgos de personalidad, estilos de apego y otras

dimensiones psicológicas, todas basadas en investigaciones psicológicas establecidas.

- **_Blog_ de amor en español original del autor:**
  https://roanboc.wordpress.com/2017/06/04/sobre-las-parejas-y-el-amor/
  Este _blog_ proporciona reflexiones sobre las relaciones y el amor desde la perspectiva personal del autor, ofreciendo ideas sobre los desafíos relacionales comunes y el crecimiento en el contexto de las parejas.

# Referencias

**Crecimiento personal:**

- Norman Doidge (2007) - *The Brain That Changes Itself: Stories of Personal Triumph from the Frontiers of Brain Science*
Este innovador libro explora la neuroplasticidad y cómo el cerebro puede cambiar y reorganizarse a lo largo de la vida, ofreciendo historias y conocimientos científicos sobre cómo las personas pueden superar las limitaciones físicas y psicológicas mediante la reconexión de sus patrones neuronales.
- *The School of Life* (2019) – *Who am I?*
Este libro explora las complejidades de la identidad propia y ofrece ideas que invitan a reflexionar en cuanto a cómo nos percibimos a nosotros mismos y nuestro lugar en el mundo. Fomenta la autorreflexión y proporciona herramientas para comprender mejor la personalidad, las motivaciones y los deseos de cada uno.

**Estilos de apego:**

- Amir Levine y Rachel Heller (2010) – *Maneras de amar: la nueva ciencia del apego adulto y cómo puede ayudarte a encontrar el amor… y conservarlo.*
Proporciona consejos prácticos para las relaciones adultas a través de la lente de la teoría del apego.
- Peter Fonagy et al. (2002) - *Attachment Theory and Psychoanalysis*
Explora la influencia del apego en el desarrollo emocional y la resiliencia psicológica.
- Daniel J. Siegel (2012) - *La mente en desarrollo: cómo interactúan las relaciones y el cerebro para modelar nuestro ser.*
Conecta el apego, el desarrollo del cerebro y la regulación emocional, explicando su impacto en las relaciones adultas.

# Referencias

## Apertura y Ventana de Johari:

- Jorge Bucay y Silvia Salinas (2000) - *Amarse con los ojos abiertos.*
  Explora la dinámica de las relaciones románticas, haciendo hincapié en el amor consciente y la responsabilidad emocional.
- Joseph Luft y Harrington Ingham (1955) – *La ventana de Johari: Un modelo gráfico de conciencia interpersonal.*
  Una herramienta conceptual para comprender la comunicación interpersonal y la autorrevelación.

## Desencadenantes emocionales y patrones de comunicación:

- John M. Gottman (1994) - *Why Marriages Succeed or Fail: And How You Can Make Yours Last*
  Explora los predictores del éxito de una relación, incluidos los patrones de comunicación y las estrategias de gestión de conflictos.
- Marshall B. Rosenberg (2003) - *Comunicación no violenta: un lenguaje de vida.*
  Proporciona marcos para identificar los desencadenantes emocionales y fomentar la comunicación empática y constructiva.

## Tipos de personalidad:

- Isabel Briggs Myers y Peter B. Myers (1980) - *Los dones diferentes: Cómo comprender tu tipo de personalidad.*
  Proporciona una explicación en profundidad de la teoría del indicador de tipo Myers-Briggs (MBTI) y sus aplicaciones prácticas, centrándose en cómo las preferencias de personalidad influyen en las relaciones y la toma de decisiones.
- Susan Cain (2012) - *El poder de los introvertidos en un mundo incapaz de callarse.*
  Proporciona una exploración profunda de la introversión, desafiando los conceptos erróneos comunes y enfatizando

las fortalezas que las personas introvertidas les aportan a las relaciones, lugares de trabajo y comunidades.

- Heidi Priebe (2016) – *The Comprehensive ENFP Survival Guide*
Una visión moderna de la exploración de la personalidad dentro del marco de Myers-Briggs, Priebe proporciona una mirada centrada en las experiencias de los ENFP (uno de los 16 tipos de personalidad), pero también aborda cómo los aspectos más profundos de la identidad de un individuo afectan el crecimiento personal, la conexión emocional y la dinámica de las relaciones.

**Dinámica conyugal:**

- Gottman, John M. y Nan Silver (1999) - *Los siete principios para hacer que el matrimonio funcione.*
La investigación de Gottman sobre la conexión emocional informa la reflexión de Ethan sobre la creciente distancia entre él y Helen, enfatizando cómo las desconexiones inadvertidas pueden acumularse con el tiempo.
- Esther Perel (2017) - *El dilema de la pareja: ¿Estamos hechos a prueba de amoríos?*
El trabajo de Perel sobre las relaciones modernas y la distancia emocional apoya las preocupaciones de Ethan sobre cómo la divergencia profesional afecta la intimidad, alineándose con sus sentimientos de distanciamiento.
- David A. Sbarra y Robert S. Emery (2019) - *Deeper Into Divorce: Using Actor-Partner Analyses to Explore Systemic Differences in Coparenting Conflict Following Custody Dispute Resolution*
Proporciona información sobre cómo los divorcios a menudo son el resultado de pequeñas desconexiones emocionales diarias en lugar de eventos significativos, reflejando las reflexiones de Ethan sobre las experiencias de su amigo con el divorcio.
- INSEAD Knowledge (2021) - *Why Couples in Dual-Career Relationships Often Struggle with Work-Life Balance.*
Este estudio agrega realismo a la reflexión de Ethan, mostrando que las parejas de alto rendimiento con

# Referencias

frecuencia enfrentan brechas emocionales a medida que las demandas profesionales los empuja en diferentes direcciones.